KB181840

카이로에서

인샬라, 그곳에는 초승달이 뜬다

다카까지

인샬라, 그곳에는 초승달이 뜬다

카이로에서 다카까지 ————

초판 1쇄 인쇄일   2006년 1월 20일
초판 1쇄 발행일   2006년 1월 25일

지 은 이   장원재
만 든 이   이정옥
만 든 곳   평민사
          서울시 서대문구 남가좌2동 370-40
          전화: (02)375-8571(代) 팩스: (02)375-8573
          http://www.pyungminsa.co.kr
          E-mail: pms1976@korea.com

등록번호   제10-328호
 ISBN   89-7115-450-0   03800
정 가   12,000원

· 이 책의 사진과 내용은 신저작권법에 의해 보호받는 저작물입니다.
  저자의 서면동의가 없이는 사진 또는 그 내용을 전체 또는 부분적으로
  어떤 수단 · 방법으로나 복제 및 전산 장치에 입력, 유포할 수 없습니다.

인샬라, 그곳에는 초승달이 뜬다

— 카이로에서 다카까지 —

장원재 지음

평민사

서 문

1.

"여행의 목적은 무엇인가?"

길을 떠나는 이들에게 이것만큼 어려운 질문은 없다. 길을 떠난 후 만났던 많은 여행자들은 대부분 이 물음에 고개를 갸우뚱하거나, 표정을 찡그리곤 했다. 잘 모르겠다, 고국이 싫어서, 무언가를 찾기 위해, 쉬기 위해? … 대답은 각각이었지만 말하는 이들조차도 자신의 답변에 만족하지 못하는 것처럼 느껴졌다. 그럼에도 불구하고 수많은 이들이 배낭을 메고 세계를 떠돈다. 마치 '외로운 행성(Lonely Planet)'들처럼…. 그들은 자신도 모르는 이유 때문에 바다를 가로지르고, 산을 넘고, 사막을 헤매고, 도시 뒷골목을 헤집는다.

누군가 '여행은 인생의 축소판'이라고 말한 적이 있다. 여행이 인생 자체라면 그토록 해답을 찾기 어려운 것도 이해는 간다. 여행의 이유를 찾는 것은 삶의 이유를 찾는 것만큼이나 어렵다.

질문은 다시 내게 돌아온다. 이라크전이 한창이던 2004년 가을, 모두의 만류를 뿌리치고 중동으로 떠났던 내 발걸음은 무엇을 찾아 그토록 헤맸던 것일까?

2.

일본에 있을 때 김선일 씨가 참수당했다는 소식을 들었다. 새벽까지 조

마조마한 마음으로 인터넷을 지켜보다가 죽음이 확실해졌다는 뉴스에 망연자실해졌다. 조금 전까지만 해도 희망적인 소식들이 들려왔고, 설마 죽이기야 하겠냐고 생각하던 터라 충격은 더 심했다.

다음날 학교 전체가 썰렁했다. 외국 친구들은 하나같이 어떻게 말을 꺼내야 좋을지 모르겠다는 표정으로 조심스럽게 다가와 위로를 건넸다. 당시 나는 무슬림 한 명을 인터뷰해 인터넷에 올렸는데, 내내 화를 억누를 수 없어 인터뷰가 아니라 심문(審問)처럼 되어 버렸다. 누구보다도 심성이 고운 친구였는데 그에게 화를 내면서도 미안했다. 우리가 야만의 시대에 살고 있다는 사실이 슬펐고, 아무것도 할 수 없는 것에 자괴감을 느꼈다.

언론에서는 매일이다 싶을 정도로 테러소식이 이어지고 있었고, 신문에 나오는 무슬림들은 언제든 테러를 저지를 수 있는 위험한 이들처럼 보였다. 그런 보도는 내가 경험하고 있는 상황과 완전히 달랐다. 내게도 몇몇 무슬림 지인들이 있었는데 그들은 누구보다 친절한 사람들이었다.

이 간극을 인식하니 언론보도의 한계가 보였다. 그 속에는 '무슬림' 이 있는 게 아니라 '테러리스트' 만 있었다. 중동을 '화약고' 라고 부르면서 위험을 강조하는 한국 언론의 보도는 언세나 '중동에 가지 않는 게 좋다' 는 권고를 동반했다. 그러면서도 매일 수십 명씩 죽어 나가는 이라크인들은 수치 이상의 어떤 것으로도 보도되지 않았다.

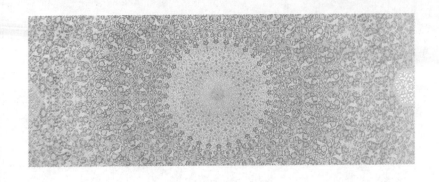

  무슬림들은 테러리스트의 전형이었다. 그 속에서 살아있는 인간의 냄새를 맡기란 불가능했다. 서구 언론을 따르는 한국에서 무슬림들은 철저한 '타자' 였다.

  책들도 마찬가지였다. 9·11 이후 쏟아져 나온 이슬람 관련 서적 중에는 도움이 될 만한 것도 많았지만, 학술책 위주여서 종교, 역사, 철학, 문학 등 이론에 초점을 맞추고 있는 책들이 대부분이었다. 저자들은 대부분 종교를 분석해 '이슬람은 평화의 종교' 라는 도식적인 결론을 내렸다. 하지만 그 속에서 동시대 무슬림들의 숨결이 느껴지지 않기는 마찬가지였다.

  그러다 언제부터인가 '내가 직접 가 보자' 는 생각이 들었다. 다들 색안경을 쓰고 무슬림들을 바라보고 있기 때문에 직접 경험하기 전까지 어떤 판단도 내릴 수 없을 것 같았다. 마침 일본에서 하고 있던 작업도 동남아시아인, 재일 교포 등 타자들의 목소리를 듣는 것이었다. 그 후속 작업으로 무슬림들의 목소리를 듣는 것은 나름대로 자연스러워 보였다.

  여행에서 하려고 했던 일을 한마디로 요약한다면, 될 수 있는 한 많은 무슬림들을 만나고 대화를 나누는 것이다. 그럼으로써 세계를 지배하는 서구 언론에 의존하지 않고, 이유 없는 편견과 오해를 떠나 무슬림들을 인간적으로 이해해 보고 싶었다. 또 활자 속에 갇혀 있지 않은 무슬림들의 생생한 목소리에서 나만의 진실을 발견하고 싶었다.

3.

　5개월간의 여행에서 돌아온 후 몇 달이 지났다. 돌아와서 가끔 여행 전에 가졌던 생각을 돌이켜 보게 된다. 무슬림들의 생생한 삶의 모습을 담아오고 싶었던 목표를 얼마나 이뤘는지 자문해 보면 솔직히 자신이 없다.

　반년간의 여행으로는 어림잡을 수 없을 만큼 이슬람 사회는 생각보다 거대하고 다양했다. 그래도 여행 중에 많은 것을 보고, 경험했으며, 생각의 오류들을 수정했고 쏟아지는 매스컴의 보도를 가려서 받아들이는 것을 배웠다.

　무엇보다 여러 무슬림들을 만나고 조금이나마 그들을 이해할 수 있게 된 것은 소중한 경험이었다. 세세한 기억들이 사라진 후라도 지구 반대편에서 낯선 마음과 마음이 만났던 순간의 감동은 오랫동안 잊지 못할 것이다.

　그르니에는 '사람들은 자신을 발견하기 위해 여행한다'고 말했다. 타자를 이해한다는 것은 나를 비출 수 있는 거울을 하나 더 얻는 것이다. 나 역시 무슬림들의 목소리를 들으러 떠났지만 시간이 지나면서 결국 그것이 나를 발견하기 위해서였음을 알게 됐다.

차 례

자치구 찾아가기

돌아오는 길

3. 대조적인 두 이웃, 요르단과 시리아

신사의 나라, 요르단

시리아에서 생긴 일

4. 터키와 이란, 제국의 흔적

터키

이슬람 여행을 위한
퀵 가이드

어디를 갈 것인가?

처음 이슬람지역을 돌아보기로 마음먹었을 때 지역이 광범위하다는 사실이 가장 고민스러웠다. 지금 세계에는 140여 개국에 13억의 무슬림들이 살고 있다. '이슬람' 하면 자동적으로 떠오르는 중동을 제외하고도 동남아시아, 중앙아시아, 중 · 북부아프리카에서 이슬람은 절대적인 지지를 받고 있다. 무슬림들이 전 인구의 90% 이상을 차지하는 국가만도 20여 개국에 이른다. 이렇게 이슬람지역이 넓고 다양한 탓에 이 중 어느 지역을 선택할지는 전적으로 여행자의 마음에 달려 있다. 가장 먼저 결정해야 할 것은 과연 여행에서 무엇을 보고 싶은가 라는 것이다.

이슬람과 유럽의 혼합양식을 보고 싶다면 스페인 안달루시아 지방이 좋고, 이슬람과 아시아문화가 어떻게 상생하고 있는지 알고 싶으면 말레이시아나 인도네시아를 찾으면 된다. 물론 이슬람의 정통문화가 보고 싶다면 중동과 아라비아 반도가 제격이다.

이슬람의 정통성을 잇는 제국들은 이집트, 시리아, 이라크, 사우디아라비아, 터키, 이란, 인도 등지에 남아 있다. 이슬람은 아라비아를 중심으로 교세를 확장한 후 시리아, 요르단, 이라크 등지로 세력을 뻗어나갔다. 이슬람 제국의 수도는 메카(Mecca)에서 다마스쿠스(Damascus)로, 그리고 바그다드(Baghdad)로 이동했다. 때문에 이슬람의 초기 유적들은 주로 이 지역에 집중돼 있다.

바그다드를 수도로 삼았던 압바스왕조 이후 이슬람 세력은 크게 네 갈래로 나눠졌다. 지금의 터키를 중심으로 번영을 누린 오스만왕조, 이집트를 중심으로 삼았던 맘루크왕조, 이란을 중심으로 번성한 사파위왕조, 그리고 멀리 인도에 터전을 잡은 무굴왕조가 그들이다.

만약 이슬람 제국들의 흔적과 문화의 정수를 보고 싶다면 크게 세 가지 루트를 추천한다.

하나는 터키—시리아(레바논)—요르단(이스라엘)—이집트로 이어지는 중

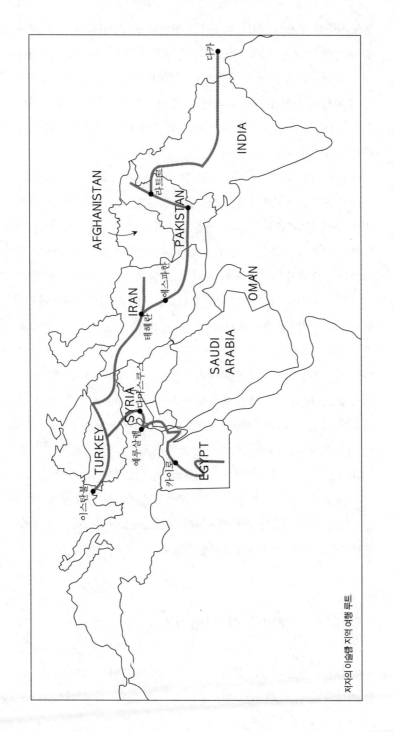

저자의 이슬람 지역 여행루트

13

동—지중해 루트다. 이 지역에서는 이슬람 문명, 이집트 문명, 로마 유적을 동시에 만날 수 있다. 지중해와 홍해의 멋진 해변과 황량한 사막이 그림처럼 어우러져 있어 여행하기도 심심치 않다. 아랍민족주의, 중동전쟁 등 정치사에 관심을 가진 이라면 더 흥미로울 수 있는 루트다. 다만 레바논, 이집트 등의 정세가 심상치 않기 때문에 가기 전에 최근 상황을 점검해 볼 필요가 있다.

다른 하나는 터키—이란—아프가니스탄—파키스탄—인도로 이어지는 아시아 횡단 루트다. 알렉산더의 원정길이며, 유럽에서 아시아까지 이어지는 무역 통로였던 루트다. 유럽과 아시아 문명이 만나는 곳인 만큼 다양한 음식과 종교들을 경험할 수 있다. 이 지역에서는 아프가니스탄과 파키스탄의 상황이 가끔 문제가 되니 가기 전에 꼭 체크해 보아야 한다.

마지막은 사우디아라비아를 중심으로 사우디아라비아—아랍에미리트—오만—예멘을 일주하는 아라비아 반도 루트다. 이 루트의 가장 큰 장점은 이슬람의 최대 성소 메카와 메디나(Medina)를 방문할 수 있다는 점이다. 물론 거기에는 '사우디아라비아의 비자를 얻을 수 있다면' 이라는 전제가 붙는다. 하지만 개인 여행자가 사우디의 비자를 얻는 것은 사실 불가능에 가깝다. 다른 문제는 예산이다. 사우디, 아랍에미리트, 쿠웨이트 등 석유 부국들은 다른 중동국가들에 비해 곱절 이상 물가가 비싸다.

각 루트는 최소 한 달 이상의 기간을 필요로 한다. 물론 충분히 보려면 두 달로도 부족하다. 내 경우는 다섯 달 정도 기간을 잡고 루트 1과 2를 합친 경로를 택했다. 이슬람 제국들의 유적을 보고 이슬람의 전통을 잇는 생활모습을 관찰하고 싶었기 때문이었다.

언제 가서 무엇을 볼 것인가?

여행하기 좋은 시기는 봄과 가을이다. 지역에 따라 차이가 있지만 여름은 지나치게 덥고 겨울은 지나치게 추울 수 있다. 특히 이집트나 아라비아 반도, 이란 남부의 여름은 말 그대로 찜통인데 밤에도 잠을 이룰 수 없을 정도로 덥다. 겨울이 추운 지역은 터키, 이란과 파키스탄 북부 등이다. 일반적인 생각과 달리 이집트 북부, 시리아, 요르단의 겨울도 제법 쌀쌀한 편이다.

여행계획을 세울 때 이슬람 달력 아홉 번째 달인 라마단은 피하는 게 좋다. 라마단 한 달 동안 무슬림들은 해가 떠 있는 동안 아무것도 먹지 않는다. 물도 마시지 않고 담배도 피우지 않는다. 대도시라면 상관없지만 중소도시의 식당들은 대부분 낮 동안 문을 닫는다. 뿐만 아니라 관공서, 유적지도 단축근무를 하기 때문에 여행이 상당히 불편해진다.

무엇을 볼 것인지는 어디에 관심이 있는가에 따라 달라진다. 문화와 유적에 관심이 있는 사람이라면 중동지역에서 이슬람문화의 정수를 실감할 수 있을 것이다. 또, 고대 문명의 흔적을 찾아보거나 로마도시의 폐허를 거니는 것도 흥미로운 일이다.

이슬람문화를 가장 잘 느낄 수 있는 곳은 이집트의 카이로, 시리아의 다마스쿠스, 터키의 이스탄불, 이란의 에스파한(Esfahan)과 마샤드(Mashhad), 이스라엘의 예루살렘, 파키스탄의 라호르(Lahore) 등이다. 이슬람 제국의 영광을 아직까지 간직하고 있는 도시들이며 동시에 이슬람세계에서 가장 아름다운 모스크와 사원들을 접할 수 있는 곳이다.

로마 유적은 시리아, 요르단, 터키 부근에 많이 남아 있다. 터키의 에페스(Efes)는 로마 소아시아 속주의 수도였으며 안토니우스가 클레오파트라와 함께 머물렀던 곳으로 유명하다. 시리아의 팔미라(Palmyra)와 요르단(Jerash)의 제라쉬도 원형극장, 신전 등 고대 로마의 모습을 그대로 간직하고 있다.

이집트 문명을 보고 싶다면 카이로, 룩소르(Luxor), 아스완(Aswan)

은 필수 코스다. 카이로의 피라미드와 카이로 박물관은 위대한 고대 문명을 그대로 증거하고 있다. 룩소르는 도시 전체가 문화유산인 고대 유적의 보고이며, 아스완은 아부심벨의 위용을 느끼기 위한 여행자들의 발길이 이어지는 곳이다.

계곡 사이에 숨겨진 고대도시 페트라(Petra)는 요르단을 대표하는 유적이다. 절벽 사이에 감춰진 핑크빛 신전 카즈네는 〈인디아나 존스—최후의 성전〉의 무대로도 유명하다. 이스라엘의 예루살렘에서는 수천 년 전부터 전승되어 온 유대문화를 느낄 수 있으며, 페르세폴리스(Persepolis)는 고대 페르시아의 영화가 숨 막힐 정도로 감동적인 이란의 대표적인 문화유산이다. 비록 다녀오진 못했지만 파키스탄의 모헨조다로, 하라파 역시 인더스 문명의 발상지였던 대표적인 고대 유적이다.

이집트—요르단—이스라엘—시리아—터키로 이어지는 지역은 성서의 주요 무대이기도 했던 만큼 수많은 기독교 성지들을 찾아볼 수 있다. 이집트의 시나이(Sinai)산은 모세가 십계명을 받은 곳으로 유명하고, 요르단의 느보(Nebo)산은 모세가 죽음을 맞이한 장소다. 요르단강에는 예수가 세례를 받은 곳이 남아 있으며 터키의 아라랏(Ararat)산은 노아의 방주 전설을 간직하고 있다. 하지만 본격적으로 성서의 유적지를 탐색하려면 이스라엘을 빼놓을 수 없다. 예루살렘, 베들레헴(Bethlehem), 예리코(Jericho) 등 성서의 숨결을 그대로 느낄 수 있는 성소들이 즐비하기 때문이다.

그 밖에 사막을 보고 싶다면 요르단의 와디-럼(Wadi-rum)과 이집트의 서부에 있는 시와(Siwa) 오아시스, 바하리야(Bahariyya) 오아시스 등을 추천한다. 영화 〈아라비아의 로렌스〉 무대로 유명한 와디럼에서는 유목민 베두인들의 문화를 체험할 수 있다. 나일강 서부에 위치한 리비아 사막의 오아시스들은 광활한 사막의 속살을 보여 준다.

중동지역에서 바다를 체험하고 싶다면 걸프해, 홍해, 지중해 중에서 선택할 수 있다. 시나이 반도의 다합(Dahap), 샤름 엘-세이크(Sharm el-sheikh)와 요르단의 남부지역에선 모세의 기적으로 유명한 홍해의 풍광을 볼 수 있다. 시리아, 레바논, 터키에서는 지중해의 온화함을 경험할 수 있으며 이란의 남부 해변에서는 걸프해에서 해수욕을 즐길 수 있다.

이렇게 다양한 볼거리가 있는 중동이기 때문에 모든 걸 보려다가는 원했던 것까지도 놓치기 쉽다. 기간과 방문하는 시기, 자신의 목적을 생각해서 볼 테마를 정하고 그것에 몰두하는 편이 오히려 현명한 선택일 것이다.

이슬람권 여행 시 유의할 점

중동인들은 대체로 이방인에게 정중하고 친절하다. 중동지역을 여행한다면 수많은 불편이 있음에도 이들의 호의 때문에 그다지 어렵지 않게 여행할 수 있다. 다만 몇 가지만 조심한다면 말이다.

먼저 이슬람의 교리와 관련되어 지켜야 할 부분이 있다. 이슬람을 매도하거나 예언자 무함마드를 모욕하는 일은 이들에게 최대의 무례로 간주된다. 경전인 꾸란을 소중히 다루지 않는 것도 마찬가지다. 이들의 신념을 무시하는 일인 만큼 반드시 피해야 한다.

이슬람 성전인 모스크에 들어갈 때는 비무슬림도 입장할 수 있는지 확인하고 들어가야 한다. 기도시간에는 기도를 하지 않더라도 옆에서 시끄럽게 떠들어서는 안 되고, 여성이라면 모스크에 들어갈 때 머리와 다리를 가리는 것은 기본적인 예다. 남자도 반바지 차림으로는 들어가서는 안 된다. 그리고

모스크에 따라 사진을 찍을 수 있는 모스크와 그렇지 않은 모스크가 있으므로 미리 물어봐야 한다.

라마단 기간에 무슬림 앞에서 대놓고 음식을 먹거나, 술을 마시는 것도 피하는 것이 좋다. 특히 요르단에서는 라마단 기간에 낮 동안 거리에서 음식을 먹는 것이 원칙적으로 불법이므로 조심할 필요가 있다.

남성이라면 무슬림 여성을 존중하고 그 앞에서 예의를 갖추어야 한다. 스킨십은 금물이며 여성이 먼저 손을 내밀지 않았는데 악수를 청하는 것도 예의에 어긋난다. 또 몰래 사진을 찍는 것도 금물이고, 지나치게 빤히 쳐다보는 것도 실례다. 무슬림 남성들은 여성을 보호하는 것을 자신의 명예로 생각하기 때문에 무슬림 여성이 정당하게 대접받지 않으면 굉장히 기분 나빠한다.

여성 여행자 중에는 무슬림 남성의 성희롱으로 곤욕을 치르는 경우가 많다. 자국 여성에 대한 보호관념이 외국 여성에 대한 예의로 이어지지 않는 것이 무슬림들의 현실이다. 낙타를 줄 테니 결혼하자며 달라붙는 이들은 부지기수고, 시장에서 집적거리거나 더듬는 이들도 많다. 특히 이집트는 여성 여행자들 사이에서 악명 높은 여행지다. 집적거리거나 성희롱을 할 때는 단호하게 대처할 필요가 있다.

무슬림들은 특히 명예를 중요하게 여기기 때문에 이들의 자존심을 존중해 주어야 한다. 중동에 가면 하루에 열 번도 넘게 차를 마시자는 권유를 받는데 거절하더라도 이들의 성의를 무시하지 않는다는 인상을 주는 것이 중요하다. 시비가 붙었을 경우에도 먼저 흥분하지 말고 상대의 체면을 살리는 쪽으로 일을 풀어나가야 한다. 어디고 마찬가지겠지만 이들을 인격적으로 비난하면 일은 더 커질 수밖에 없다.

중동인들은 대다수가 이스라엘이나 유대인, 미국에 대해 부정적이어서, 이스라엘을 지칭할 때도 '이스라엘' 이라고 말하면 자칫 상대의 기분을 상하게 할 수 있다. 이들은 이스라엘을 국가로 인정하지 않기 때문에 대신 '팔레스타인' 이나 '점령된 지역(Occupied Area)' 이라는 표현을 사용하는 것이 좋다. 미국에 대해서도 부정적인 견해를 가진 이들이 많으므로 적당히 맞장구쳐 줄 필요가 있다.

지금까지는 주로 주의할 점을 말했지만 호감을 사는 방법은 간단하다. 위에 있는 것들을 지키면서 예의 바르게 상대를 대접하는 것이다. 또, 아랍어 한두 마디를 알면 여행이 편해질 수 있다.

이집트, 요르단, 시리아에서는 아랍어가 통용된다. 쌀람, 알라이꿈(안녕하세요), 아나 코레(나는 한국인입니다), 하비비(사랑해), 슈크람(감사합니다) 정도만 알아도 상대에게 좋은 인상을 주기에는 충분하다.

마지막으로 숫자에 대해서도 미리 알아둘 것을 권하고 싶은데, 중동지역에서는 우리가 아라비아 숫자라고 불리는 숫자를 쓰지 않는다. 전혀 다르게 생긴 아랍 숫자를 쓰기 때문에 최소한 1부터 10까지 알아둘 필요가 있다.

1	2	3	4	5	6	7	8	9	0
١	٢	٣	٤	٥	٦	٧	٨	٩	٠
와히드	이쓰난	쌀라싸	아르바아	캄싸	셋타	사브아	싸마니아	티쓰아	씨프르

숙소 사정과 물가

중동지역의 숙소 사정은 대체로 좋은 편이다. 이집트나 터키의 이름난 여행지에선 어디나 다양한 수준의 숙소가 여행자들을 환영한다. 이란, 시리아, 요르단, 파키스탄도 수준은 조금 떨어지지만 수가 넉넉하긴 마찬가지다.

그 중 한국 배낭객들이 모이는 곳은 많아야 두세 곳으로 정해져 있는 경우가 많은데, 카이로의 이스말리아호텔, 다합의 세븐헤븐호텔, 이스탄불의 동양호스텔, 야즈드(Yard)의 실크로드호텔 등으로 가격은 저렴하지만 시설이 좋고, 한국 여행자들이 남긴 정보노트가 남아있어 다음 일정에 도움이 되는 곳들이다.

그런 숙소에서는 한국 여행자들의 흔적을 만날 수 있다. 가이드북도 있고, 한국어로 된 책도 있다. 오가며 적어놓은 메모들은 귀중한 정보의 보고다. 한국어가 되는 인터넷 카페, 맛있는 음식점부터 다음 여행지까지 이동하는 방법, 물가에 이르기까지 읽어두면 피가 되고 살이 될 정보들이 가득하다. 그렇다고 한국인들이 모이는 숙소를 전전하면서 여행하는 건 그다지 추천하고 싶지 않다. 안전하고 동행을 만나기는 쉽지만 그만큼 현지인들과 사귀기 어렵고 정형화된 여행을 할 수밖에 없기 때문이다.

관광지에는 충분한 수의 숙박시설이 있지만 시골로 가면 사정이 약간 다르다. 그럴 때는 무슬림들의 호의를 믿어 보는 것도 좋은 방법이다. 손님을 대접하는 전통을 가진 무슬림들은 여행자들을 초대하길 좋아하기 때문에 아무리 외진 곳이라도 잘 곳을 찾기는 그리 어렵지 않다.

물가는 지역에 따라 다르지만 이스라엘과 오일 부국들을 제외하면 부담스러울 정도로 비싼 곳은 없다. 이스라엘은 한국보다 물가가 더 비싸기 때문에 레스토랑에서 한 끼를 먹는 데 원화 만원 정도가 든다. 때문에 대부분의 여행자들은 무슬림지구에서 길거리음식을 먹거나 직접 만들어 먹는다.

터키의 물가는 대체로 한국보다 약간 싸지만 유적지 입장료는 학생 할인도 없고, 평균 만원에 이를 정도로 만만치 않아 부담이 된다. 이스탄불은 특히 물가가 비싸 아무리 아껴 써도 하루 생활비가 3~4만원 정도는 든다.

요르단, 시리아, 이집트 등은 한국에 비해 물가가 저렴한 편이다. 요르단은 화폐단위가 달러보다 높지만 물가는 그렇게 비싸지 않다. 한 끼 식사가 천원에서 2천원, 허름한 숙소라면 하룻밤에

2~3천원에 묵어갈 수 있다. 이집트와 시리아는 그보다 더 싸서 아껴 쓴다면 하루 만원이면 충분하다. 세 나라 모두 국제학생증을 가지고 있으면 큰 도움이 된다. 특히 시리아 같은 경우 할인폭이 크기 때문에 학생증은 매우 요긴하게 쓰여진다.

이란은 더 이상 중동에서 가장 물가가 싼 나라가 아니다. 2년 전 가이드북 설명보다 많게는 1.5배 정도 물가가 올랐다. 다만 작년부터 외국인 할증료가 철폐돼 유적지 입장료가 10분의 1로 저렴해졌다. 가난한 배낭객 스타일로 생활한다면 하루 예산은 만원~만오천원 정도면 충분하다.

좀 더 체계적인 정보를 원한다면 가이드북 『론리 플래닛-중동 (Lonely Planet-Middle East)』 편이 많은 도움이 된다. 영어로 돼 있다는 단점이 있지만 아직까지 중동에 대한 한국어 가이드북이 없어 이 지역을 여행하는 한국인들 대부분이 이 책을 가지고 여행한다.

중동은 위험하다?

많은 이들이 중동지역을 여행하기 전 안전문제로 망설인다. 위험할 거라는 고정관념 때문이다. 나 역시 떠나기 전 많은 충고를 들었다. 여행계획을 털어놓으면 친지들, 친구들은 걱정스러운 표정으로 여행을 만류하곤 했다.

그러면 이슬람지역은 실제 그렇게 위험한가? 물론 100% 안전하다고 말할 생각은 없다. 세상 어디에 그런 곳이 있겠는가. 하지만 사람들이 짐작하는 것처럼 위험하진 않다는 것이 내 생각이다.

세계 어디나 통용되는 진리가 하나 있다. 여행 중 사망이나 부상을 당하는 경우 대부분이 교통사고 때문이라는 사실이다. 그에 비하면 테러의 희생양이 될 가능성은 번개를 맞을 확률과 함께 거의 제로에 가깝다. 단언하건대 중동지역을 여행하면서 정치적, 종교적인 이유로 위험에 처할 가능성은 거의 없다. 이라크나 아프가니스탄과 같은 극소수의 예외적 상황을 제외하면 말이다.

중동지역의 치안이 불안정하다는 걱정을 하는 이들이 있는데 현실은 정반대다. 지역에 따라 차이는 있지만 이집트, 요르단, 시리아 등은 한국보다 안전하다고도 볼 수 있다. 종교적 믿음이 강한 곳이라 강력사건 건수가 제로에 가깝고 도난사건도 거의 없다. 음주가 금지되어 있으니 술마시고 시비 거는 이들도 없다.

이에 비해 터키, 파키스탄, 이란지역은 도난, 강도사건이 드물게 발생한다. 그렇다고 해도 전자에 비해 상대적으로 경계가 더 필요한 정도다. 상식적으로 대처하면 사고를 미연에 방지할 수 있는 경우가 대부분이다.

어느 지역이 얼마나 위험한지 알고 싶으면 최신 가이드북을 보거나 오가며 만나는 여행자들의 충고를 참고하면 된다. 일반적인 여행자의 루트에서 벗어나지 않는다면 필요한 정보를 충분히 얻을 수 있다. 다만 이라크와 아프가니스탄은 어떤 이유가 있더라도 당분간 가지 말라는 것이 중동을 여행하는 여행자들의 공통된 충고였다.

부분적으로 주의가 필요한 지역은 미리 체크해 놓는 편이 좋다. 이란 동부와 아프가니스탄 남부, 파키스탄 서부는 황금의 초승달지역으로 세계 아편의 78%를 생산하는 아편 생산지이자 밀수의 본거지다. 꼭 가야 한다면 최대한 빨리 통과하는 게 신상에 이롭다.

파키스탄도 부분적으로 치안상태가 불안했는데, 서부도시인 쿼타(Quatta)를 여행할 당시 부족 내 여성이 강간당했다는 이유로 부족민들이 로켓포로 정부 건물을 공격한 적이 있는데 다행히 도심에서 떨어진 지역에 묵고 있어서 별 문제는 없었다. 서북부도시인 페샤와르(Peshawar)에는 탈레반들이 거리를 활보하고 총기와 위조지폐를 파는 시장이 성행한다는 소문이었다. 남부 모헨조다로와 하라파에서는 24시간 무장 경관과 동행해야 한다는 말을 듣고 여행을 포기하기도 했다. 동부 라호르에서는 치안은 괜찮았지만, 호텔 주인들이 투숙객들의 짐을 훔쳐가는 일이 잦다는 경계주의보가 내려져 있었다.

이란의 대도시에서는 택시기사가 강도로 돌변하는 경우가 가끔 있다. 또, 가짜 경찰을 만날 일이 많으므로 마음의 준비를 해 두는 편이 좋다. 피해를 당하는 이들은 거의 없지만 여행하기 얼마 전 중국인이 에스파한에서 오토바이 강도의 칼에 찔렸다는 소문이 널리 퍼져 있었다.

이스라엘은 전체적으로 안전하지만 가자지구(Gaza Strip)만은 피하는 게 좋다. 여행할 당시에도 매일 서너 명씩 죽어나가는 상황이었다. 팔레스타인들의 생활을 경험하고 싶다면 굳이 가자지구에 가지 않더라도 다른 정착촌을 방문할 수 있으니 무리할 필요가 없다.

그 밖에 인터넷에서 뉴스를 찾아보거나 중동지역을 여행한 이들에게 메일로 문의하면 정확한 최근 정보를 얻을 수 있다.

정리하자면 무리하지 말고, 일반적으로 여행자들이 가는 곳을 다니면서 상식적인 행동을 한다면 이슬람권은 전혀 위험한 곳이 아니다. 오히려 어떤 면에서는 한국보다, 또 유럽이나 다른 곳보다 더 안전할 수 있는 곳이기도 하다.

1. 이집트, 영원히 잠드는 곳

카이로를 보지 않은 이는 세계를 보지 않은 것이다.
흙은 금빛이고, 나일은 경이로움이니. 여성들은 검은
눈을 가진 천국의 시간들 같고, 집들은 궁궐들이다.
부드럽고 침향나무보다 향긋한 공기가 마음을 기쁘
게 한다. 어찌 카이로가 세계의 어머니가 아닐 수 있
겠는가?
— 〈유대인 의사의 이야기〉, 천일야화

이슬람, 첫발을 딛다
공항 빠져나가기

카이로 공항의 불빛이 창에 비쳤다. 시간상으로는 채 열두 시간이 걸리
지 않았지만, 시차를 감안하면 하루 종일 비행기를 탄 셈이었다. 지금까
지의 여행 중 가장 긴 비행이었지만 가이드북을 펴든 머릿속에서 쉴 새
없이 생각들이 배회해서인지 지루하진 않았다.

일본에서 돌아온 지 보름 만이었다. 환영회를 마련했던 친구들은 다시
떠난다는 말에 놀란 표정을 감추지 못했고, 환영회는 환송회가 되어버렸
다. 그후 이러저런 모임에 불려다니느라 여행계획을 세울 짬도 부족했다.
비행기에 오르기 전까지 간신히 이슬람에 대한 개론서 몇 권을 읽었을 뿐
인데, 설상가상으로 일본인 친구가 한국을 방문해 일주일 간 남대문 시장,
고궁 등을 함께 돌아다녔다. 일본에서 신세를 졌으니 당연한 동행이었지
만 그 덕에 가이드북은 열어 볼 겨를도 없었다.

기내에서 가이드북을 보며 일정을 잡는 동안 마음 한구석에선 불안이 스멀거렸다. 새로운 여행을 찬성한 주위 사람들은 몇몇 무슬림 친구들뿐이었다. 다른 이들은 걱정 어린 눈초리로 '웬만하면 다른 곳을 택하지 그러냐'며 충고했다. 이라크에선 공방전이 계속됐고, 가자지구에선 테러가 줄을 잇는 상황이었다.

이라크엔 갈 생각이 없다고 되풀이해 말했지만 친지들의 얼굴에선 걱정이 사라지지 않았다. 귀에 못이 박힐 만큼 염려를 들으니 가끔은 나조차도 무모한 일을 하는 건 아닌가 하는 생각이 들 정도였다. 그럴 때마다 마음을 다잡았다.

'이라크에 갈 생각은 없다. 단지 이슬람 문명권을 돌아보며 무슬림들을 직접 만나 보고 싶은 것뿐이다. 일본에서 사귄 이집트 친구도 몇 번이나 강조했다시피 이라크와 이집트는 다르다. 이집트는 전혀 위험하지 않다'라고 계속 되풀이하며 스스로 주문을 걸었다.

이집트부터 여행을 시작한 것은 먼저 지리적인 이유에서 였다. 전시 중인 이라크는 말할 것도 없고, 사우디아라비아도 개인 여행자에게 비자를 내주지 않았다. 두 국가는 아라비아 반도의 중심을 차지하고 있었고 다른 이슬람국가들은 그를 둘러싸고 있는 형국이었다. 이 상황에서 육로로 여행하려면 이집트에서 출발해 동쪽으로 이동하는 편이 가장 편리했기 때문이다.

다른 이유는 문명사적인 것으로 이집트는 천 년이 넘는 세월 동안 이슬람 문명의 일부였고, 한때는 맘루크 제국의 본거지로서 이슬람의 정통성을 자처하던 곳이기도 했다.

마지막 이유는 개인적인 것인데, 사실 이집트 여행은 오랜 꿈이었다. 세계를 지배하는 서양 문명의 요람이자, 불멸을 자랑하는 피라미드의 고향. 거대한 신전과 거상들 사이에서 역사 여명기의 숨결을 느끼고 싶었고, 나일강에서 사막의 황혼을 바라보며 연인에 대해 생각해 보고 싶었다. 때문에 이집트를 첫 출발지로 정하고 나서 며칠 동안은 잠을 이루지 못할 정도로 설레였다.

고층빌딩, 유람선, 선상 레스토랑….
한 때 이집트 문명의 젖줄이었지만 지금은 현대화된 카이로의 나일(Nile) 강변.

카이로 공항에 내린 것은 자정이 지나서였다. 원래는 공항에서 하룻밤을 보낼 생각이었다. 어디나 마찬가지지만 밤에 나가면 영업시간이 끝난 호텔을 전전하다 바가지를 쓰기 일쑤고 밤거리에서 위험한 일을 당할 수도 있기 때문에 좋을 게 없다. 그럴 바에야 좀 불편하더라도 공항에서 밤을 새는 게 낫다는 생각이었다. 그런데 비행기에서 만난 한국 여성 두 명이 사정을 듣고 다른 제안을 했다. 그녀들을 위해 이집트에 있는 선교사님이 마중 나오기로 했다는 것이었다. 공항에서 짐을 들어 준다면 하룻밤 정도는 부탁해도 실례가 되지 않을 거라고 했다. 찬 바닥에서 자게 될 줄 알았는데 뜻밖의 고마운 제안이었다. 그러나 카이로 입성이 그렇게 순조롭게 진행되진 않았다. 공항 입국관리소 직원은 여권을 받더니 어디론가 사라져 버렸다. 다른 직원들은 모르는 일이라며 발뺌 했다. 제복을 입은 관리에게 호소해 봤지만 거만한 표정으로 기다리라고 말할 뿐이었다. 내게 호의를 베풀었던 여성 중 한 명도 마찬가지인 반면 그녀의 친구는 아무 일 없이 통과할 수 있었다.

같은 처지의 승객 몇 명이 지친 표정으로 의자에 앉아 기다리고 있었다. 둘이서 머리를 맞대고 생각했지만 영문을 알 수 없는 노릇이었다. 그녀와 나의 공통분모라곤 하나도 없었다. 더구나 그녀의 친구는 무사통과하지 않았나. 한 시간이 지나도 소식이 없자 기운이 빠졌다. 그러기를 두 시간, 여권을 가져갔던 직원이 우리를 향해 손짓했다. 그는 아무런 설명 없이 여권을 내밀었고 우리는 허겁지겁 받아 들었다. 나중에 선교사님께 들으니 중국인이 한국 여권을 위조하는 경우가 많아서 그랬을 거라고 했다.

카이로의 밤거리를 달리는 차창에 망자들의 무덤으로 이뤄진 거리가 왼편으로 지나갔다. 오른편에는 불을 밝힌 모스크들이 일렬로 늘어서 있었다. 새벽 2시의 거리에는 다른 차들이 거의 보이지 않았다. 열린 창문으로 들어오는 후텁지근한 바람에선 대추야자 냄새가 났다. 그렇게 카이로는 이방인을 맞아줬고 내 여행은 시작되었다.

카이로에서 생긴 일

다음날 택시를 타고 시내로 들어가면서 한국 여행자 한 명을 알게 됐다. 그는 이집트에서만 몇 개월 동안 체류 중이었는데, 그에게서 이집트 여행에 대한 유용한 정보를 얻을 수 있었다. 택시 타는 법, 적정 요금, 흥정하는 법……. 듣고 있다가 조심스럽게 물었다.

"카이로는 어떤가요? 위험하진 않나요?"

그가 한마디로 잘라 대답했다.

"전혀 아무 일 없을 거라는 걸 보장할 수 있어요."

과연 그 말대로였다. 카이로에 2주 정도 머물면서 위험한 일을 당한 적은 한 번도 없었다. 다른 이들도 마찬가지여서 강도는 물론, 도둑이나 소매치기를 당했다는 이들도 없었다. 종교적 신념이 강한 만큼 범죄율은 제로에 가깝다는 설명이었다. 나중에 다시 이야기하겠지만 밤거리도 안전하긴 마찬가지였다. 새벽 한두 시라도 마음대로 돌아다닐 수 있었고, 유일한 위험이라면 신호를 무시하고 달리는 자동차들뿐이었다.

물론 그렇다고 해서 천사들의 도시라는 말은 아니다. 역사의 아버지 헤로도토스 이후 수천 년 동안 관광명소였던 만큼 바가지 씌우기, 호객행위 등은 상상을 초월하고, 갖가지 명목으로 여행자들의 주머니를 털려는 이들을 보면 기가 찰 정도다. 나 역시 처음에는 몇 번이나 사기를 당할 뻔했다.

도착한 이튿날이었다. 북적거리는 거리를 걷는데 누군가 말을 걸었다.

"카이로에 온 것을 환영합니다!"

묻지도 않았는데 카이로대학 대학생이라고 자신을 소개했다. 흰색 셔츠를 받쳐 입은 인상 좋은 흑인 청년이었다. 몇 마디 나누지 않아 그는 내 팔을 잡아끌었다. 만난 기념으로 이집트 차를 대접하고 싶다는 것이었다. 사양할 이유가 없어 따라 들어갔다.

우리는 홍차를 마시며 이야기를 나눴다. 영어실력이 괜찮은 이집트인을 만나는 일이 흔한 기회가 아니라 이집트에 대해 알고 싶은 내용을 수 없이 물어봤다. 그도 성의껏 대답해 줘 카페를 나올 때는 내가 찻값을 내고 싶을 정도였다.

그는 내가 마음에 들었는지 집에 초대하고 싶다고 했다. 하지만 찻값을 치르고 데려간 곳은 향수가게였다. 아무것도 살 생각이 없다고 돌려 말하자 그가 망설이다 "사실은 부탁할 게 하나 있는데 말이야…"라며 말을 꺼냈다. 다음날이 친구 생일이라 면세점에서 선물을 사고 싶다는 것이었다. 왕복 택시비와 물건값을 낼 테니 옆에 같이 있다가 대신 계산만 해 달라는 부탁이었다. 약간 꺼림칙하긴 했지만 법을 어기는 건 아니라 같이 가기로 했다. 그런데 면세점에 도착하자 말이 바뀌었다.

지갑을 두고 왔으니 돈을 빌려주면 나중에 꼭 갚겠다는 것이었다. 녀석이 사기꾼이라는 사실이 명백해졌다. 화를 참으며 그럴 수 없다고 설명하자 이번에는 막무가내로 매달려왔다. 녀석에게보다 그에게 속은 내게 더 화가 나 가게를 뛰쳐나왔다.

이전까지는 여행하면서 현지인들과의 만남에 별로 비중을 두지 않았다. 그땐 누가 말하든 그냥 무시하면 됐다. 물론 말을 거는 이들 중에는 진심으로 사귀고 싶어 하는 이들이 더 많았을 거라고 생각한다. 하지만 열 명 중에 단 한 명만 다른 생각을 품고 있어도 결과는 치명적일 수 있다. 특히 인도 같은 곳에서 권하는 음식을 잘못 받아먹었다간 다음날 신문에 나올 수도 있었다. 그것은 주로 혼자 여행하기 때문이기도 했다.

하지만 이번엔 달랐다. 무슬림들을 만나러 와서 여행자들하고만 어울려 다닐 순 없는 노릇이었다. 약간의 위험부담을 감수하더라도 현지인을 만나고 친분관계를 쌓아야 했다. 그런 만큼 더 주의 깊게 상대를 살피고 접근해야 했다. 그러지 못한 부주의를 탓할 수밖에 없었다.

처음부터 불길한 조짐은 또 있었다. 도착했을 때 마침 일본에서 만났던 이집트 여학생 '엔지'가 카이로에 돌아와 있었다. 준비를 할 때부터 이런저런 조언을 해 줬던 친구였는데, 무슬림 학생들을 만나고 싶다는 말에 친구들과 같이 만나자고 제안해 왔다. 이집트에 도착하자마자 전화를 걸어 이틀 후에 만나기로 약속을 정했다.

그런데 만나기로 한 날 수첩을 잃어버렸다. 공중전화 위에 수첩을 두고 온 모양이었다. 십 분도 안 돼 돌아갔지만 수첩은 사라진 후였다. 엔지의 전화번호, 속지에 감춰둔 비상금 150달러도 사라져 버렸다. 경찰서에 찾아갔지만 영어가 통하지 않아 분실사유서를 적는 데만 두 시간이 걸렸다. 경찰서를 나오자 이미 약속시간이 한 시간이나 늦어 있었다.

이집트 경찰은 영어를 잘 못하고 권위적이다. 그래도 외국인들에게 친절하긴 하다

처음부터 실수를 연발하는 모습에 한숨이 나왔다. 이래서 앞으로 먼 길을 갈 수나 있을지, 심히 걱정도 됐다. 그래도 어깨를 추스르며 발길을 재촉했다. 엔지가 아직도 약속장소에서 기다리고 있을지, 만날 수나 있을지 의심스러웠지만 일단은 가봐야 했다.

신세대 대학생들과의 만남

중동인들은 시간관념이 철저하지 않다고 비판하는 이들이 많은데, 그 지적은 상당 부분 사실인 것 같다. 삼십 분쯤 늦는 일은 애교에 속하고 심하게는 한 시간 이상 늦기도 한다. 그래서인지 지각에 대해서도 여유 있는 태도를 보여 주는 이들 또한 중동인들이다. 한 시간 반이나 지나서 도착했지만 엔지는 별로 개의치 않는 모습이었다. 늦길래 사정이 생긴 줄 알았다는 말이 전부였다. 만약 그녀가 나만큼 늦었다면 나 도한 기다릴 수 있었을까? 아마 그렇지 않았을 것이다.

그녀가 데리고 간 곳은 AASTMT라는 약자로 알려진 아랍 과학 · 기술 · 해상수송대학(Academy for Science and Technology and Maritime Transport)이었다.

유엔의 지원을 받아 1971년에 창립된 명문대학이었다.

들어갈 때 두 가지 문제 때문에 약간의 실랑이가 있었다. 학생증을 제시하고 들어가야 한다는 것과 반바지 차림으로는 출입할 수 없다는 규정 때문이었다. 난 AASTMT의 학생도 아니었고 더구나 반바지 차림이었던 터라 당연히 제지당했다. 결국 엔지와 다른 이들이 읍소한 끝에 들어갈 수 있긴 했지만 이집트대학의 보수성을 엿볼 수 있었다.

교내 라운지에서 엔지의 친구들과 대화를 나눌 수 있었다. 다들 영어가 유창했고, 적극적으로 대화에 참여하려는 모습이 인상적이었다.

엔지는 일본 리츠메이칸 APU(Ristumeikan Asia Pacific Uniresity)에서 경영을 전공하는 만 스무 살의 여대생이었다. 작년에 친구들과 같이 학교를 다녔고 지금은 방학을 맞아 이집트에 돌아와 있었다. 오늘은 엔지가 오랜만에 보는 친구들에게 선물을 나눠주는 자리였다. 무슬림임에도 머리를 가리지 않았고 말하는 태도에서도 발랄함이 그대로 묻어났다.

헤바는 AASTMT에서 경영학을 전공하는 2학년 여대생이었고 나이는 엔지와 동갑으로 역시 생활의 여유가 묻어나는 모습이었다. 모크타르는 공대 졸업반으로 취직 준비를 하는 스물셋의 남학생이었는데 말수가 그다지 많진 않았다.

사라는 사우디아라비아 출신의 유학생이었다. 나이는 스물하나였으며 같이 대화를 나눈 이들 중에 유일하게 히잡을 쓰고 있었다. 그리고 사우디아라비아 출신답게 보수적인 태도를 보였다.

기회다 싶어 이집트에 도착해서 궁금했던 이것저것을 물었다. 먼저 이틀 동안 길거리에서 기도하는 모습을 본 적이 없는데 어디서 다섯 번씩 기도를 하는지에 대해 질문했다. 그러자 엔지가 기도는 길거리에서 하는 게 아니라고 대답했다. 헤바가 웃으며 말을 이었다.

"움직이지 못할 정도로 아프다면 누워서 기도를 할 수도 있어요."

히잡에 대해서도 엔지는 대수롭지 않게 말했다. 어떤 사람들은 신경을 쓰고 다른 사람들은 그렇게 하지 않는 것뿐이에요. 엔지의 말에 헤비는 스키프를 쓰고 안 쓰고는 얼마나 전통에 따를지를 스스로 정하는 것이라고 덧붙였다.

이때 사라가 원래는 다들 스카프를 써야 하는 것이며 그것이 여성의 의무라고 말했는데, 사라를 제외하곤 아무도 머리를 가리지 않고 있어서인지 잠시 어색함이 흘렀다. 엔지는 히잡의 착용 여부는 개인의 의지에 전적으로 달린 문제라고 말했다. 요컨대 머리를 가리는 것은 종교적인 믿음과는 별로 관계가 없다는 것이었다.

정말 누구도 히잡을 강요하지 않을까, 암묵적으로 강요하는 사회 분위기가 있는 것은 아닐까, 하는 의문이 들었지만 히잡을 쓰지 않고 자유롭게 자라온 이들에게 더 이상의 대답을 얻는 것은 불가능해 보였다.

엔지가 머리를 가린다고 해서 꼭 그녀들이 더 종교적인 것도 아니고, 이집트에는 머리를 가리지 않고서도 다른 의무들을 성실하게 이행하는 이들이 많다고 하자 다시 사라가 말했다. "하지만 일반적으로 스카프를 쓰는 이들이 그렇지 않은 이들보다 종교적일 거라고 짐작할 수는 있죠." 이번엔 엔지가 바로 말을 받았다. "아까 말했듯이 언제나 그런 건 아니에요." 다들 웃음을 지었지만 분위기는 어색해졌다.

이렇게 각자의 생각에 차이를 보였지만 이라크에 대한 미국의 침공에는 의견 일치를 보였다. 엔지는 이라크는 이라크인들의 국가라는 사실을 강조하며 미국이 무슨 권리로 이라크인들을 죽이고 삶의 터전을 빼앗냐고 물었다. 그리고 사실은 전쟁의 원인이 석유에 있는 게 아니냐고 냉소적으로 말했다. 헤바는 석유 때문에 이라크를 침공했으니 이집트도 침략당할 수 있다며 걱정스러운 투로 말을 받았다. 사라 역시 고개를 끄덕이며 동조했다. 이스라엘과 유태인들에 대한 적개심도 다들 비슷해 보였다. 엔지는 단호하게 말했다.

"이스라엘은 우리의 적입니다. 우리는 이스라엘을 좋아하지 않고, 그들과 어떤 관계도 맺고 싶은 생각이 없어요."

사라는 한술 더 떠 언젠가 아랍을 통합시킬 이가 나타나서 이스라엘을 중동에서 몰아낼 거라고 선언했다. 헤바는 그 말에 동의하면서도 지금 아랍세계가 분열되어 있기 때문에 이스라엘과 대적하지 못하는 것이며 앞

AASTMT의 대학생들, 내가 반바지를 입은 사실을 숨기기 위해 사방으로 호위하고 돌아다녔다. 왼쪽부터 모크타르, 헤바, 크리스틴(독일 유학생), 엔지, 바티(인도 유학생)

으로 아랍이 통합될 시기를 위해 지속적으로 기술력을 발전시키는 것이 중요하다고 말했다.

엔지는 아랍의 분열에 대해 색다른 해석을 내놓았다. 미국과 이스라엘이 고의적으로 아랍의 통합을 방해하고 있다는 것이다. 음모론이냐고 묻자 목소리가 높아졌다.

"전 모든 종류의 나쁜 행동 뒤에는 항상 유태인들이 있다고 생각해요. 아랍지역의 빈곤, 살상, 파괴 같은 것들 말이죠. 이라크와 아프가니스탄을 공격하기로 한 것도 결국 유태인들의 결정이라고 믿고 있어요."

사라는 9·11테러도 유태인들이 저지른 일일 거라고 덧붙였다. 그러자 다른 이들도 고개를 끄덕였다. 나중에 알게 된 일이지만 유태인들이 9·11테러의 주범이라는 음모설은 적어도 중동에서는 광범위하게 진실로 받아들여지고 있었다.

이라크전에 한국이 파병한 사실에 대해 묻자 다시 의견이 엇갈렸다. 헤

33

바는 이라크에서 벌어지고 있는 일의 책임이 유태인과 미국에게 있기 때문에 한국에 대한 특별한 감정은 없다고 대답했다. 엔지는 대부분의 이집트인들이 한국이 미국의 영향력 때문에 어쩔 수 없이 파병을 한 사실을 알고 있으며 때문에 별로 나쁜 감정을 갖고 있진 않다고 덧붙였다. 모크타르도 동의했지만 사라는 의견을 달리했다.

"하지만 한국이 미국을 도와 이라크에 파병한 것은 사실이잖아요? 직접적으로 침공에 가담하지 않았더라도 결국 침략군의 편에 서 있는 것이라고 볼 수 있죠. 미국은 무단으로 이라크를 침공하고 자원을 빼앗아가고 있어요. 그런 미군을 돕고 있다는 것이 그다지 보기 좋은 것은 아니죠."

말을 마친 사라가 곧바로 수업에 들어가면서 대화는 끝났다.

사실 아랍 한복판에 존재하는 이스라엘은 아랍세계의 자존심과 직결된 문제다. 자존심을 중요하게 여기는 중동인에게 참을 수 없는 수치인 것이다. 그러나 아랍 연합군은 번번이 이스라엘에 패했고, 아프가니스탄과 이라크는 무너졌다. 이런 상황에서 증오와 더불어 같은 깊이의 두려움을 가지고 있는 것은 어떻게 보면 당연했다. 이러한 증오와 공포, 무력감은 '모든 악행의 뒤에는 유대인이 있다'는 식의 사고방식을 낳았을 것이다.

무슬림들은 그들이 저지른 것으로 보도되는 테러의 대부분이 유대인에 의해 저질러졌다고 믿고 있었다. 그리고 온갖 비열한 수를 동원해 아랍세계의 발전을 저해하는 주체 역시 유대인들이라고 생각하고 있었다. 하지만 설사 그게 사실이라고 해도 자신들의 세계를 지킬 책임은 일차적으로 당사자들에게 있는 것이다.

사실 아랍세계의 분열은 몇 천 년 전부터 계속되어 왔다. 이를 통합시킨 이들로는 예언자 무함마드, 살라딘 정도가 거론된다. 이집트의 나세르가 주창한 아랍 민족주의도 결국 실험으로 끝났다. 이런 상황에서 장차 아랍의 통합을 이끌어 낼 책임은 젊은 세대들에게 있다. 소극적으로 남의 탓만 하는 것으로는 아무것도 변화시킬 수 없다는 생각이 들었다.

한 가지 재미있는 점은 엔지, 모크타르, 헤바가 상대적으로 개방적이고 자유스러운 태도를 취한 데 비해 사우디 출신의 사라는 보수적인 태도를 선명히 했다는 사실이다. 이들의 의견은 많은 부분에서 서로 엇갈렸고 이는 서구화, 개방화에 대한 아랍국들의 다른 처지와 시선을 그대로 보여주는 듯했다. 이러한 차이를 극복하고 이들이 우정을 키울 수 있다면, 그리고 마찬가지로 서로 입장과 처지가 다른 아랍국가들이 우정을 키울 수 있다면 그것이 거창하게 말해 아랍 통합의 시작이지 않을까.

엔지, 헤바, 사라, 모크타르는 다들 좋은 환경에서 자란 대학생들이었다. 말하면서도 여유가 느껴졌고, 영어도 곧잘 구사했다. 이슬람식으로 옷을 입은 이는 사라밖에 없었고, 나머지는 서양 옷차림에 패스트푸드를 좋아한다고 했다. 온몸을 가리고 보수적인 말만을 늘어놓을 거라는 선입견은 순식간에 부서졌다. 우리는 콜라를 마시며 줄곧 유쾌하게 대화를 나눴다.

그렇지만 겉모습이 자유롭다고 해서 사고방식까지 서양화된 건 아니었다. 문화는 문화일 뿐, 다들 이스라엘과 미국에 대해서는 적대적인 태도를 선명히 했다. 또, 이들은 언젠가 이스라엘을 몰아내고야 말겠다는 생각을 숨기지 않았다.

피라미드

'인간은 시간을 두려워하고 시간은 피라미드를 두려워 한다'는 아랍 속담이 있다. 그밖에도 피라미드를 수식하는 수식어는 한도 끝도 없다. '역사학의 아버지' 헤로도토스 이래 수많은 이들이 이 위대한 건축물을 묘사하기 위해 언어와 이론을 동원해 왔다. 하지만 인류 최대의 건축이자 마지막 남은 불가사의인 피라미드를 둘러싼 논란은 아직도 여전하다.

피라미드는 이집트 곳곳에 남아 있다. 그중 가장 유명한 것은 역시 기자의 피라미드다. 기자는 카이로 남쪽에 위치한 지역이며 쿠푸왕, 카프레

왕, 멘카우왕의 거대한 피라미드를 만날 수 있어 언제나 관광객들로 붐비는 지역이다.

그중 가장 높은 쿠푸왕의 대 피라미드(140m)는 보존상의 이유 때문에 하루 3백명으로 입장 인원을 제한한다. 물론 그 티켓은 대부분 가이드들 차지다. 개별여행자가 쿠푸왕의 피라미드에 들어가기 위해서는 아침 일찍 일어나 가이드보다 먼저 입장권을 사는 수밖에 없다.

나 역시 쿠푸왕의 피라미드를 볼까 생각했지만, 결국 숙소에서 나온 건 8시 반이 넘어서였다.

카이로 박물관에서 피라미드로 향하는 버스는 느릿느릿 도착했다. 도중에 만난 남자는 친절한 호객꾼이었는데 정부에서 운영하는 낙타가게를 소개해 준다며 속이려 들었다. 피라미드로 가는 길은 호객꾼들로 가득 차 있었다. 가짜 티켓을 파는 이들이 곳곳에서 여기가 매표소라며 소리를 질렀다. 가짜 매표소 열 곳을 지나자 진짜 매표소가 보였다. 그런가 하면 경찰들마저 사진을 찍어 준다며 박시시를 요구했다. 아이들은 강제로 선물을 안겨놓고 달러를 달라며 다리를 잡고 늘어졌다. 탈 때, 내릴 때 가격이 다르다는 낙타 몰이꾼은 멀리서 사진을 찍기만 해도 득달같이 달려와 모델료를 요구했다.

게다가 사막은 마치 유원지처럼 담장 안에 펼쳐져 있었고, 담장 밖의 가정집, 상점, 피자헛을 포함한 레스토랑들이 북새통을 이루고 있었다. 피라미드가 사막 한가운데 있으리라는 환상은 신기루처럼 스러졌다. 철조망 너머로 언뜻 보이는 피라미드가 가여웠다.

그렇지만 실망을 헤치고 도착한 피라미드는 형언할 수 없을 만큼 대단했다. 시간, 죽음과 싸워 신이 되고자 했던 파라오의 집념, 그 욕망이 손에 잡힐 것처럼 다가왔다. 땅에서 솟아났다고 밖에 볼 수 없는 크기의 돌들이 끝이 보이지 않게 쌓여져 있었다. 잡다한 일들은 순식간에 기억 너머로 사라져 버렸다. 담장 하나를 사이에 두고 마치 환상의 세계와 현실세계처럼 그렇게 피라미드는 압도적으로 서 있었다.

피라미드를 넘어 걸을수록 점점 사막다운 사막이 나타났다. 단지 삼십

카프레피라미드.
윗부분에 남아있는 회장석은
시간과의 싸움에서 얻어진 흉터다.

(위) 세 개의 피라미드가 한 눈에 보이는 뷰포인트.

(아래) 영원에 대한 헛된 희망이
사막에 아득하게 피어오른다

거대한 스핑크스도, 비밀 통로도, 인간의 탐욕을 막을 수 없었다. 도굴꾼들은 피라미드 자체를 제외한 모든 것을 훔쳐갔다.

여 뷰을 걸어갔을 뿐이었다. 하지만 피라미드 세 개가 한눈에 보이는 뷰포인트에서는 고대 상인들이 낙타방울을 울리며 다가오는 듯한 착각이 들었다. 마치 신기루처럼 지평선 너머로 피라미드가 나타났을 때, 그것은 기적의 현존을 알리는 신호가 아니었을까?

신이 되길 원하는 인간은 가끔 불가능한 일에 도전한다. 그건 인간의 유한성에 대한 나름의 저항이었을 것이다. 한편으론 씁쓸하기도 했다. 부장품들은 피라미드를 건설하는 동시에 빼돌려졌고, 나머지도 전부 도굴당해 없어진 지 오래였으며 불멸을 꿈꾸던 미라들은 이집트 박물관에서 구경거리로 전락해 있었다.

지금도 세계 어딘가에선 도굴된 황금 마스크를 바라보며 신이 되고자 하는 이가 있을지 모를 일이다. 하지만 불멸을 꿈꾼 대가가 이토록 처참하다면, 순식간에 잊혀버리는 편이 더 낫다는 게 내 결론이었다.

이집트 돌아보기

이집트를 찾는 이들은 중부 나일의 고대 이집트 유적, 서부지역의 사막, 동부의 시나이 반도와 홍해를 세 축으로 그중에서 각자 보고 싶은 것을 정해 여행계획을 짠다.

고대 이집트 문명의 흔적은 나일강을 따라 수직으로 이어져 있다. 따라서 관광객들 대부분은 나일강을 따라 알렉산드리아—카이로—룩소르—아스완으로 이어지는 루트를 택한다.

나일강을 따라 거슬러 올라가는 방법에는 여러 가지가 있다. 돈이 넉넉하고 시간이 많다면 대형 유람선을 타고 나일강을 항해하는 크루즈 여행을 시도해 보는 것도 좋다. 유람선 갑판에서 사막의 일몰을 보면서 칵테일을 마시고 밤에는 선상 디너파티를 즐기며 평생 기억에 남는 추억을 만들 수 있다. 문제는 가격인데, 여행 시즌과 기간에 따라, 배의 종류에 따라 천차만별이지만 보통 수십만 원에서 수백만 원을 호가한다. 가난한 배낭

피라미드를 넘어 아스라히 뻗은 도로.

여행자의 입장에서는 선택하기 곤란한 옵션이다.

일반적인 방법은 카이로에서 밤기차를 타고 룩소르나 아스완으로 가는 것이다. 보통 열 시간에서 열두 시간 정도 걸린다. 객실은 침대칸, 1등석, 2등석으로 나눠져 있는데 침대칸은 지나치게 비싼 편이라 배낭여행자들은 주로 1등석이나 2등석을 택한다. 아스완까지 한화로 7~8천원 정도인 2등석도 생각보다 시설이 좋아 별 어려움 없이 여행할 수 있다. 다만 성수기에는 미리 예약해 놓지 않으면 타기 힘들다.

여행자들에 따라서는 아스완을 먼저 보고 이집트의 전통 돛단배 펠루카를 타고 룩소르까지 오는 이들도 있다. 보통 2박3일 정도 배를 타고 나일강을 따라 항해하게 되는데 가격이 적당한 편이라 동행자가 있다면 시도해 볼 만하다. 내 경우에는 같이 갈 여행자를 구하지 못해 포기해야만 했던 게 아쉬움으로 남는다.

카이로 최대의 볼거리는 앞서 언급한 가자 피라미드다. 하지만 그 밖에도 찬찬히 살펴보면 다양한 볼거리가 눈에 들어온다. 이슬라믹 카이로에서는 유서 깊은 모스크를 돌아다니며 이슬람의 체취를 느낄 수 있고 재래시장에서는 수천 년 동안 관광지였던 이집트인들의 상술을 접할 수 있다. 콥틱교회에서는 흔히 접하는 가톨릭이나 프로테스탄트와 조금은 다른 기독교 문명을 경험할 수 있고 아랍식 고성에서는 맘루크 제국의 흔적과 흥겨운 수피댄스를 즐길 수 있다.

룩소르는 테베왕국의 수도였던 고대도시다. 도시 전체가 유적이라고 해도 과언이 아닐 정도로 발길 닿는 곳마다 사원과 유물이 관광객들을 기다리고 있다. 룩소르는 서안과 동안으로 나뉘는데 서안에는 투탕카멘의 무덤으로 유명한 왕가의 계곡, 핫셉수트 장제전 등의 볼거리가 있고 동안에는 숙박시설, 음식점과 카르낙 신전, 룩소르 신전 등이 있다.

아스완을 찾는 이들은 대부분 아스완 하이댐과 아부심벨 신전을 찾는다. 나일강의 물을 안정적으로 공급하길 원했던 이집트정부는 세계 최대의 록댐인 하이댐을 지었고 그 과정에서 람세스 2세의 아부심벨 신전이 수몰 위기에 놓이게 됐다. 논란 끝에 결국 유네스코가 모금운동을 벌였고

맘루크 제국의 강력한 지도자였던 무하마드 알리의 시타델,
매주 수요일과 토요일에 흥겨운 수피 댄스가 공연된다. 카이로.

룩소르의 핫셉수트 장제전, 바위산을 통째로 깎아 만든 장대한 규모의
신전으로 룩소르를 찾는 이들의 필수코스다.

아부심벨 신전을 해체해 댐보다 높은 위치로 이전시켰다. 이집트 문명과 교류를 지속했던 누비아 문명을 접할 수 있는 것은 아스완의 또 다른 매력이다.

사막을 경험하고 싶다면 두 가지 방법이 있다. 카이로에서 가까운 바하리아 오아시스를 찾거나 알렉산드리아로 가서 시와 오아시스로 가는 것이다. 바하리아 오아시스에서는 백사막, 흑사막 등을 접할 수 있는데 우리가 일반적으로 상상하는 모래사막이 아닌 황무지사막이다. 이런 이유로 한국 여행자 중에는 사구를 볼 수 있는 시와 오아시스를 택하는 이들이 많다. 어느 쪽이든 사막에서 하루나 이틀 정도 야영을 한다면 잊을 수 없는 추억을 만들 수 있다.

사막의 오아시스를 연결하는 교통수단은 버스와 지프다. 지프는 비싸고 버스는 운행 횟수가 적다는 단점이 있다. 내 경우에는 사막을 일주일 정도 돌고 나일강으로 합류하는 루트를 택했는데 이때 문제가 되는 것은 합류 지점이 아슈트(Asyut)라는 사실이다. 아슈트에 도착하면 24시간 경찰과 동행하지 않으면 안 되기 때문이다.

이집트의 또 다른 매력을 보고 싶으면 시나이 반도를 찾으면 된다. 모세가 십계명을 받은 시나이산과 사막의 끝에 펼쳐진 에메랄드빛 바다는 무심한 여행자의 발을 묶어 놓을 정도로 매력적이다. 시나이 반도의 유명한 휴양지는 샤름-엘 세이크와 다합이다. 종종 중동 정상회담이 열리는 장소로 뉴스에 나오는 샤름-엘 세이크는 약간 물가가 비싼 편이라 배낭여행자들 중에는 다합을 찾는 이들이 많다.

이처럼 볼거리는 많지만 이집트가 여행하기가 쉬운 곳이라고 할 수는 없다. 수천 년 동안 관광 수입으로 지탱해 온 나라라 호객행위, 바가지요금이 극심하고, 좋게 말하면 관심이지만 나쁘게 말하면 남의 일에 참견하길 좋아하는 이들도 가끔 여행자들의 인내심을 시험대에 오르게 한다.

무엇보다 나를 괴롭혔던 것은 거짓말 같은 농담을 즐기는 문화였다. 장난을 좋아하는 이집트인들은 물정 모르는 외국인들을 골려주길 좋아한다. 길을 물어보면 반대쪽 길을 가르쳐 주고 뒤에서 킬킬거리는 식이다.

물론 악의라기보다는 호기심과 장난을 걸고 싶은 마음에서 비롯된 행동이었지만 당하는 입장에서는 여간 신경 쓰이지 않았다.

길이야 그렇다고 쳐도 다합 가는 버스에 올라 있는데 알렉산드리아로 가는 버스라고 해 허둥지둥 내리게 만들거나, 요르단으로 가는 배 시간을 잘못 가르쳐줘 헐레벌떡 달려가게 하는 건 악취미 이상이었다. 하지만 몇 번 당한 후부터는 나름대로 노하우를 터득했다. 길을 물어볼 때 여성에게 물어보는 것이다. 이슬람 여성들은 수줍어하면서도 열이면 열 친절하고 정확하게 길을 알려 준다.

거리에서 발견한 것들
카이로의 밤거리

카이로 거리에는 없는 게 많다. 소매치기도, 강도도 없다. 사창가도 없으며 아랍 부호들을 상대하는 고급 매춘부들이 있다는 말을 들었지만 거리에서 만날 일은 전혀 없다. 카지노와 술집도 눈을 부릅뜨고 찾아야 할 정도다.

그것은 이슬람의 계율 때문인데, 샤리아(Sharia: '샘'이라는 뜻으로 이슬람, 혹은 이슬람법을 가리킨다) 계율에 따르면 강도, 절도는 다른 다섯 가지 범죄와 더불어 가장 큰 죄에 속한다. 매춘과 간음도 마찬가지다.

물론 여기까지는 다른 종교도 마찬가지다. 세상 어느 종교가 강도나 매춘을 장려하겠는가. 다른 점이 있다면 그걸 얼만큼 지키는가 하는 실천성의 문제다. 물론 이슬람국가라고 다들 계율을 같은 정도로 지키는 건 아니다. 사우디는 더 엄격하지만 터키는 그렇지 않다. 이슬람 최고(最古)의 대학을 가진 이집트인들은 대체로 계율을 엄격하게 지키는 편이었다.

카이로의 밤은 물담배와 차 한 모금, 그리고 왁자지껄한 웃음과 더불어 깊어간다.

이슬람에서만 엄격하게 금지하는 것도 있다. 음주와 도박은 사람들에게 이로울 게 없다는 점에서 금지된다. 물론 술집은 있지만 마시는 이들도 한두 병이 고작이며 술에 취한 이들은 찾아보기 힘들다. 그래도 저녁만 되면 거리로 쏟아져 나오는 사람들은 마냥 즐겁다. 다들 한두 시까지 시샤(물담배)를 피거나 차를 마시며 환담을 나눈다. 술이 없으면 밤에 뭘 하냐는 우리의 고정관념을 비웃기라도 하듯 그들은 유쾌하게 한결 서늘해진 카이로의 밤거리를 활보한다.

마침 방문할 때는 늦여름이었다. 거리를 지나다 보면 아이스크림 가게 앞에 줄을 선 이들을 볼 수 있었다. 이집트인들은 남녀노소를 가리지 않고 단 음식을 좋아했다. 길거리에서 아이스크림을 맛있게 먹는 할아버지를 보니 저절로 웃음이 나왔다. 한국에서라면 쉽게 볼 수 없는 풍경이다.

한 번은 다른 여행자들과 밸리댄스를 공연하는 바에 간 적이 있었다. 여성 댄서 한 명이 나와 춤을 췄는데 배 부분에 얇은 천을 덧댄 것이 특징적이었다. 이슬람 원리주의자들의 위협 때문에 그렇게 한다는 설명이었다. 관객도 몇 명 없었고 춤 자체도 기대 이하였다. 비싼 술값이 아까울 정도였다. 거리에 나와 보니 음침하게 숨어서 술을 마시는 것보다 거리에서 차를 마시며 담소를 나누는 이들이 더 즐거워 보였다.

또 하나 놀란 것은 쇼윈도의 화려한 의상과, 거리의 수수한 의상의 불일

(좌) 이집트 여성들의 전형적인 복장은 히잡과 긴 팔 셔츠 그리고 롱스커트나 긴 바지였는데,
낮 기온이 40도에 육박해도 변하지 않았다.
(우) 란제리 상점의 과감한 의상들, 정말 이집트 여성들은 보수적인 옷차림 밑에 저런 속옷을 입는 걸까?

치였다. 온갖 야시시한 속옷이야 속에 입었는지 안 입었는지 확인할 수 없으니 그렇다고 치더라도, 마네킹에 물려 있는 담배는 지금까지 담배를 피우는 이집트 여성을 한 번도 본 적이 없다는 점에서 상당히 당혹스러웠다.

옷차림도 마찬가지였다. 쇼윈도의 마네킹은 서구적인 머리를 드러낸 채 원색의 의상을 선보이고 있었지만, 대부분의 여성들은 수수한 옷차림으로 번화가를 활보했다. 사진에 나온 여성들이 사진 2백여 장 중에서 그나마 가장 화려한 옷차림을 고른 거라고 한다면 그 정도를 짐작할 수 있을 것이다.

물론 그게 전부는 아니었다. 세금과 봉사료 등 부가료가 세 번이나 붙는 고급 라이브 클럽에는 한국에 지지 않을 정도로 야한 옷차림과 몸매를 뽐내는 여성들이 스카프 없이 자유롭게 활보하고 있었다. 그들이 낮에는 어디에 숨어 있었는지 궁금할 정도였다. 그래도 핫팬츠나 미니스커트만은 끝내 볼 수 없었다.

이집트인들은 전반적으로 외국인에게 호의적이었다. 눈만 마주쳐도 다들 웃으며 '웰컴 투 카이로'라며 말을 건넸고 남자아이들은 달려와서 손을 흔들었다. 중심가에선 스스럼없이 인사를 하는 여성도 많았다. 하지만 아직 대다수의 여성들은 눈이 마주치는 것조차 불편해 했다. 그렇게 이집트는 변화와 전통 사이에 놓여 있었다.

단조로운 음식

이슬람지역을 여행하면서 유일하게 불만스러웠던 것이 바로 음식이었다. 어떤 음식이든 잘 먹는 것을 자랑으로 삼는 나로서도 이집트—요르단—시리아로 이어지는 지역의 음식은 실망스럽기 그지없었다.

양이나 닭고기를 큰 꼬챙이에 부위별로 차곡차곡 꽂아 돌려가며 구운 후 수직으로 썰어 야채와 함께 빵에 끼워먹는 샤와르마 요리는 맛이 그만이었다. 양고기를 꼬챙이에 꿰어 굽는 쉬시 케밥이나 다진 양고기를 소시지 형태로 구워 먹는 콥타 등도 입맛에 잘 맞았다. 튀긴 콩과 야채를 으깨 빵에 넣어 먹는 플라펠 샌드위치나 그릴에 구운 닭고기도 먹을 만했다.

문제는 음식 가짓수였다. 위에서 언급한 요리를 제외하면 먹을 만한 음식을 찾기 힘들었다. 물론 큰 식당에 간다면 정통 요리와 서양음식도 먹을 수 있지만 길거리음식을 전전하는 처지에서는 플라펠, 샤와르마, 구운 닭고기에 만족해야 했다. 그건 이집트, 요르단, 시리아 모두 마찬가지였다. 변화가 있다고 해 봐야 샤와르마 요리를 넣는 빵 종류가 바뀌는 정도였다.

이집트에는 코샤리 같은 전통음식이 있어서 그나마 사정이 나았지만 요르단과 시리아에서는 매일 똑같은 식단을 반복해야 했다. 어떤 날은 하루 내내 샤와르마 요리를 먹은 적도 있었고, 다른 날은 하루 종일 플라펠 샌드위치만 먹었다.

견디다 못해 가끔 큰맘 먹고 맥도널드 같은 패스트푸드점이나 레스토랑에 가서 피자나 파스타를 사먹기도 했다. 하지만 그 한두 번 때문에 예산에 문제가 생기기 시작했다. 결국 한국 일행을 만난 후부턴 직접 요리를 해 먹었다. 주로 파스타나 볶음밥을 만들었고 가끔은 인도네시아 라면을 사다 끓여먹기로 했다.

음식 사정이 나아진 것은 터키에 와서였다. 세계 3대 요리의 하나로 터키 요리를 꼽는 이들이 있을 정도로 터키의 요리는 다양하고 맛있었다. 료칸타라고 불리는 간이식당에서는 양고기, 소고기, 해산물, 치즈 등 갖가지 재료가 어우러진 음식들을 비싸지 않은 가격에 먹을 수 있었다. 문제는 만만치 않은 터키 물가 때문에 식비를 줄여야 했던 내 상황이었다. 결국 다시 파스타 따위를 해 먹으며 위를 혹사시킬 수밖에 없었다.

음식 상황이 전반적으로 개선된 것은 파키스탄부터인데, 인도문화권에 속한 파키스탄에서는 저렴한 가격에

국내에서 케밥이라 불리는 사와르마 요리. 원래 명칭은 도네르 케밥 (터키). 하지만 이집트, 요르단 등에서 케밥을 달라고 하면 꼬치구이 (시시케밥)가 나온다.

방글라데시 가정의 저녁 식탁. 이슬람 규율에 따라 재료를 선별한 후 인도식으로 요리한다.

다양한 인도음식을 접할 수 있었다. 인도식 볶음밥, 사모사(인도식 삼각만두), 커리와 짜파티 등을 여유 있게 즐기기 시작했다.

이슬람권에서 금기시되는 것은 돼지고기와 육식 동물의 고기다. 이는 예언자 무함마드의 권고에 따른 것이다. 다른 고기도 할랄의식을 거쳐서

이란의 전통 찻집. 물담배 연기로 가득찬 실내에는 갖가지 모양의 주전자와 찻잔, 물담배 병이 주렁주렁 매달려 있다.

도살한 고기라야 먹는다. '할랄'은 '허용되는 것'이라는 뜻으로 날카로운 칼로 단숨에 목숨을 끊은 후 피를 뺀 고기를 의미한다. 중동에서 접하는 고기는 전부 할랄의식을 거친 고기라고 보면 된다. 물론 일반적인 고기와 맛의 차이는 전혀 없다.

또 다른 금기는 술이다. 이슬람에서는 술을 마시는 것을 엄격하게 규제하고 있다. 대신 이들은 차와 커피를 자주 마신다. 중동을 여행하다 보면 하루에도 몇 번씩 차를 마시자는 초대를 받게 된다. 주로 홍차에 설탕을 넣어 달게 마시는데, 더위에 도움이 되기 때문이라고 한다. 차 인심도 후해서 어떤 날은 열 잔 이상 마신 적도 있을 정도다.

중동에서 차문화가 가장 발달한 곳은 이란이다. 이란에는 페르시아풍으로 장식된 유서 깊은 찻집이 많이 있다. 고풍스럽게 장식된 찻집의 페르시아 양탄자 위에서 홍차를 마시는 건 놓칠 수 없는 경험이다.

그럴 때는 중동지역의 또 다른 기호품인 물담배도 곁들여지기 마련이다. 호리병 같은 용기에 들어 있는 물을 투과해 연기를 빨아들일 수 있도록 만들어진 물담배는 담배를 전혀 피우지 못하는 나조차도 피울 수 있을 정도로 순했다. 오렌지, 사과, 커피 등 다양한 향을 즐길 수 있다는 점은 물담배의 또 다른 매력이다.

이집트 남성의 이중사고

이슬람에서 여성은 '보호받아야 할 존재'로 간주된다. 지금은 거의 사라진 일부다처제가 만들어진 것도 전쟁으로 죽은 미망인들을 보호해 줄 남성들이 필요했기 때문이었다. 꾸란에는 여러 가지 여성의 권익을 보호하는 제도들이 서술되어 있다. 하지만 이 규율들은 여성들을 '사회적 주체'로 간주하는 대신 보호받아야 하는 '약자'로 상정하는 유목민의 전통에 기대고 있다.

이슬람 여성의 비극은 이슬람 규율이 엄격하다는 것에서 비롯되지 않는다. 사실 과거의 이슬람 제국들은 지금의 사우디아라비아나 이란만큼 엄격하지 않았다. 이는 아라비안나이트를 읽거나 옛 삽화를 보면 금방 알 수 있다.

오히려 동시대의 서양보다 여성의 권익을 보호하는 것에는 더 적극적이었고 진보적이었다. 로마 가톨릭이 이혼을 허용치 않자 헨리 8세가 성공회를 만든 것이 16세기였다. 하지만 7세기에 성립된 이슬람은 설립 초기부터 이혼을 인정했고 여성의 상속권을 보장했다.

문제는 처음에 서양보다 진보적이었던 이슬람 규율이 지금까지 별로 변하지 않았다는 것이다. 아니, 오히려 더 엄격해지고 있다고 볼 수도 있다. 이는 서구의 자극에 대항하는 이슬람 사회의 반작용이다.

명예를 존중하는 유목민의 전통에 이슬람의 규율까지 더해져 이슬람 지역 여성에 대한 남성들의 보호의식은 각별하다. 이는 좋은 것처럼 보이지만 사실은 양날의 칼이다. 보호의식은 소유욕으로 연결되기 쉬운데, 이슬람국가에서 외국인과 함께 있는 이슬람 여성이 눈총을 받는 이유가 여기에 있다. 하지만 이슬람 남성은 외국 여성을 이슬람 여성과 같은 방식으로 바라보지 않는다. 여기서 그들의 이중적인 태도가 드러난다.

룩소르에서 만난 치히로는 스물넷의 일본 여행자였다. 당시 함께 다니던 폴란드 친구와 매일 전쟁을 치르던 시기였다. 룩소르와 아스완은 둘 다 유서 깊은 관광지여서 호객행위와 바가지요금이 도를 넘었고 버스를 한 번 타려고 해도 승강이를 하지 않으면 안 됐다. 하지만 치히로는 다음의 한마디로 우리를 놀라게 했다.

"너무 좋은 나라예요. 사람들이 모두 친절하고 잘 도와줘서 여행하기가 너무 쉬운 걸요."

우리는 처음에 치히로가 다른 나라 얘기를 하는 줄 알았다. 아니면 더위를 먹었거나. 하지만 한나절 함께 다녀 보자 그녀가 그렇게 말하는 것도 이해가 갔다.

다들 치히로에게 어떻게든 환심을 사려고 애쓰는 모습이 볼 만했다. 길에서 물건을 팔던 이들이 달려와 먹을 것을 건넸고, 펠루카(이집트의 전통배) 선주는 무료로 태워줄 테니 맥주나 한 잔 하자고 제의해 왔다. 이집트 여성에게는 감히 그렇게 할 엄두도 못 내면서 치히로와 악수를 하면 손을 놓지 않았다.

말을 들으니 지금까지 계속 마찬가지였다고 했다. 지나가기만 하면 다들 달라붙어서 차 한 잔만 하자고 조르고 음식을 나눠 준다는 것이었다. 한 이집트인은 룩소르의 별 세 개짜리 호텔(하룻밤 5만원)을 무료로 제공해 줬다. 룩소르에 와서도 돈을 내고 뭘 해 본 적이 없다는 말이었다.

여기서 멈추면 좋겠지만 동양 여성들에 대한 이슬람 남성들의 친절은 가끔 도를 넘는다. 그런 행동에 대부분의 일본 여성들은 그냥 지나치지만 한국 여성 여행자들은 백이면 백 남성들의 치근덕거림이나 성추행에 대해 불만을 토로한다. 그건 동양 여성이 대체로 보호가 필요할 정도로 연약해 보이기 때문에 마음대로 해도 괜찮을 거라고 생각하는 경향이 있기 때문인데 이는 상대 여성이 '타자'일 경우에만 적용되는 심리다.

룩소르에서 만난 또 다른 일본 여성은 이 점을 극명하게 보여 줬다. 그녀는 룩소르에서 한 달 동안 있었다며 이집트 남성들의 배려에 감동했다고 털어놨다. 하지만 그녀 옆에 있던 호텔 주인은 날 그대로 기관이었다.

그녀의 오빠라고 자처하는 그는 처음부터 내가 일본어를 한다는 사실을 마음에 들지 않아 했다. 처음부터 왜 일본어를 하냐며 시비를 걸더니, 그녀가 세상에서 가장 특별한 여자라는 사실을 인정해야 한다고 우겼다. 반갑다고 악수하는 것을 눈여겨보는 것 같더니 나중에는 내게 헤어질 때는 악수를 하지 말라고, 누구든 건드리는 사람이 있으면 죽여 버리겠노라고 조용히 말했다. 반쯤은 장난이긴 했지만 정말 나이프를 들고 덤비기도 했다. 또 우연히 같은 기차에 타게 돼서 반가워하는 내게 왜 여동생의 기차를 타나며 공격적인 태도를 보이는 데는 할 말을 잃을 정도였다.

그는 외국 여성이라도 자신의 보호 하에 있게 되면 이슬람식으로 보호해 줘야 한다고 생각하는 것 같았다. '타자'일 때는 한 번이라도 손을 잡아 보려고 애쓰다가, 자신의 보호 하에 들어오면 그때부터는 손을 잡는 이들에게 칼을 들고 덤비는 아이러니….

여성에 대한 철저한 보호문화는 폐쇄적인 가옥배치에서도 엿보인다. 정원을 포함해 모든 것을 담 안에 가둬 버린 가옥배치는 유목적인 생활방식이 도시에 적용된 사례로 이슬람권의 도시에서 흔한 양식이다.

이처럼 이슬람 남성들은 항상 여성의 보호를 최우선으로 생각하는데 그것은 여성의 명예가 곧 부족의 명예와 직결된다고 생각하기 때문이다. 이런 사고방식은 부정한 여성을 가족 구성원이 직접 살인하는 '명예 살인'을 낳는 한 원인이기도 하다.

물론 다들 그런 건 아니다. 만나 본 이들 중에는 개인주의적인 태도를 분명히 하는 서구화된 청년들도 있었다. 그들에게 결혼은 족쇄 이상의 무엇도 아니었고, 여성들을 소유물로 생각하는 보수적인 생각에서 벗어나 있었다. 하지만 거기까지였다. 개방적인 생각과 자유로운 행동은 보수적인 사회에 대한 저항으로 연결되진 않았고 그런 이들은 아직 소수였다.

카이로대학 친구들

이집트에 오기 전부터 이슬람에 대해 조금 더 체계적으로 배워 보고 싶다는 생각이 있었다. 영어로 진행되는 한두 달 정도의 입문코스가 있다면 수강할 생각으로 여기저기 수소문해 봤지만 여의치 않았다.

카이로대학에 가기로 마음먹은 건 아스완에서 만난 한 카이로 대학생 때문이었다. 그는 이슬람 교리에 대해 가르쳐 주는 두 달 정도의 단기코스가 있다고 말했고, 난 그 가능성에 희망을 걸어 보기로 했다.

카이로대학은 이집트 최고의 명문대학으로 정원이 14만 명에 이른다. 경영, 경제대학의 학생 수만 5만 명에 이른다고 하니 입을 다물 수 없을 정도다. 캠퍼스 부지도 꽤 넓은 편이지만 학생 수가 지나치게 많다 보니 어디든 북적거렸다.

학생증 대신 여권을 맡기고 구내에 들어가자 전혀 다른 세상이 펼쳐졌다. 다들 호기심어린 표정으로 쳐다보며 쑥덕거렸고, 여러 명이 말을 걸어왔다. 한두 번 대답을 해 주다 보니 어느 순간 이집트 학생들에게 둘러싸이게 됐다.

남녀 학생 수십 명이 온갖 질문을 퍼부어 댔다. 그중에는 한국과 말레이시아가 같은 언어를 쓰는가 라는 어처구니없는 질문부터 종교 없이 어떻게 살 수 있는가 하는 형이상학적인 질문까지 천차만별이었다. 이름, 나이, 국적 같은 건 수십 번이나 대답을 해야 했다.

특히 여학생들이 적극적으로 말을 걸어와서 기분이 좋았다. 이전까지는 이집트 여성과 말을 나눌 기회가 많지 않았기 때문이었다. 물론 나중에 같이 사진을 찍자고 제의했을 때, 얼굴을 가리는 모습을 보고 무슬림 국가인 걸 다시 실감하긴 했다.

결국 원하던 이슬람 입문 과정을 발견하지는 못했지만 대신 많은 친구들을 사귈 수 있었다. '아델' 이라는 서른세 살 늦깎이 대학생은 즉석에서 아랍어 알파벳을 가르쳐 주며 앞으로 매일 정오에 무료로 아랍어를 가르

카이로 대학의 수업시간, 남학생과 여학생이 철저하게 분리된 모습이 인상적이다.

처 주겠다고 제의했다. 일주일 정도 카이로에 더 있을 계획이었던 나로서
는 마다할 이유가 없었다. 이렇게 시작된 아랍어 수업은 서로의 사정 때
문에 세 번만 이뤄졌지만 이름을 아랍어로 쓸 수 있을 정도로 배웠고, 다
른 유용한 표현들도 습득했다.

'마흐무드 가멜 엘 딘' 이라는 대학생은 열혈 축구팬인데 한국에서 왔
다는 말에 눈을 반짝이며 어제 있었던 일본과 한국의 청소년 컵 준결승전
경기내용을 설명해 댔다. 한국의 선취골과 루스 타임에 터진 일본의 동점
골, 승부차기로 한국이 이기기까지…. 평소 축구에 별 관심이 없는 나조
차도 덩달아 흥분될 정도로 실감났다.

개인적으로 김남일을 좋아한다며 그의 이야기가 마무리될 즈음 그의
학교 친구들이 몰려들었고, 다시 한바탕 자기소개 시간이 이어졌다.

이후 카이로대학은 몇 번이나 더 찾아가 아델에게는 아랍어를 배웠고
언제나 새로운 친구들을 사귀었다. 여학생들과도 친해졌는데, 처음 만났
을 때는 사진도 못 찍게 하던 여대생들이 나중엔 서로 달려들어 아랍어를
가르쳐 주느라 정신이 없었다.

예쁘장하게 생긴 한 여학생은 이집트 여성과 결혼할 마음이 있냐고 물
었고, 여장부처럼 생긴 여학생이 장난으로 날 사랑한다며 어깨를 쳤다.
한 여학생은 원빈을 좋아한다고 털어놓기도 했다.

생전에 이렇게 인기가 있었던 적이 있었나 싶을 정도로 초대도 많이 받았다. '티토'라는 친구는 호텔 앞까지 마중을 갈 테니 같이 집에 가서 저녁을 먹자고 제안했다. 노키아 휴대폰을 가진 부잣집 남학생은 함께 나일 강에 가자고 초대했고, 일요일에는 다들 동물원에 가기로 약속했다.

매일 다른 이들에게 초대를 받았고 그때마다 새로운 것들을 볼 수 있었다. 그러면서 무슬림들의 생활방식에 대해 조금씩 알아갔다. 지금부터 얘기하려는 것은 그중 두 번의 상반되는 초대 경험에 대해서다.

티토

카이로대학에서 학생들에게 둘러싸여 있을 때였다. 쏟아지는 질문에 대답하느라 정신이 없는데 누군가 어깨를 쳤다.

"나도 네 친구가 되고 싶다. 날 무시하기냐?"

그러며 장난스럽게 어깨를 흔들던 친구가 바로 티토였다. 그는 지하철에서 날 집으로 초대하고 싶다고 말했다. 물론 마다할 이유가 없었다. 이번 여행에서 현지인의 집에 초대받은 건 처음이라 내심 기대도 됐다.

원래 이름은 모하메드 함디, 하지만 친구들은 티토라고 부른다고 했다. 카이로대학 영문학부 새내기였다. 열여덟 살 티토는 다음날도 호텔 앞까지 마중을 나왔다.

좁은 골목을 수없이 꼬부라져 찾아간 작은 집에는 친척들까지 모여 나를 기다리고 있었다. 들어가자 다들 곰살갑게 웃으며 다가와 악수를 청했다. 티토의 어머니, 할머니, 이모, 그리고 사촌들…. 열 평이 채 안 되는 집에 열 명이 넘게 모여 흥겹게 북적였다. 어머니는 차를 내왔고 아이들은 주변에서 깡총거리며 신기한 눈초리로 방문객을 바라봤다.

집은 좁았지만 깨끗했고 방 두 칸에 마루는 없었는데 두 빙은 창 하나를 경계로 갈라져 있었다. 화장실, 부엌은 덩치가 작은 한 사람이 간신히 들어갈 정도였다. 한 방은 부모님이, 다른 방은 네 형제가 쓰는데, 침대가 둘

티토의 친척들, 가난한 이들이었지만 마음만은 여유로웠다.

뿐이라 밤에는 티토가 작은 동생 가멜을, 형인 아흐메드가 큰 동생 무스타파를 안고 함께 잔다고 했다. 방에는 창문이 하나 있었는데, 창문이라기보단 큰 구멍이라고 보는 게 적당할 정도였다.

네 형제들이 한 방을 쓰는 터라 프라이버시란 기대할 수 없는 일이었다. 그래도 티토는 구석에서 부서진 나무상자를 들어 보이곤 비밀상자라며 눈을 찡긋거렸다. 비밀상자에는 영어책, 일기장, 사전들이 빼곡하게 들어차 있었다. 티토는 상자를 뒤져 다 헤진 롱맨 영영사전 두 권를 꺼냈다. 그리고 관대한 표정으로 하나를 내밀었다. 온갖 이유를 대며 간신히 거절하자—가장 큰 이유는 짐이 되기 때문에—약간 실망하며 작은 크기의 꾸란(경전)을 내밀었다. 차마 그것까진 거절할 수 없었다.

"알라신이 너를 옳은 곳으로 인도할 거야."

읽지 않고 가지고 다니기만 해도 꾸란이 날 지켜줄 거라고 했다. 꾸란에 대한 믿음을 짐작하게 했고, 마음 한구석이 따뜻해졌다.

아버지의 한 달 월급은 3백파운드, 한국 돈으로 6만원 남짓이었다. 이집트 물가가 싸긴 하지만 여섯 식구가 먹고 살기엔 결코 충분치 않은 돈이다. 더군다나 형과 티토 둘 다 대학에 다니는 터라 1년에 560파운드(약 11만원) 하는 학비가 제일 큰 문제라고 했다. 등록금을 어떻게 냈냐고 물으니 친구에게 빌렸다며 또 웃음을 지었다.

자연스럽게 취업과 진로 문제로 이야기를 나누게 되었는데, 카이로대학이 유명하긴 하지만 졸업하고 취직하기가 결코 쉽지 않단다. 특히 이 지역에는 일자리가 없어서 놀고 있는 사람도 많다고 했다. 티토는 심각한 표정으로 팔을 흔들며 말했다.

"우리 동네에서 일자리를 구하기란 아주, 아주, 아주 힘들다니깐!"

이집트 경제는 사실 관광업과 석유산업이 지탱하고 있다고 해도 과언이 아니다. 영토는 한국의 열 배가 넘지만 경작이 가능한 지역은 나일강 유역에 불과하다. 그런 이집트 경제가 악화된 것은 걸프전 이후부터다. 관광산업이 타격을 받고 해외 근로자 파견이 줄어들면서 90년대에만 IMF 지원을 세 차례나 받았을 정도다. 환율도 폭락해서 달러당 파운드 환율은 2년 전보다 30%가 오른 상태다. 물론 여행자들로서는 이보다 좋을 수 없지만, 이집트인들의 고단한 삶을 지켜보며 마냥 기뻐할 수만은 없는 노릇이다.

마침 고등학교 친구인 아이히만이 찾아와 함께 차를 마셨다. 아이히만은 카이로 변두리에 있는 대학에 다닌다고 했다. 집에서 학교까지 두 시간이 걸린단다. 남는 시간에는 텔레비전을 보거나 소설을 읽는다고 했다.

사진을 찍는데 꼬마들은 처음 보는 디지털 카메라가 신기한지 카메라 주변에 몰려들었다. 나중에 이메일로 보내 주겠다고 하니, 티토는 곤란한 표정으로 이메일이 없다고 했다.

"이 동네에는 컴퓨터가 거의 없어. 내일 학교에 가서 만들면 알려 줄게."

학교 근처에서 1파운드(약 200원)를 내면 이메일을 만들어 준단다. 돈을 내야 한다는 말에 깜짝 놀란 표정을 지으니, 오히려 티토가 더 놀란 표정을 지었다.

"그럼 한국에선 이메일이 공짜란 말이야?"

말을 들으니 1파운드는 이메일을 만들어 주고 체크하는 방법을 가르쳐 주는 비용인 것 같았다. 새삼 다른 세계에 살고 있다는 사실을 실감했다. 언뜻 보기에는 인터넷, 이메일이 세계를 하나로 만들어 주고 있는 것처럼 보이지만 세계 한편에선 인터넷에 접근할 수 있는 기회조차도 흔치 않다.

날 놀라게 했던 또 한 가지는 내일 약속 때문에 전화를 걸어야 한다고 말하자 전화기로 날 안내하던 티토가 번호를 보곤 난감해 하는 것이었다.

"우리 집 전화로는 휴대폰에 전화를 걸 수 없어."

이유야 뻔했다. 돈을 낼 능력이 없어 아예 처음부터 유선전화 전용전화기를 설치한 거였다. 밖으로 나가 거리를 걸었다. 티토의 말을 듣고 난 후라 거리 풍경이 예사롭게 보이지 않았다. 널려진 쓰레기들로 지저분한 골목이 미로처럼 엇갈리는 가난한 동네였다.

차를 마시고 포켓볼을 치러 갔는데 이 포켓볼이 또 재미있었다. 좁은 곳에 간신히 두 대의 당구대가 놓여 있었다. 요금은 한 게임에 50피아스타(약 백원). 장소가 너무 좁아 측면에서 공을 치려면 짧게 동강난 큐로 쳐야 했고, 큐도 테이블 당 하나밖에 없어서 돌려가면서 쳤다. 생애 처음 보는 한국인이 포켓볼 치는 모습을 보느라 좁은 당구장이 금시 가득 찼다. 다른 테이블에서 제대로 경기를 할 수 없을 정도였다.

첫 한국인이라는 사명감을 가지고 열심히 쳐서인지 일천한 실력임에도 간신히 티토를 이겼다. 마지막 8번 공이 들어가는 순간 다들 환호성을 지르며 박수를 쳐 댔는데, 지금까지 이런 축하를 받아 본 적이 있나 싶을 정도였다.

모하메드 가멜

모하메드 가멜 엘 딘과 축구 얘기를 할 때였다. 가죽 재킷에 최신형 노키아 휴대폰을 가진 남학생이 호기심 어린 눈초리로 바라보다 대화에 끼어들었다. 다음날 같이 나일강을 보러 가자는 거였다. 초청이라면 언제나 환영이라 쉽게 승낙했다. 이름을 물어보자 '모하메드 가멜'이라고 했다.

처음이라면 놀랐겠지만 무함마드, 모하메드, 후세인, 아이히만, 무스타파, 가멜 같은 이름은 아랍권에서 흔한 이름이었다. 지나치게 흔한 게 문제긴 했다. 열 명 중에 절반 정도는 위에 서술한 이름을 가지고 있다고 봐도 과언이 아닐 정도였으니. 다만 둘이 친구 사이라니 좀 헷갈리겠구나 싶긴 했다.

다음날 만난 모하메드는 영어는 잘 못했지만 남자다운 성격이었다. 게다가 여유 있는 집안에서 자란 이답게 매사에 자신감이 있었다. 나이는 열아홉, 카이로대학 경영학과 2학년이었다. 아버지는 가죽 염료 공장을 운영한다고 했다.

물어보니 손에 들고 있는 최신형 노키아 휴대폰은 3천 파운드(약 55만 원)나 나가는 것이었다. 그 정도면 이집트에서 보통 직장인의 반년치 월급이었다.

모하메드는 같이 다니는 동안 지하철 티켓, 사탕수수 음료, 이집트 차 등을 모두 부담해 주었는데, 그래도 다른 이들에게 신세지는 것만큼 미안하지 않아 다행이었다. 사정을 뻔히 아는 대학생들에게 신세를 지고 나면 마음의 부담으로 남지만 다들 막무가내라 거절하기도 쉽지 않았다.

차를 한 잔 마시고 수단과 이집트의 월드컵 예선을 보러 갔다.

"지금 이집트가 조 2위거든. 이번 경기에서 이기면 아직 독일에 갈 수 있는 희망이 있지만, 지면 끝이야. 저번에도 본선에 못 나갔으니 이번엔 꼭 나가야 될 텐데."

그도 여느 이집트인처럼 축구에 열을 올렸다. 중요한 경기인 만큼 반 시간 전부터 다들 노천 찻집에 모여 초조한 표정으로 경기를 기다리고 있었다. 시장을 구경하고 가느라 약간 늦었지만, 모하메드가 손님이라며 자기 친척 대신 앞자리에 앉게 해줬다.

한국처럼 구호를 외치거나 노래를 하는 건 아니었지만, 열띤 분위기 속에 경기가 진행됐다. 하지만 열렬한 응원에도 불구하고 전반전은 1대 0으로 뒤진 가운데 끝났다.

소란스러운 분위기가 미안했는지 모하메드는 근처에 있는 친구 집에서 후반전을 보자고 제의했다. 함께 '와리드'라는 친구 집을 방문했는데, 그곳에서 조금 다른 이집트를 만날 수 있었다.

서른 평 가까이 되는 집 하나를 와리드 혼자 쓰고 있었고, 네 명의 가족이 한 층 전체에 살고 있었다. 텔레비전, 오디오는 일제였고 거실에는 양탄자가 깔려 있었다. 소파에서 과일주스를 마시며 후반전을 봤는데 결국 2대 1로 패하고 말았다.

"독일에 못 가게 됐으니 비행기라도 타고 가야겠네요."

경기가 끝나자 와리드가 생활의 여유가 묻어나는 농담을 했다. 와리드의 방은 미국 연예인의 사진들로 도배돼 있었고 최신 컴퓨터엔 헐리우드 영화와 팝송이 가득 들어 있었다.

"예전엔 정말 미국 대중문화에 미쳐 있었어요. 하지만 이라크전이 일어난 후부턴 좀 거리를 두려는 중입니다."

와리드는 그래도 아직 에미넴과 50센트를 좋아한다며 웃었다. 나이는 스물넷이었는데, 카이로대학을 졸업하고 해군장교로 군복무를 할 예정이라고 했다. 호텔에 돌아갈 시간이 됐다고 하자 그는 아버지의 도요타 자동차로 근처 지하철역까지 데려다 주었다.

다음날 함께 무두질 거리로 가는 도중 모하메드가 공장에 가면 화공약품 전문가인 척 하라고 귀띔했다. 자기네와 와리드네 공장에선 괜찮지만, 다른 공장에는 한국에서 약품 전문가가 온다고 했다는 것이었다. 그래야 제대로 대접을 해 줄 것 같아서라는 게 이유였다.

무두질 거리는 카이로 시 외곽에 자리 잡고 있었다. 도착하자마자 역한 냄새가 코를 찔렀다. 화공 약품과 비릿한 생가죽 냄새가 뒤섞여 비위를 거슬렸다. 노변에서 양의 머리와 피, 내장이 담겨있는 통을 봤을 땐 참기 힘들 정도였다.

그럼에도 공장에 도착해선 활짝 웃으며 화학 전문가라고 자신을 소개했다. 거리에 영어를 잘하는 이가 하나만 있어도 금방 들통났겠지만,

가죽을 다듬던 이들은 호기심어린 눈으로 다가왔고 앞다투어 카메라 앞에서 포즈를 취했다.
건조하고 다듬어진 다음, 착색하기 직전의 가죽에서는 약간 비릿한 냄새가 났다.

모하메드가 통역을 맡고 있어서 그럴 염려는 없었다. 웬만한 질문은 가멜이 알아서 처리했고 난 그저 머리를 주억거리기만 하면 됐다.

덕분에 가죽을 소독하고, 말리고, 색을 입히고, 재킷을 만드는 과정까지 모두 가까이서 볼 수 있었다. 소규모의 공장이라 일하는 이들 모두 가족 분위기였는데, 실제로 인척관계로 맺어진 경우도 적지 않았다. 가죽에 색을 입히는 공장의 사장은 모하메드의 삼촌이었고, 재킷을 만들어 파는 상점 주인도 마찬가지였다.

공장에 들어가면 다들 다가와 사진을 찍어 달라고 졸랐고 나중에 사진을 보내 달라며 주소를 적어줬다. 어디 가나 이집트 차가 빠지지 않았고 찻잔을 비우자마자 '한 잔 더!'를 노래하듯 외쳐 댔다. 그리고 모하메드를 통해 이것저것 물어왔다. 동양인이 이 거리에 온 건 처음이라 다들 궁금한 게 많은 모양이었다.

공장 순례를 마치고 돌아오자 모하메드의 아버지가 손짓했다. 기념으로 가죽 지갑을 줄 테니 골라서 가져가라는 거였다. 수북이 쌓인 지갑을 보며 복잡한 심정이 들었다. 지갑은 진짜 가죽이었지만 마무리가 조악했

무두질 거리는 수도교 밑에 위치해 있었다, 동서양을 막론하고 무두질은 천민들의 일인 모양이었다.

고, 디자인도 단조롭고 촌스러웠다. 평소라면 별 생각 없이 받았겠지만 생가죽에서 제품에 이르는 길고 어려운 과정을 지켜본 터였다. 그렇게 해서 만들어진 가죽은 대부분 유럽에 수출돼 고가의 피혁제품으로 가공된다고 했다. 그리고 부가가치는 대부분 그 과정에서 탄생한다. 이집트인들이 역한 냄새를 맡으며 땀을 흘리는 이곳이 아니라.

모하메드와 수업을 듣기 위해 카이로대학으로 향했다. 하지만 정문에서 경찰이 가로막았다. 이틀 전 타바에서 일어난 테러 때문에 검색이 강화됐다고 했다.

2백여 명의 사상자가 난 대형 테러였다. 피해자의 대부분은 이집트에 휴양차 왔던 이스라엘인들이었다. 이집트정부는 초긴장상태였다. 최근 친미평화노선을 걷고 있는 무바라크 대통령에 대한 이슬람 극단주의자들의 경고라는 분석이었다. 이미 몇 번이나 들어왔었다고 설명해도 별 소용이 없었다. 결국 모하메드가 교수에게 확인서를 받아오기로 하고 학교 안으로 사라졌다. 교문 앞에서 빈둥거리는 내게 한 경찰이 다가왔다.

"혹시 이름이 장, 원, 재 아닌가?"

며칠 동안 여권을 맡기고 들어왔던 터라 이름을 외운 모양이었다. 이름은 모하메드 아흐메드 사파, 경찰대학을 나온 3년차 경관이었다.

"나만 있으면 들여보내 줄 텐데 말야. 지금 상황이 좀 어려울 거 같네."

내일이라도 작은 문에서 전화하면 자신이 들여보내 주겠다며 전화번호를 가르쳐 줬다. 연신 미안하다고 하는 통에 이쪽에서 송구스러울 정도였다.

사파 경관과 함께 사진을 찍는데 가멜이 구겨진 표정으로 나왔다. 교수가 수업 중이라 증명서를 써 줄 수 없다고 거절했다는 거였다. 난 괜찮으니, 더 늦기

사파 경관은 사람 좋은 미소를 지으며 사정을 설명했다. 덕분에 테러라는 말에 긴장했던 마음이 조금 누그러졌다.

전에 혼자라도 수업에 들어 가라고 했지만 막무가내였다.

"무슨 소리야? 가면 같이 가고, 못 가면 나도 남아 있을 서야."

의리 하나는 끝내주는 친구였다. 우리는 다른 문을 찾아서 들어가기로 하고 대학을 반 바퀴 돌았지만 결국 어디서도 우리를 받아 주지 않았다.

"이게 다 이스라엘 놈들 때문이야!"

타바테러가 이스라엘에 의해 저질러졌다고 믿는 모하메드는 계속 이스라엘을 욕해 댔다. 결국 대학 앞에서 헤어지기로 했다. 모하메드는 계속 아쉬운 표정으로 머뭇거렸다. 다음날도 초대한다고 말하는 걸 간신히 거절하고 발걸음을 돌렸다. 이제 카이로를 떠날 시간이었다.

룩소르와 아스완,
뜻밖의 동행 역사의 여명

카이로에서 시작해 바하리야, 파라프라(Farafra), 다클라(Dakhla) 등의 서부 오아시스를 차례로 지나온 여행자라면 누구나 카르가(Kharga) 오아시스에서 고민에 빠지게 된다. 룩소르나 아스완으로 가는 교통편이 마땅치 않기 때문이다.

분명히 지도에 철도가 그려져 있긴 하고, 2003년판 가이드북에도 기차가 일주일에 한 번 버스가 세 번씩 다닌다고 써 있었다. 그런데 현지인들은 턱없는 소리라고 일축했다. 어떤 교통편도 없다는 것이었다. 지프 대절 같은 건 꿈도 못 꾸는 처지라 더 난감할 수밖에 없었다.

유일한 방법은 아슈트로 올라가서 다시 룩소르나 아스완으로 내려오는 것이다. 아침 버스가 점심 때 아슈트에 도착하고 이후 밤기차를 타고 가면 숙박비도 절약할 수 있다. 그런 이유로 많은 배낭족들이 이 루트를 애용한다. 마침 급하게 인터넷을 써야 할 일도 있고 해서 이 루트를 택했다.

그런데 문제는 아슈트에 도착해서부터였다. 미니버스운전수는 기차역의 경찰에게 나를 인계하더니 택시비라며 5파운드(약 9백 원)를 챙긴 뒤 사라져 버렸다.

경찰은 역 안으로 들어가 이름, 국적, 나이, 온 이유, 언제 떠날 건지, 등 빨리 끝나기만을 바라며 착실하게 대답하던 내게 엄숙한 얼굴을 한 사복경찰이 다가왔다. 불행히도 그는 영어를 거의 알아듣지 못했다. 그가 엄숙한 얼굴로 물었다.

"아슈트, 왓?"

대충 눈치로 뜻을 때려잡은 나도 심각한 표정으로 대답했다.

"글쎄, 일단 뭐 좀 먹고 인터넷을 좀 할까 하는데……."

옆에 있던 대학생의 통역을 들은 경관이 팔을 집어끌었다. 어리둥절한 내게 옆의 대학생이 한마디 던졌다.

"너 오늘 종일 이 경찰이랑 같이 다녀야 돼."

나일 중류지역 여행이 자유롭지 않다는 얘기는 카이로에서 들었다. 하지만 경찰이 이렇게 졸졸 따라다니리라고는 전혀 생각지 못했던 터라 당황하지 않을 수 없었다. 내 마음을 아는지 모르는지 경찰은 좋은 식당을 소개해 주겠다며 연신 소매를 잡아당겼다.

경찰과 다니니 좋은 점도 있긴 했다. 상점 주인들은 대부분 공정 가격을 불렀고, 언쟁을 하다가도 경찰 무전기를 보곤 쉽게 양보했다. 물론 나쁜 점이 더 많았다. 물어물어 찾아간 인터넷 카페는 윈도우 98이 깔려 있어 메모리카드를 인식하지 못했고, 인터넷 하는 걸 심히 못마땅하게 생각한 경찰의 손에 한 시간을 못 채우고 끌려 나올 수밖에 없었다. 이후 사복 경찰은 찻집, 망고 주스가게를 순례하며 날 소개했다. 관광객을 본 적이 별로 없는 아슈트 사람들은 신기한 듯 계속 말을 시켰다. 얼굴에 쥐가 나도록 웃으며 같은 말을 반복했다.

"한국인입니다. 이집트를 좋아합니다. 아슈트가 좋습니다."

아랍어를 한두 마디 하는 걸 보고 신이 난 사람들이 더더욱 몰려들었다. 경찰도 목소리를 높여 농담을 해 댔다. 물론 그의 찻값, 주스값은 내 몫이었다. 적당한 타이밍에 다시 인터넷 카페에 가자고 꼬셨지만, 그는 완강하게 저항했다. 아슈트가 그의 홈그라운드인 이상 할 수 없었다. 결국 지쳐서 먼저 역에 데려다 달라고 사정했다. 차라리 역에서 기다리는 게 편할 것 같았다.

아슈트는 경찰만 제외하면 매력적인 도시였다. 여행자가 드물어선지 바가지를 씌우는 일도 거의 없었다. 인터넷 이용료는 다른 도시의 절반 정도였으며 다른 물가도 저렴한 편이었다. 도시는 왁자지껄하면서도 외지인에게 친절했다. 열 시간 남짓 머무는 동안 몇 번이나 초대를 받았다.

기차가 두 시간 연착하는 사이 누이의 결혼식 때문에 카이로에서 왔다는 교사와 이야기를 나누고 전화번호를 받았다. 그는 카이로에 돌아오면 시내를 안내해 줄 테니 꼭 연락하라며 손을 굳게 잡았다.

새벽의 아스완역, 날이 덥다보니 역 앞 잔디 광장에서 자는 현지인들도 많다.

아스완인들의 지독한 상술

아스완은 말하자면, 여행도시였다. 아슈트를 경유해서인지 더 확실히
느낄 수 있었다.

가장 처음 날 질리게 한 건 압도적인 더위였다. 북회귀선 부근에 위치
한 아스완의 더위는 다른 지방의 더위와 차원이 달랐다. 나름대로 여름을
좋아한다고 자부했지만, 밤에마저 뜨거운 바람이 숨을 막히게 하는 데는
속수무책이었다. 낮에는 아예 나다닐 생각을 말아야 했다.

두 번째로 숨을 막히게 한 건 지독한 호객행위였다. 시장에선 몇 걸음
을 떼어 놓기도 전에 누군가 손을 잡아끌었고, 수백 번이나 아무것도 살
생각이 없다고 소리치듯 말해야 했다. 인내심과 경쟁을 벌이듯, 아스완인
들은 어디서나 내 빈틈을 노렸다가 '니 하오', '곤니치와' 따위를 불러 댔
다. 물가도 턱없이 비싸 사막에서도 1.5파운드던 물이 2파운드(약 360원)였
고, 인터넷 카페는 10파운드(약 1,800원)를 벌렸다. 사조사 웅성을 하고 마
셔야 했다.

경찰은 마약에 취한 눈으로 다가와 이미 알고 있는 길을 확인해 주고 박

시시를 요구했다. 이집트 청년은 여자친구에게 받은 시계라고 말해도 막무가내로 시계를 바꾸자며 조르는가 하면 거리 사진을 찍는 도중 옆에서 장당 5파운드를 자신에게 내야 한다고 우기던 가게 주인도 있었다.

샤와르마 샌드위치를 만드는 남자는 '이집션 프라이즈, 3파운드'를 엄숙한 표정으로 불렀지만 먹고 있는 사람에게 물어보니 원래 가격은 2파운드였다. 날도 더운데다 이런 일들이 되풀이되자 홍해 바다가 마르듯 내 인내심도 위험 수위에 육박했다. 다행

사진을 찍는데 누가 어깨를 쳤다. 자기 가게 앞이니 한 장에 5파운드(약 900원)씩 자릿세를 내라는 것이었다.

히 폭발 지경에 이르지는 않았지만, 같이 다니던 폴란드인은 몇 번이나 고함을 질러 댔다.

아스완에 온 가장 큰 목적은 대부분의 여행자들처럼 아부심벨 신전을 찾기 위해서였다. 아부심벨 신전은 개인적으로 찾아갈 수는 없고, 아스완에서 그룹 투어에 참여해야 갈 수 있다. 투어는 아부심벨 신전, 아스완 하이댐, 필레 신전 등을 돌아오는 코스였는데 새벽 세시 반에 출발이었다. 무더위 속에서 잠을 설치다가 세시에 일어났는데 예상외로 아무도 나오지 않았다. 벌써 차가 가 버린 거 아닌가 걱정하고 있는데 호텔 지배인이 덜 깬 눈으로 나오더니 오늘 부로 서머 타임(summer time: 여름철에, 일조시간(日照時間)을 유효하게 이용하기 위하여 표준시간을 한 시간쯤 앞당기는 제도)이 끝났다고 한마디를 던졌다. 결국 두 시간이나 기다려서 승합차를 탈 수 있었다.

다들 같은 시간에 모여 경찰의 호위를 받으며 오기 때문인지 아부심벨은 지금까지 방문한 곳 중에 가장 붐비는 곳이었다. 아직은 염려스러운 나일강 중부의 치안 상황을 짐작하게 해 주었다.

아부심벨 신전은 크게 람세스 2세의 대신전과 그 아내인 네페르타리의

아부심벨을 찾은 관광객들. 거상에 비하면 미약해 보이지만 거상을 만든 것도, 옮긴 것도 결국 보통 사람들이다.

우심한 눈빛으로 호수를 굽어 보는 거상들.

시시각각 빛의 각도가 달라지며 독특한 분위기를 연출하는 신전의 내부.

소신전으로 이뤄져 있다. 대신전 앞에는 20m에 이르는 람세스 2세의 좌상 네 개가 댐 건설로 만들어진 호수를 굽어보고 있다. 믿을 수 없을 정도로 거대한 석상을 스쳐 들어가면 정교한 상형문자들이 새겨진 벽이 방문객들을 맞는다. 람세스 2세의 업적을 묘사하는 빽빽한 그림 속에서 살아 있는 신이었던 파라오의 강력한 의지를 느낄 수 있다.

찌는 듯한 더위와 인파도 그 위대함을 감소시키지는 못했지만 몸은 점점 지쳐 갔다. 거대한 신전을 보는 것만으로도 피곤해지는 기분이었다. 호숫가에 앉아서 일본 여행자 마사키와 농담 따먹기를 하다 돌아보니 아직도 거상은 말없이 눈을 부릅뜨고 있었다. 아직 의지가 다하지 않았다는 사실을 증명이라도 하듯….

저녁에는 펠루카를 타면서 다시 한 번 아스완인들이 상술에 진저리 치는 경험을 했다. 처음에는 10파운드(약 1,800원)를 부르던 뱃사공은 노를 저을 생각은 하시 않고 계속해서 팁을 받아야겠다고 노래를 불렀다. 10파운

나일 강에서 펠루카를 타고 석양을 보는 것은 여행자들의 필수코스. 일몰 때만 승객이 몰리고 가격 또한 뛴다.

드는 타는 돈일 뿐이고, 노를 젓고 반대편으로 가려면 힘이 드는 만큼 돈을 더 받아야겠다는 것이었다. 펠루카에서 보는 석양은 아름다웠지만, 해의 마지막 자취가 사라지는 그 순간까지 펠루카 사공과 입씨름을 벌이는 것마저 즐거웠던 건 아니었다.

아이러니컬하게도 아스완인들은, 기회만 나면 돈만 밝힌다며 룩소르인들을 비난했다. 하지만 경험한 바로는 룩소르인들은 적어도 여행자들을 짜증나게 하는 게 장사에 도움이 되지 않는다는 것 정도는 파악하고 있었다. 물론 장사 경험의 차이겠지만 아스완인들은 아예 그런 개념이 없이 보였다.

룩소르, 문명의 흔적

룩소르역에 도착했을 때였다. 구름같이 몰려드는 호객꾼들을 헤치며 나가는데 누군가 막아서며 한국어로 말을 걸었다.

"친구, 어디가요?"

말을 건 이는 이집트 청년이었다. 한국어를 구사하는 이집트인을 처음 본 터라 신기하게 바라보고 있으니 그가 말을 이었다.

"친구, 나랑 같이 가요. 나, 만도예요."

한국어를 잘하는 게 미심쩍어 따라가지 않았지만 알고 보니 그는 한국 인들 사이에서 이름난 룩소르의 유명인사 '만도'였다. 한국인 관광객을 대상으로 숙소나 투어를 연결시켜주는 중개인인데, 자신의 식당을 가지 고 있어서 닭볶음 같은 한국음식을 만들어 팔기도 했다. 커미션은 적게 받으면서도 헌신적인 서비스로 한국 여행자들 사이에서 호평을 받고 있 었다. 기차표를 예매한 날이면 숙소를 돌아다니면서 여행자들을 깨웠고, 떠날 때 도시락까지 쥐어주며 눈물을 글썽이기도 한다는 소문이었다. 미 리 알았다면 고생도 덜 하고 한국음식도 맛볼 수 있었을 텐데, 아쉬웠다.

룩소르는 도시 전체가 유네스코 세계문화유산으로 지정된 문화유산의 보고다. 룩소르는 크게 동안과 서안으로 나뉜다. 동안에는 시장, 음식점, 숙소들이 즐비하고 카르낙 신전과 룩소르 신전 등이 위치해 있다.

카르낙 신전은 도심에서 꽤 떨어져 있기 때문에 자전거를 타거나 합 승차를 타야 갈 수 있다. 하지만 이집트 최대의 신전인만큼 갈 가치가 충분하다. 입구에는 높이 15m, 23m의 열주가 134개나 늘어서 있다. 그 기둥 사이를 더듬다 보면 고대 이집트의 시간 속으로 자연스럽게 빨려 들어간다.

룩소르 신전은 시내 중심에 위치해 있다. 앞 에는 오벨리스크가 외 롭게 서 있는데 반대편 에 있던 다른 하나는 지 금 파리의 콩코드 광장 에 있다고 한다. 유적이 인류 공동의 유산이라

미이라 박물관에서는 미라를 만들 때 사용했던 도구들과 미라를 전시해놓고 있다.

망자가 좋아하던 애완동물이나 망자를 보호해줄 수 있는 동물을 미라로 만들기도 한다.

남아 있는 이집트 최대의 신전인 카르낙 신전을 지키는 석상들.

카르낙 신전의 뒷부분은 폐허로 남아있다.

거대한 연주가 134개나 늘어서 있었다고 한다.

람세스 2세의 거상, 아래의 작은 석상은 왕비다.
파라오들은 자신의 석상을 만들 때 부인의 것도
밑이나 옆에 작게 만들어줬다.

모든 건물, 모든 열주에는 상형문자가 새겨져 있다. 이렇게 보면 이집트 신전은 하나의 거대한 책이다.
← 다양한 크기와 색의 상형문자가 인상적인 람스세 3세의 장제전.

정문 오른편에 서 있던 오벨리스크 터가 그늘 속에 잠겨있다.

파라오들은 왕가의 계곡에 자신들의 사후 은신처를 마련했다. 도굴을 방지하기 위함이었지만 대부분 성공하지 못했다.
유일한 예외는 20세기 최대의 발견으로 꼽히는 투탕카멘의 묘.

람세스3세 장제전의 석상들은 거의 모조리 뜯겨져 나갔다 . 신전의 규모는 상당하지만 보존 상태가 양호한 곳은 일부에
불과하다.

는 명제는 이런 경우를 두고 말하는 것은 아닐 텐데….

룩소르 서안에는 멤논 거상, 왕가의 계곡, 왕비의 계곡, 핫셉수트 장제전, 람세스 장제전 등 수많은 유적들이 포진해 있다. 대충 돌아보려고 해도 사나흘은 걸릴 정도로 엄청난 규모를 자랑하지만 실제로 그렇게 꼼꼼히 둘러보는 관광객들은 거의 없다. 서안의 압도적인 더위와 맞서 싸우며 장대한 유적들 사이를 걸어 다니다 보면 어느 순간 내가 이걸 정말 보고 싶은가, 하는 의문이 든다. 결국 대부분은 왕가의 계곡, 핫셉수트 장제전 정도를 보고 돌아오게 된다.

폴란드 청년 폴, 영국 커플과 함께 택시를 대절할 때까지만 해도 우리 역시 서안을 모조리 보고 오겠다는 열의에 불타고 있었다. 하지만 핫셉수트 장제전에서 왕가의 계곡으로 산길을 따라 넘어가면서 점차 의욕이 꺾이기 시작했다. 한 시간 가까이 걸었건만 사막의 산에는 그늘 하나 없었고, 왕가의 계곡 입구를 찾는 발걸음이 자꾸 느려졌다.

간신히 왕가의 계곡 입구에 도달했을 때는 다들 입에 단내가 날 정도로 지쳐 있었다. 왕가의 계곡 티켓을 사면 열 개가 넘는 무덤 중 세 개를 볼 수 있는데 이 세 개를 정하기도 귀찮았다. 람세스 3세, 세티 1세, 람세스 6세의 무덤을 보고 나오는데 폴이 조심스럽게 말을 걸었다.

"장, 우리 계획을 좀 축소하는 게 어떨까?"

누가 먼저랄 것도 없이 다들 고개를 끄덕였다. 결국 람세스 3세 장제전과 다른 신전 하나를 더 보고 발길을 돌렸다. 배를 타고 동안으로 돌아오는 내 뒤에서 누군가 외치는 소리가 들렸다.

"나의 이름은 왕중의 왕, 오지만디아스다. 위대한 자여, 내 업적을 보고 절망하라."

영국의 시인 셸린이 번역한 라마세움 받침대의 글이었다. 받침대의 주인공은 이미 흔적도 없이 사라졌지만 그 문구만은 아직 남아 관광객들의 지친 발걸음을 조롱하고 있었다.

사막, 마법에 걸리다
사막 찾아가는 길

나일강 서편에는 리비아 사막이 펼쳐져 있다. 나일강 서안에서 시작된 리비아 사막은 사하라 사막을 지나 서쪽 대서양까지 이어지며 세계 최대의 사막 지대를 이룬다. 사막 여행은 오아시스를 중심으로 이뤄진다. 이집트에는 다섯 개의 큰 오아시스가 있다. 그중 바하리야 오아시스는 카이로에서 가장 가까운 대형 오아시스이며 사막 여행의 출발지다.

카이로에서 여섯 시간 동안 버스를 타면 바하리야 오아시스에 닿는다. 말이 여섯 시간이지 영원히 그치지 않을 것처럼 계속되는 사막은 여행자들을 지치게 한다. 제발 무언가 나와 달라고 절규할 때쯤 버스는 바하리야 오아시스에 도착한다.

버스에서 내리기가 무섭게 호객꾼들이 팔을 잡는다. 자기네 숙소로 가자는 것이다. 하지만 사실은 숙박비의 열 배에 달하는 사막 사파리를 알선해 주고 돈을 받으려는 속셈이다. 바하리야 오아시스의 사막 사파리는 지상에 존재하는 모든 종류의 사막을 볼 수 있는 투어로 유명하다. 사막 사파리는 백사막과 흑사막, 크리스털 마운틴과 사막 온천을 포함한다. 다만 우리가 흔히 떠올리는 모래 언덕은 볼 수 없다.

바하리야 오아시스는 최근 지하에서 황금 미라가 발굴되면서 고고학계에서 새롭게 조명받고 있다. 황량한 사막 한가운데 수천 년 전부터 이어져 내려온 문명의 흔적은 그 자체로 신비롭고 장엄하다.

시가지에서 사막의 전통주택들을 찾아보는 것은 바하리야의 또 다른 재미다. 진흙으로 쌓아올린 반쯤 무너진 토담집부터 최근 지은 티가 나

사막 한 가운데 나 있는 도로. 길과 황무지, 그 뿐이다.

석회암의 풍화작용으로 생긴 백사막의 버섯 바위, 외계(外界)로 들어가는 관문.

바하리야 오아시스, 한쪽 벽이 허물어진 진흙집.

사막 위에 건설했던 중세도시. 지금은 반폐허로 남아 있다.

거친 모래언덕과 바람 속에서 스스로의 삶을 개척해 나가야 할 사막의 아이들.

는 벽돌집까지 다양한 거주양식들은 사막에 적응하려는 노력의 흔적을
여실히 느끼게 해 준다.

바하리야 오아시스 관광을 마친 여행자들은 카이로로 돌아가거나 다
른 오아시스로 떠난다. 사구를 보러 시와 오아시스에 가는 이도 있고 남
쪽으로 방향을 돌려 파라프라, 다클라, 카르가 오아시스를 활처럼 타고
넘는 이도 있다. 전자를 택한 이들은 대중교통이 없기에 지프를 빌려서
떠난다. 후자는 버스가 있지만 하루에 두세 차례 정도고 그나마 시간을
지키는 경우가 많지 않다. 이미 사막 사파리로 예산을 탕진한 난 후자를
택했다.

파라프라 오아시스는 가장 멀고 고립된 오아시스로 리비아 국경 근처
에 위치해 있다. 그런 만큼 찾는 이들은 많지 않지만 전통문화가 그대로
보존돼 있다. 바라리야에서 파라프라에 가는 길에는 모래 언덕이 유명하
다. 고운 결의 모래가 완만한 경사를 그리며 쌓여있는 사구는 영화에서보
다 아름답고 환상적이다. 하지만 파라프라에서는 머물지 않기로 했다. 나
흘째인데 벌써 황량함에 지쳐 가고 있다는 표시다. 버스는 곧장 다클라
오아시스로 향했다. 그 사이 사막은 캐나다인 커플을 동행으로 만들어 줬
다. 우리의 목적지는 다클라 오아시스의 '알 콰스(Al-Qasr)'라는 중세마을
이었다. 알 콰스는 사막답지 않은 평온한 정경과 중세도시 유적으로 유명
한 곳이다.

알 콰스는 이틀을 자고 떠나려는 발걸음이 아쉬워 몇 번이나 돌아볼 정
도로 매력적인 곳이었다. 그것은 길을 가던 이방인을 불러세워 먹을 것을
안겨주던 순박한 주민들 때문이기도 했고 매력적인 호텔 '알 콰스 게스트
하우스'와 주인 홈다 때문이기도 했다.

다클라 오아시스가 평화롭고 목가적인 분위기라면 마지막 오아시스인
카르가 오아시스는 번잡하고 도회적인 분위기였다. 멀리 보이는 황무지
가 없다면 오아시스라는 사실을 잊어버릴 징도였다. 서의 일주일 동안의
고요한 사막에서 느리게 살았던 내 귀에 갑자기 유행가 소리가 침범하고
서야 이제 사막의 평화가 끝났다는 사실을 알게 됐다. 아쉬웠지만 할 수

알꽈스의 작은 박물관, 전통적인 부족회의의 모습을 재현해놓고 있다.

없는 일이었다.

카르가 오아시스에 도착한 여행자들은 대부분 다음 목적지로 아스완이나 룩소르를 염두에 두고 있는 이들이다. 하지만 아스완이나 룩소르로 바로 가는 교통편은 비정기적으로 운행되기 때문에 많은 이들이 아슈트를 찾고 경찰의 호위를 받으며 기차를 기다린다. 사라진 사막의 꿈을 그리면서, 다시 찾아온 문명을 반쯤은 증오하고 반쯤은 찬양하면서…. 내가 그랬던 것처럼 말이다.

사막의 밤

사막은 광장했다. 아무것도 없는 곳에 도로, 전깃줄, 철도만 평행을 그리며 달리고 있었다. 끝나지 않기를 바라는 여정처럼, 신기루처럼 그렇게 시간은 흘러가고 있었다. 가냘픈 한숨에도 바스러져 가는 기억처럼, 눈을 돌리기도 전에 별은 지고 있었다. 끝없는 사막에 앙상하게 남아 있는 동물 뼈를 보며 삶과 죽음의 경계에 와 있다는 생각이 들었다.

사막 사파리 역시 기대 이상이었다. 일행은 베두인 가이드, 오스트레일리아인 세 명, 아이슬란드인 두 명, 일본인 한 명, 그리고 나 이렇게 여덟이었다. 좁아터진 시트에 간신히 엉덩이를 걸친 채, 덜컹거리는 지프에서 새어 드는 햇볕을 막으면서도 아스라하게 펼쳐진 사막을 바라봤다. 질려서 더 이상 그 너머를 꿈꾸지 않기를 희망했지만, 언제나 그 너머에 대한 욕심이 드는 건 어쩔 수 없나 보다. 떠날수록, 더 떠나고 싶어진다.

철광석 때문에 검은색을 띠는 흑사막은 마치 지옥의 경계선 같았다. 세상의 끝에 다녀온 기념으로 발 밑에 굴러다니는 꽃 모양의 돌 하나를 주워 주머니에 넣었다. 다음 목적지는 크리스털 마운틴. 암석 속에 박힌 수정이 반짝거렸다. 세상의 끝에서도 희망을 잃지 말라는 신호처럼.

마지막은 석회암으로 인해 하얗게 굳어진 백사막이었다. 베두인 운전사는 불을 지피고 짐 속에서 치킨과 감자를 꺼내며 눈을 찡긋거렸다. 파

가는 동안 지프가 두 번 고장났다. 그 때마다 베두인 운전사는 익숙한 표정으로 본네트를 들어올렸다

티의 시작이었다.

백사막에서의 캠핑은 마치 꿈을 꾼 것처럼 환상적이었다. 일행은 다른 행성을 처음 발견한 이들처럼 경이에 찬 눈으로 낯선 풍경들을 바라봤다. 달빛 속에서 노래를 부르고, 게임을 하고, 소리를 지르고, 춤을 추고, 모래 위에 이름을 쓰고, 사진을 찍고, 별을 보았다. 사막의 밤은 너무 고요해서 달빛이 귀를 울릴 정도였다.

누워서 잠을 청하는 내게 어느새 어린 왕자의 여우가 다가와 길들여 달라고 졸랐다. 여우는 어린 왕자가 지금 자신의 행성에서 장미와 함께 사막을 바라보고 있을 거라고 했다. 우리는 함께 춤을 추면서 주파수를 쏘아 올렸다. 사막의 신조차도 자신이 걸어놓은 마법에 즐거워하며 어딘가에서 우리를 바라보고 있었으리라. 아무것도 없었지만, 모든 것이 가능할 것처럼 느껴졌다.

모든 것이 사라져 버린 아침. 마법도, 여우도, 별도 모두 증발해 버린 다음이었다. 마약에서 깬 사람처럼 텅 빈 시선으로 아침의 사막을 지켜봤

베두인 가이드는 굵은 나무줄기 두 개로 감자와 치킨 요리를 만들었다. 메뉴는 한 가지였지만 어떤 만찬도 부럽지 않았다.

다. 그 충만하던 사막의 밤은 어디로 사라져 버렸는지, 다들 마법이 사라져 버린 것을 아쉬워했다. 만약 그런 것이 있다면 어제가 바로 일생에 꼭한 번뿐일 특별한 날이 아니었던가 하는 기분이었다.

홈마 이야기

그는 말하자면, 이미 유명인이었다. 내가 알 콰스에 간다고 하자 다들 '알 콰스 투어리스트 레스트 하우스'에 가서 홈마를 찾으라고 입을 모았다. 여행자뿐 아니라 다른 오아시스의 호텔 주인들, 가이드들까지 모두 그를 추천하길래 궁금해서라도 호텔을 찾지 않을 수 없었다.

다클라 오아시스의 작은 중세마을 알 콰스, 그곳에서 방이 세 개뿐인 호텔의 주인 홈마는 처음 만나자마자 낯선 여행객에게 소탈하고 넉넉한 미소를 지어 보였다. 그의 원래 이름은 모하메드 히센 무함메드, 그런 그가 '홈마'라는 이름으로 알려지게 된 건 프랑스 가이드북 때문이란다.

"나도 몰랐는데 불어식 발음으로 내 이름이 홈마라더군요. 그때부터 이집트인들마저도 다들 홈마라고 불러요. 물론 내 이름이 흔하긴 하죠."

그는 이름의 유래를 설명하며 웃음을 지었다. 사실 이집트에서 모하메드, 무함메드라는 이름은 한국에서 김 씨만큼이나 흔한 이름이다.

그는 저녁을 들고 옥상으로 올라와 달빛 가운데 이런 저런 이야기를 들려줬다.

"한 번은 버스운전수가 영수증을 끊어주지 않고 외국 여행자들에게 돈을 받아 챙긴 적이 있었죠. 그런데 알 콰스에 오니 경찰이 정류장에 지키고 있는 거예요. 그 버스가 어떻게 했냐구요? 경찰을 못 본 것처럼 거리 끝까지 가서 여행자들을 내려줬죠. 여행자들은 한참 걸어서 여기 와야 했고요."

그 밖에도 카이로에서부터 걸어온 어느 관광객 얘기, 버스운전수가 호텔 앞에 서는 대가로 돈을 요구해서 피곤했던 얘기, 단체관광객이 왔는데

가이드와 운전수가 싸워서 구경거리가 됐던
사건 등 밤은 깊어지는데 이야기는 끝이 없었
다. 이러 저런 사연을 듣다 보니 조용할 것만
같던 작은 마을 알 콰스 역시 인간 사회의 축
소관이구나, 하는 생각에 절로 웃음이 나왔
다.

설익은 오렌지를 들고 다시 옥상으로 돌아
온 홈마는 마을도 많이 변했다고 말했다. 그
가 서른다섯 해를 살아오는 동안 지난 수백
년보다도 더 많은 변화가 있었단다. 수백 년
전에 지어진 진흙집에 살던 이들이 새집을 지
어서 이사를 왔고, 지금 그 진흙집들은 유적
으로 보존되고 있다는 것이다.

마을에 돈이 들어오게 된 건 쿠웨이트로 간
마을 사람들이 돈을 벌어서 보내 주면서부터
다.

"사람 수는 그대로인데 집은 훨씬 많아졌
어요. 예전과 달리 가족들이 서로 다른 집에
서 살기 때문이죠. 남자들은 형제 간에 싸우
지 않지만 부인들 때문에 항상 싸움이 나죠.
지금 그런 싸움은 줄었는데, 가끔 쓸쓸하긴
해요."

카이로에서 3년간 일한 걸 제외하면 줄곧 마을에 있었다는 홈마는 마을
과 여행자들을 사랑한다고 했다.

"10년간 호텔을 해 왔지만 한 번도 문제가 생긴 적이 없었어요. 여행자
들은 다들 자기 집처럼 편하게 잘 지내고, 저도 마찬가지죠. 한 번은 한
국 여성이 한 달 동안이나 머문 적이 있었어요. 항상 그림을 그리던 그
여행자는 나중에 제게 그림을 보내 줬어요. 아직까지도 소중하게 간직하

전통적인 양식으로 지어진 진흙 벽돌집. 바람을 모으기 위해 지붕을 탑 형식으로 만들었다.

고 있죠."

그런 그에게도 소박한 꿈이 있었다.

"지금 옆에 방이 여섯 개인 새 호텔을 짓고 있어요. 아이들을 다 키우고 돈을 더 모아서 메카로 순례를 갔다 오는 게 꿈이에요. 하지만 20일간 순례를 다녀오려면 1만 파운드(약 180만 원)나 들어요. 돈을 더 모아야죠."

순례를 다녀와서는 저속한 모습을 보거나 말을 들어서도 안 되니 호텔 일을 은퇴할 수밖에 없다며 웃는 그는 말 그대로 선한 무슬림이었다.

"순례를 다녀와서는 방에서 꾸란을 읽고 기도를 하며 보내야죠. 꾸란은 가장 아름다운 책이라 아무리 읽어도 질리지 않아요."

마지막으로 한마디 해 달라는 말에 그는 수줍게 웃으면서도 광고를 아끼지 않았다.

"알 쾨스는 작은 마을이에요. 하지만 원하는 건 뭐든 할 수 있어요. 사막에서 모래 언덕을 보는 것도 좋고 야영을 해도 좋죠. 정원, 온천, 유적도 좋구요. 기회가 된다면 한 번 방문해 주세요."

호텔 옥상에 매트를 깔고 눕자 보름달이 한눈에 들어왔다. 생각해 보니 마침 추석이었다. 하지만 쓸쓸하다는 생각은 들지 않았다. 어디서든 마음과 마음이 만나는 순간에는 그런 생각이 들지 않는 법이니까.

시나이 반도에서 유랑하기

시나이 반도는 황무지와 투명한 바다가 공존하는 매력적인 곳이다. 모세가 십계명을 받은 시나이산을 오르다 보면 불타는 떨기나무를 볼 수 있고 스쿠버다이빙을 하다 보면 숨 막힐 정도로 아름다운 바다 속 풍경을 만나게 된다.

시나이 반도의 남쪽에 위치한 다합은 이집트를 찾는 대부분의 배낭여행자들이 모이는 곳이다. 특별한 볼거리가 있어서가 아니다. 이곳을 찾은 이들 대부분은 하루 종일 일광욕을 하거나 스노클링(snorkeling: 간단한 장비만으로 수중관광을 즐길 수 있는 사계절 레저스포츠)을 하면서 빈둥거린다. 실제로 다합에는 유난히 장기체류자들이 많다. 짧게는 몇 주에서 길게는 몇 달까지 머물며 다합의 터줏대감 노릇을 하는 이들이다.

나 역시 다합에서 열흘간 머물렀다. 일주일 동안은 다이빙을 배웠다. 다이빙을 하려면 수영은 어느 정도 해야 된다. 수영을 잘 못해서 포기하려고 했는데 바다를 보는 순간 마음이 바뀌어 버렸다. 결국 할 수 있다고 우긴 첫 수영 테스트 때는 빠져 죽을 뻔했다. 하지만 다이빙을 시작하고 나서 보게 된 바다 밑의 산호와 열대어들은 충분히 그럴 만한 가치가 있었다. 수업은 아침 9시부터 저녁 6시까지 계속 이어지는데, 수업을 마치고 나면 간신히 걸어서 돌아올 정도의 기력밖에 남지 않는다. 그런 나를 보고 일본 친구 마사키가 농담을 하곤 했다.

"아마 네가 이 다합에서 제일 바쁜 녀석일 걸."

샤워를 하고 잠시 누워 있으면 누군가 방문을 두드린다. 일본인 마사키, 홍콩인 리, 같이 다이빙을 배우는 기병이 셋 중 하나다. 보나마나 저녁을 먹으러 가자는 얘기다. 저녁으로 치킨이나 파스타를 먹고 나서 바에 간다. 해변 끝에 있는 아담스 바에서 맥주를 사서 해변에 앉는다. 날씨가 좋으면 바다 건너 사우디 아라비아의 불빛이 보일 때도 있다. 같이 맥주를 마시면서 노래를 부르다가 눈이 감길 때쯤 돌아와 잠을 청한다.

일주일 동안 아무것도 생각할 필요가 없고, 실제로 휴대폰도, 인터넷도, 약속도, 아무것도 생각하지 않았다. 사진도 찍지 않고, 일기도 쓰지 않았다. 다이빙을 하고 밥을 먹고 맥주를 마시고 잠을 자는 걸 제외하면 아무것도 하지 않는다. 처음 느껴보는 진정한 여유다.

다이빙은 또 다른 세계를 열어줬다. 시나이의 척박한 토양과는 비교도 되지 않을 정도로 풍요로운 자연이 바다 밑 20m에 존재하고 있었다. 바다 속 생물들이 그토록 아름답다는 사실을 처음 알게 됐다.

하루는 여행 끝에 놓여져 있을 현실에 대해 이야기하다가 문득 컴퓨터 앞에 앉았다. 스팸 메일 오십여 통을 삭제하고 나니, 읽을 가치가 있는 메일은 하나도 없었다. 약간 실망했지만 이내 즐거워졌다. 내가 언제까지고 계속해서 다이빙을 하고 밥을 먹고 맥주를 마시고 잠을 자도 세계는 별 탈 없이 돌아갈 것이다.

그렇게 일주일을 보낸 다음 다이빙코스를 마치고 해변에 누워 있었다. 밥을 먹고, 스노클링을 하고, 사진을 찍고, 책을 읽으면서 시간이 느려지는 소리를 들었다. 다시 물 밖으로 나오면, 혹은 책을 덮으면 마치 몇 년이나 지나 있을 것처럼 시간이 천천히 흘렀다.

두 번째 스노클링을 마치고 누워 있으면서 시간이 정지하는 소리를 들었다. 끼이익. 브레이크가 걸리고 시간이 정지한 동안 눈을 감았다. 지금까지 달려온 기차가 종착역에 이른 것처럼 그렇게 시간이 멈춰져 있었다. 잠깐, 혹은 영원이라는 말이 의미를 상실하는 시간의 휴식. 아무것도 생각하지 않았다. 얼마라고 말할 수 없는 시간이 흐른 뒤, 아니 정지한 뒤 다시 조금씩 시간이 흐르기 시작했다. 다시 내 시계의 바퀴를 돌려야 할 거란 걸 그제야 깨달았다.

다합을 떠나기 전날에는 다이빙을 같이 배운 기병이와 시나이산을 올랐다. 시나이는 지금까지 봤던 어떤 곳보다 별이 많은 곳이었다. 십분 사이에도 대여섯 개의 유성이 떨어졌고 은하수를 찾을 수 없을 정도로 빽빽하게 별이 들어차 있었다. 틈만 나면 별을 올려다 보면서 별자리 보는 법을 배웠다. 용자리, 전갈자리, 오리온, 카시오페아, 처녀자리, 북두칠성, 북극성을 보며 두 시간 정도 산길을 올랐다.

별을 따라 가는 심정으로 산을 오르다보니 너무 일찍 올라와 버렸다. 궁하면 통한다고 산 정상에는 우리 같은 사람들을 위해 담요를 빌려주는 곳이 있었다. 웬만하면 참으려고 했지만 추위를 견딜 수 없어 담요를 빌려 잠이 들었다. 잠결에 한국인 아주머니들의 찬송가가 자장가로 들렸다. 일출 시간이 되자 사람들이 몰려 들었고, 찬송가 소리도 높아졌다. 마치 신의 기적을 기다리는 것처럼 사람들은 해가 떠오르기를 기다렸다. 그리고 해의 첫 자락이 바위산 너머로 비치는 순간 모든 이들의 입에서 감탄사가 터져 나왔다. 나무 한 그루 없는 황토빛 언덕은 일출을 더욱 신비롭게 만들었다.

해가 뜬다는 건 생명이 지속된다는 의미다. 생명체라고는 찾아볼 수 없는 사막에서 태양은 살아 있음의 증거이고 내일의 희망이었을 것이다. 그건 떨기나무도 마찬가지다. 일출을 보고 내려오는 길에 성 캐더린 수도원에 들러 성서 속의 떨기나무를 봤다.

성서에는 모세가 이글거리는 불꽃 속에서도 형체가 일그러지지 않는 나무를 보고 신의 말씀을 들었다는 내용이 나온다. 물론 그게 사실인지, 또 수도원의 떨기나무가 과연 그 떨기나무인지는 모르겠지만 불모의 사막에 그토록 풍요로운 가지를 가진 나무가 있다는 사실 자체가 일종의 감동을 안겨주는 것도 사실이다.

시나이 반도를 헤매던 유대인들은 그 나무 속에서 일출을 보며 떠올렸을 것이다. 해가 지는 곳에서 도망쳐 신의 구원을 믿으며 해가 뜨는 곳으로 행진하는 자신들의 모습을, 앞으로 그들을 기다리고 있을 운명을. 그리고 약속의 땅으로 길을 재촉했으리라.

지프는 산 아래서 우리를 기다리고 있었다. 차문을 열고 뛰어올랐다. 이제 이집트와 이별할 시간이었다.

2. 분쟁의 땅,
이스라엘과 팔레스타인

(유태인들은) 가장 높은 신의 두 번째 성전이 서 있는 그
거룩한 도시를 자신들의 어머니 도시라 여긴다.
— 필론(유대 철학자)

우리는 그리스도가 묻혔던 동굴 안으로 들어가 볼 수도 있
고, 그리스도의 묘지 앞에서 눈물을 흘릴 수도 있고, 십자
가 나무에 입 맞출 수도 있고, 올리브산에 올라가 볼 수도
있습니다.
— 성 제롬

예루살렘에서 한 번 기도하는 것은 다른 곳에서 4만 번 기
도하는 것과 같다.
— 무슬림 속담

성서의 땅, 예루살렘
점령당한 지역

이스라엘을 여행하는 이들은 대부분 성지순례자들이다. 성서의 배경이
대부분 이스라엘 지역이므로 성서를 믿는 가톨릭, 프로테스탄트, 유대교
신자들에게 이스라엘은 성지의 보고다. 헤브론(Hebron)에는 아브라함의
무덤이 있고, 베들레헴에는 예수의 탄생지가 있으며, 베드로의 고향인 갈
릴리(Galilee) 호수도 이스라엘의 영토다. 예수가 자란 나자렛(Nazaleth), 여
호수아의 전설이 살아 있는 예리코(Jericho), 향락의 대명사인 소돔(Sodom),
마사다 옥쇄로 유명한 마사다(Masada) 등 헤아릴 수 없는 성지들이 순례자
들을 기다리고 있다.

그리고 무엇보다 이스라엘에는 예루살렘이 있다. 예루살렘은 가톨릭,
프로테스탄트, 유대교, 이슬람의 성지이며 그 신자들에게 다른 어떤 이스
라엘의 도시와도 비교할 수 없을 정도로 절대적인 가치를 가진 곳이다.
인류 역사상 가장 큰 영향을 미친 도시를 고르라면 첫 손가락에 꼽힐 정

예수가 십자가에 매달렸던 장소. 참배객들 중에는 눈물을 흘리는 이들도 적지 않다.

도로 중요한 곳이므로 비신자라도 한번쯤 방문해 볼 가치가 있다.

종교에 관심이 없는 이라면 예루살렘을 방문한 후 사해와 텔아비브에 가 볼 것을 권한다. 요르단과 이스라엘 사이에 위치한 사해의 염분 농도는 보통 바닷물의 6배에 달한다. 그런 이유로 수영을 못하더라도 자동으로 몸이 떠오르는 신기한 경험을 할 수 있다. 텔아비브(Tel Aviv)는 이스라엘 최대의 도시로 현대적인 건물과 다양한 문화시설이 조화롭게 어우러져 있는 곳이다. 텔아비브의 밤거리는 중동에서 가장 화려하기로 유명하다.

팔레스타인 문제에 관심을 가진 이라면 팔레스타인 자치지구를 방문해보는 것도 좋다. 가자지구는 위험하지만 PLO본부가 있는 라말라나 베들레헴은 치안이 안정되어 있으므로 가 볼 만하다. 다만 자치지구에 갈 계획이 있더라도 입국 시에는 그 계획을 언급하지 않는 게 좋다. 특히 육로로 입국하는 이들에게 이스라엘 비자는 발급이 까다롭기로 정평이 나 있다.

중동지역에서는 이스라엘을 '점령당한 지역(Occupied Area)'이라고 부른다. 각종 지도에도 그렇게 표시되어 있다. 이스라엘을 하나의 국가로 인정하지 않겠다는 뜻이다. 명칭에서 볼 수 있듯 그들에게 이스라엘지역은 외부인들에게 '점령당한' 영토다. 수차례 전쟁에서 패한 만큼 지금은 잠시 침묵하는 것뿐이다. 장차 되찾아야 할 땅이라는 인식도 그 명칭에 포함되어 있다. 벌써 몇 차례나 전쟁에서 패한 후라 언제가 될진 모르지만….

원칙적으로 이스라엘을 방문한 여행자는 다른 중동국가를 방문할 수 없다. 이 역시 이스라엘이 하나의 국가로 간주되지 않기 때문인데, 이스라엘 출입국 도장이 찍힌 여권을 가지고 있는 이는 국경에서 입국이 금지된다. 때문에 대부분의 여행자들은 중동국가를 모두 여행한 후 마지막으로 이스라엘을 방문한다.

물론 예외는 있다. 이스라엘과 평화조약을 체결한 이집트와 요르단, 터키는 이스라엘 출입국 여부와 상관없이 여행자들을 받아준다. 따라서 터키—시리아—요르단—이스라엘—이집트로 여행하는 경우에는 별 문제가 안 된다. 하지만 나처럼 요르단—이스라엘—시리아로 여행할 때는 문제가 생길 수도 있다. 소문에 의하면 시리아 국경에서는 상당히 엄격하게 여권을 검사한다고 했다. 혹시라도 이스라엘에 다녀온 사실이 발각되면 이후 일정을 모두 바꿔야 했다.

편법이 있긴 했다. 요르단에 머물면서 이스라엘에 다녀오는 것이다. 요르단—이스라엘—요르단—시리아, 대신 이스라엘 출입국 시 여권이 아닌 다른 종이에 출입국 도장을 받아야 한다. 여권 상에 증거를 남기지 않는 짓이다. 잘만 된다면 요르단에서 이스라엘에 다녀온 후 바로 시리아에 갈 수도 있다. 요르단이나 이스라엘도 여행자들의 사정을 알기에 대체로 편의를 봐주는 편이었다. 물론 항상 그런 건 아니지만.

이때 한 가지 더 신경 써야 할 일이 있는데, 요르단 비자 기간이다. 요르단 비자는 2주이기 때문에 요르단에서 비자 연장을 해 놓지 않고 이스라엘에 들어가면 나올 때 다시 요르단 비자를 받아야 한다. 그러면 비자를 두 번 받은 사실을 수상하게 여긴 시리아 검문원에게 들킬 위험이 있다. 시리아 국경에서는 '증거'가 아니라 '심증'만으로도 입국을 거부하는 경우가 있기 때문이다.

이런 이유로 몇 번이나 고심했지만 예루살렘을 그냥 지나칠 수는 없었다. 세계 3대 종교의 성지이며 인류 역사상 가장 중요한 역할을 했던 도시. 테러리스트와 순례자들이, 박해하는 자와 박해받는 자가 역할을 바꿔가며 공존하는 곳. 우리에게 잘 알려지진 않았지만 예루살렘은 무슬림들에게도 메카, 메디나에 이은 세 번째 주요 성지다. 결국 도박을 하기로 했다.

예루살렘 가는 길

암만(Amman)에서 요르단 국경까지는 한 시간이 채 안 걸렸다. 도착한 곳은 '킹 후세인 브릿지'라고 불리는 국경이었다. 요르단강을 가로지르는 다리의 이름이라고 했다. 이 다리를 가로지르면 분쟁의 땅에 들어간다는 생각에 약간 긴장이 됐다. 동시에 매일 뉴스로 만나던 곳을 실제로 보게 된다는 설레임도 있었다. 두 가지 감정이 섞여 강렬하게 다가왔다.

"여권에 출국 도장을 찍지 말아 주십시오."

눈을 보며 국경 직원에게 사정했다. 그는 말을 무시하며 여권을 뒤적였다. 용기내 다시 말했다.

"다른 종이에 도장을 받고 싶습니다."

이번에도 별 대답이 없었다. 심사관이 여권을 넘기는 순간이 영원 같았다. 뒤늦게 후회도 됐다. 여권에 도장이 찍히는 순간 남은 일정을 모두 바꿔야 할 판이었다.

"그렇게 할 수는 없습니다."

오랜 침묵 끝에 직원이 대답했다. 난 귀를 의심했다. 동시에 눈앞이 캄캄해졌다.

"뭐라구요?"

"안 된다구요!"

출입국 도장을 드는 직원의 입가에 미소가 번졌다. 그제야 농담이라는 걸 알아차렸다. 그는 초조해하는 내 모습을 보며 조금 더 즐기다가 출국세 영수증에 도장을 찍어줬다. 그제야 가슴을 쓸어내렸다.

요르단과 이스라엘 사이에는 육로로 세 개의 국경이 있다. 그중 '킹 후세인 브릿지(King Hussein Bridge)' 는 팔레스타인 난민들이 넘어오는 루트로 요르단에서도 특별 취급을 받는 국경이다. 이곳을 통해 이스라엘을 다녀올 때 비자 기간이 남아 있다면 따로 비자를 받을 필요가 없다. 외국에 나갔다 왔는데도, 그런 적이 없는 것처럼 취급받는 것이다. 다른 국경으로 이스라엘에 입국했다가 이 루트로 요르단에 입국하는 것도 불가능했다. 평화조약 이후라고 하지만 아직은 복잡한 양국관계가 보여진다.

다리를 건너 이스라엘에 도착하자 먼저 검문소가 보였다. 짐 검사는 상당히 엄격하게 진행됐다. 청바지에 머신건을 맨 보안요원은 서양인들 틈에 서 있는 내게 다가와 국적을 물었다. 한국이라는 대답을 듣더니 차갑게 말했다.

"만약 북한이었다면 입국이 허용되지 않았을 거요."

이어 전혀 환영하지 않는 표정으로 이스라엘에 온 걸 환영한다고 덧붙였다. 짐 검사에선 금속통에 넣어두었던 녹음기가 문제가 됐다. 아무리 녹음기라고 설명을 해도 미심쩍은 눈초리로 쳐다보면서 내 손으로 상자를 열 것을 요구했다.

이어진 입국 심사도 까다로웠다. 귀국 티켓이 없다는 말에 심사관의 표정이 돌변했다. 왜 여행을 하나, 어디에 얼마나 있을 건가, 직업은 뭔가, 현금은 얼마나 있나 등등을 캐물었다. 마시막엔 신용카드를 보여 달라고 요구했다. 이스라엘 입국 심사가 엄격하다는 말은 익히 들어 알고 있지만 이정도인 줄은 몰랐던 터라 약간 당황한 채로 신용카드와 현금을 꺼냈다.

"얼마나 있을 건가요?"

"한 일주일 정도 있을 겁니다."

"어디에 있을 건가요?"

혹시라도 문제가 생길까 싶어 예루살렘에만 있겠다고 했다. 그녀는 잠깐 생각하다가 여권을 내밀었다. 확인해 보니 일주일짜리 비자였다. 예루살렘에만 있겠다고 하자 고지식하게 일주일만 허가를 내 준 거였다.

"만약의 경우란 게 있잖아요. 좀 늘려 주세요."

아무리 사정해도 요지부동이었다. 국경을 통과할 무렵 다시 녹음기가 문제가 됐다. 세 번의 짐 검사를 마치고 나서야 간신히 이스라엘 땅에 발을 디딜 수 있었다. 국경에서 예루살렘까지는 30km에 불과했다. 다른 여행자들과 함께 합승택시에 올랐다.

합승택시에서 팔레스타인 가이드를 만났는데, 그는 이스라엘의 현 상황에 대해 자세히 설명해줬다. 아라파트는 프랑스 병원에 입원해 있는 상태였고, 예루살렘에서는 한 달 전에 자살폭탄테러가 일어난 이후 아직까지 잠잠했다. 샤론은 가자지구에 대대적인 공격을 퍼붓는 중이었는데, 매일 사상자가 발생할 정도로 팔레스타인의 저항 또한 격렬하다고 했다. 가자지구에 들어갈 수 있냐는 말에 그는 어이없는 표정을 지었다.

"그건 절대로 불가능합니다. 지금이 어떤 상황인지는 아시죠? 지금은 적십자조차도 그곳에 들어가지 못해요. 프레스 카드가 있는 기자들도 다들 들어가길 꺼린다구요."

재빨리 머리를 굴렸다. 프레스 카드를 받는 게 불가능한 건 아니었다. 다만 시간이 문제였다. 그리고 아무 준비 없이 뛰어드는 건 용기가 아니라 만용이라는 생각이 들었다. 결국 가자지구는 포기하기로 결심했다.

합승택시는 반 시간 정도 달려 예루살렘에 도착했다. 도시에서 가장 먼저 눈에 띈 것은 총을 든 이스라엘군경들이었다. 그들은 무슬림들이 거주하는 구시가를 순찰하며 주민들을 살피고 있었다.

예루살렘은 은행, 레스토랑에도 검색기를 든 보안요원이 대기하고 있었다. 그것은 맥도널드에서도 마찬가지였다. 레스토랑에 들어갈 때 원통에 든 녹음기가 다시 문제가 됐다.

그것은 유대교의 성지 '통곡의 벽'에서도 마찬가지였다. 성지인 만큼 검문이 어느 곳보다 엄격했다. 녹음기를 작동시켜서 보여주는 것도 벌써 다섯 번째였다. 예루살렘의 긴장된

예루살렘에서 쉽게 볼 수 있는 군인들, 항상 얼굴엔 긴장이 감돈다.

분위기가 겹쳐 갑자기 피곤해졌다.

계단에 앉아 졸고 있는데 누군가 말을 걸었다. 그는 남미 출신의 유태인이라고 자신을 소개했다. 그는 내가 입고 있던 사파티스타(멕시코 반군) 티셔츠를 보고 시비를 걸어왔다.

"왜 그런 티셔츠를 입고 다니는 거요? 그들은 살인자들이요. 그건 아라파트가 테러리스트인 것과 마찬가지지. 알아들었소?"

여행 중에는 되도록 정치적 논쟁을 삼가는 편이지만 그동안 쌓여왔던 분노가 치밀어 올랐다. 필사적으로 화를 억누르느라 입술이 떨렸다. 지금 가자지구에서 하루에 서너 명씩 죽이고 있는 이스라엘군은 살인자들이 아닌가? 하지만 유태인들의 성지에서 그렇게 말할 순 없는 노릇이었다. 내가 절레절레 고개를 흔들자 그도 미안했는지 빵과 치즈를 꺼내 내밀었다. 고무 같은 빵을 우물우물거리는데 멀리서 총을 쏘는 듯한 소리가 들렸다.

"이게 무슨 소린가요?"

그는 코웃음 쳤다.

"아마 수류탄 소리일지도 모르죠. 하지만 그깟 테러 따위 우리는 두려워하지 않아요, 안 두려워히지 않지!"

하지만 단호한 말과 달리 눈 속에는 분노와 공포가 아우러져 있었다.

다시 더 큰소리가 들렸고 누군가가 이스라엘국가를 부르기 시작했다.

이스라엘 여성들은 만 18세가 되면 군대에 간다. 주로 비전투병과에서 복무하며 기간은 21개월이다.

다른 유태인들도 따라 불렀다. 노래 사이로 하루 일과를 끝낸 여군들이 모습을 나타냈다. 그들은 피곤에 지친 표정으로 기도를 하기 위해 '통곡의 벽'으로 다가갔다.

나중에 알고 보니 그 소리는 라마단을 축하하는 팔레스타인 청년들의 폭죽 소리였다. 그날따라 하루 종일 폭죽 소리가 귀를 멍멍하게 했다. 호텔 주인은 라마단에 폭죽을 터뜨리는 것은 팔레스타인의 전통이라고 말했다. 그리고 덧붙였다.

"그러면서 그들은 배우죠. 이 예루살렘에서 두려움 없이 살아가는 법을 말입니다."

그 역시 팔레스타인이었다. 그의 호텔은 팔레스타인을 지지하는 그룹의 본거지이기도 했다. 그날 역시 며칠 후에 있을 시위를 계획하느라 서양인 몇 명이 호텔 카페에 모여 있었다.

대꾸할 말을 찾고 있는 순간 작은 돌 같은 것이 창밖에서 날아왔다. 그리고 멍하게 서 있는 사이 엄청난 소리를 내며 폭발했다. 거리의 누군가

가 던진 폭죽이었다. 자욱한 연기 속에서 그가 조용히 돌아봤다.

"이 정도는 예루살렘에서 아무것도 아닙니다."

예루살렘 돌아보기

이번 여행에서 가장 흥미로웠던 도시는 단연 예루살렘이다. 이 위대한 도시는 수천 년 동안 인류 역사에서 지울 수 없는 역할을 해 왔다.

예루살렘은 크게 구시가와 신시가로 나뉜다. 신시가에는 유태인들이, 구시가에는 무슬림들이 모여 산다. 유태인들이 거주하는 신시가는 다른 대도시와 다를 바 없이 유럽식 건물과 잘 포장된 도로에 깨끗한 옷을 입은 이들이 오간다. 홀로코스트 박물관, 이스라엘 박물관 등 유명한 박물관과 문화시설이 다양하고 교통도 편리하다. 다만 유태인들을 겨냥한 자살폭탄테러가 자주 일어나기 때문에 구시가에 비해 상대적으로 위험한 편이다. 또한 물가도 비싸서 한 끼 식사가 만원을 호가한다.

반면 슐리히만 대제의 옛 성벽에 둘러싸인 구시가는 무슬림들이 많이 거주하고 있어 상대적으로 안전한 편이고 물가도 싸다. 유적들도 대부분 구시가 안에 있다.

구시가는 다시 크게 네 지구로 나뉘는데 유태인지구, 크리스천지구, 아르메니안지구, 무슬림지구다. 각 지구는 불과 몇 100m도 떨어져 있지 않지만 서로의 분위기는 천양지차다.

가장 대조적인 지구는 시장을 통해 연결된 유태인지구와 무슬림지구다. 유태인지구는 마치 유럽의 고도시 한 블록을 옮겨놓은 듯하다. 조용하고 깔끔하며 대부분 양복을 입은 이들이 돌아다닌다. 관광객들에게도 별 신경을 쓰지 않는다.

반면 무슬림지구는 구시가의 슬럼이라고 힐 만안네, 오히려 사람 사는 냄새가 나고, 친근해 보인다. 정육점이 즐비한 거리에서는 길을 걷다가 라마단 식사에 초대받기도 했다. 피 묻은 옷을 입고 있던 한 청년은, 맛있

잘 가꿔진 거리수와 정돈된 거리, 그러나 신시가에는 항상 조용한 긴장이 흐른다.

같은 성벽 안이면서도 유태인 지구는 얄미울 만큼 잘 정돈돼 있다. 대신 물가가 비싸다.

었다는 인사에 앞으로도 매일 이 시간에 오면 저녁을 대접하겠다며 미소를 지었다.

구시가에서 가장 유명한 건물은 역시 '바위의 돔' 이다. 이는 하나의 바위를 둘러싸고 지어진 금박의 거대한 돔이다. 무슬림들은 이 바위에서 예언자 무함마드가 승천해 알라와 대화를 나눴다고 믿는다. 그 전까지 한번도 예루살렘에 가 본 적이 없던 그는 하룻밤 사이 메카에서 예루살렘까지 다녀왔고 그곳에서 신의 계시를 받았다고 주장했다. 그 말을 믿지 않던 이들은 예언자가 도시의 구석구석을 자세히 묘사하는 것을 들으면서 놀라지 않을 수 없었단다.

또, 무슬림들은 마지막 날 돔을 둘러싼 아치 위의 저울이 하늘로 떠올라 지상의 모든 이들을 심판한다고 믿는다. 동시에 이 바위는 유태인, 크리스천, 무슬림들에게 공동의 예언자인 아브라함이 이삭을 바치려고 했던 곳이기도 하다. 비무슬림들에게는 개방시간이 제한되어 있기 때문에 미리 알아보고 방문하는 게 좋다.

유태인들에게 이 장소는 더 각별하다. 솔로몬이 첫 유대 신전을 세웠고 추방에서 돌아온 후 헤롯이 두 번째 신전을 세웠던 곳이 정확히 이 장소다. 하지만 두 번째 신전도 로마에 의해 부서졌다. 지금은 바위의 돔 옆에 벽 하나만 간신히 남아 있는 형편이다. 그 벽이 바로 '통곡의 벽' 이다.

유태인들은 다른 곳에 신전을 짓는 걸 있을 수 없는 일로 생각하기 때문에 이 벽은 아직까지 유태인들이 가장 신성시하는 장소로 남아 있다. 누구나 갈 수 있지만 보안 검색도 어느 곳보다 철저하다.

바위의 돔 북쪽 문은 '고난의 길' 로 통한다. 이 길은 크리스천들이 2천년 전 예수가 십자가를 메고 걸었다고 믿는 길이다. 사형을 선고받은 곳부터 십자가에 매달렸던 곳까지 표지판이 붙어 있다. 운이 좋으면 십자가를 메고 각 사건을 재현하는 순례자들을 만날 수 있다.

고난의 길은 그리스천들에게 가장 중요한 '신성한 무덤의 교회' 까지 이어진다. 교회 안에는 예수의 옷이 벗겨진 바위, 십자가가 있었던 장소, 묻히고 부활한 무덤터 등이 차례로 자리 잡고 있다. 교회 안에는 다시 교

통곡의 벽 뒤편으로 보이는 황금 돔이 '바위의 돔' 이다. 1994년 요르단 국왕이 돈을 내 돔 전체를 도금했다.

파 별로 별도의 예배당과 참배실이 있다. 그중 가톨릭 쪽이 순례자들로 끊이지 않는 편이다. 물론 정말 예수가 처형당한 장소가 맞는지에 대해서는 논란이 있다. 실제로 신교도들은 다마스쿠스 게이트 북쪽에 있는 정원묘가 실제 예수의 무덤터라고 주장하기도 한다.

중요한 건 이 모든 성지들이 서로 2~300m도 채 떨어지지 않은 곳에 있다는 사실이다. 기독교인들이 십자가를 메고 노래를 부를 때 바로 옆에서는 기도시간을 알리는 방송이 모스크에서 흘러나오고 유태인들은 벽 앞에서 고개를 흔들며 기도 한다. 그 모습을 보면 지금 유지되고 있는 평화가 얼마나 살얼음 같은 것인지 새삼 느끼게 된다.

평화를 말하는 종교로 인해 언제나 긴장을 늦출 수 없는 삶을 살아야 하는 아이러니, 예루살렘 주민들에게 종교는 어떤 의미일까? 물론 대부분은 서로의 종교를 존중하지만 언제나 그렇듯이 다들 그런 건 아니다.

유태인지구의 한 사무실을 방문했을 때 담당자는 내게 '세 번째 신전'

로마 정부는 성전을 부순 뒤 일
년에 한 번만 방문을 허락했다.
그 날이 되면 로마 전역에서 모
인 유태인들이 남은 벽 앞에서
울며 기도했는데 이 때문에 '통
곡의 벽' 이라는 명칭을 얻었다.
유태인들은 전통 복장을 입고 벽
앞에서 고개를 흔들며 그들의 경
전을 읽는다. 수천 년 동안 변하
지 않은 풍경이다.

고난의 길에는 예수의 행적을 따
라 14처가 표시돼 있다. 사진은
5처, 시몬이 예수의 십자가를 대
신 들어준 곳이다.

예수의 무덤.
성경에는 예수가 이곳에서 죽은 후 사흘 만에 부활해 승천했다고 나와있다.

예수의 시체를 염한 곳. 방문자들은 엎드려 바위에 입을 맞춘다.

계획에 대해 설명해줬다. 현재 바위의 돔이 있는 장소에 유태인들의 성전을 짓는다는 위험천만한 계획이었다. 이 계획이 실현되는 순간 또 다른 전쟁이 터질 게 뻔했다. 그는 이미 설계와 모형제작이 끝나고 돈을 모으는 중이라고 했다. 궁금해서 물어보지 않을 수 없었다.

"그럼 지금 있는 바위의 돔은 어떡하나요?"

그러자 대답이 걸작이었다.

"만약의 경우를 대비하는 것뿐입니다. 뭐, 지진이 날 수도 있고 호주에서 온 누군가가 바위를 훔쳐갈 수도 있는 거구요(영어

아라파트가 뇌사 상태에 빠지자, 예루살렘 전역은 초긴장 상태에 돌입했다. 구시가의 골목골목마다 실탄을 장전한 이스라엘 군 병력이 배치됐다.

가 유창한 담당자는 호주 출신의 유태인인 듯했다)."

말하자면 무슨 일이든 생기면 잽싸게 지어 버리겠다는 거였다. 호주 운운하는 말에선 무슨 일을 저지를 수도 있다는 뉘앙스까지 풍겼다. 종교가 그를 그만큼 용감하게, 아니 바보스럽게 만든 걸까?

예루살렘을 떠나기 전날 아라파트는 뇌사상태에 빠졌다. 순식간에 총을 든 군 병력이 거리를 에워쌌다.

다음날은 마침 금요일이었다. 마지막으로 구시가를 찾아 예배를 끝내고 나오는 팔레스타인들과 그들을 감시하는 이스라엘 군인들을 카메라에 담았다. 거리는 보통 이상으로 혼잡했고 다들 표정이 굳어져 있었다. 이들은 다시 한 번 예루살렘에서 산다는 게 어떤 건지 뼈저리게 느끼고 있는 것 같았다.

자치구 찾아가기
예루살렘에서 정보얻기

자치구를 찾아가려면 예루살렘에서 정보를 얻어야 한다. 지금 어느 곳이 위험한지, 어느 곳이 안전한지, 어느 곳이 허가되거나 금지되는지. 이스라엘-팔레스타인 사정은 시시각각 변하므로 제대로 알지 못하고 가면 위험한 상황에 놓일 수도 있다.

자치구에 대한 정보를 얻으려 이스라엘정부의 관광안내소를 찾는 것은 생각만큼 도움이 되지 못하다. 오히려 자치구에 가려고 한다거나, 다녀온 것이 들통 나면 최악의 경우 내쫓길 수도 있다는 사실을 명심할 필요가 있다. 도움이 되는 쪽은 관광가이드, 관광객들, 팔레스타인들이다.

추천하는 호텔은 예루살렘 구시가의 다마스쿠스 게이트 앞에 위치한 호텔이다. 이름은 잘 기억나지 않지만, 팔레스타인이 경영하는 호텔이며 일본인 프리랜서 기자들과 팔레스타인 운동그룹의 본거지로 잘 알려진 곳이다. 다마스쿠스 게이트를 나오자마자 하네빔 스트리트 쪽으로 20m 정도만 올라가면 쉽게 찾을 수 있다. 호텔에는 자치구에 다녀오는 이들이 수두룩하기 때문에 아무나 잡고 물어보면 최신 정보를 건질 수 있고, 운이 좋다면 팔레스타인 자치구 지도도 얻을 수 있다.

자치구는 크게 가자지구와 요르단강 서안으로 나뉜다. 서부 해안에 위치한 가자지구는 1994년부터 팔레스타인들의 자치가 시작됐으며 테러조직 하마스의 본거지가 있는 지역이다. 얼마 전 이스라엘 내각이 철수안을 가결했음에도 아직 7천여 명의 유태인들이 남아 분쟁의 원인이 되고 있다. 지금은 조금씩 진정되고 있다지만, 그래도 아직은 방문을 삼가는 편이 좋다.

나블라스, 베들레헴, 예리코, 헤브론, 라말라 등은 서안의 대표적인 도시들이다. 이 가운데 예리코와 베들레헴, 헤브론은 대표적인 관광도시다.

얼마 전 팔레스타인에 이양되고 검문소가 없어진 예리코는 세계에서 가장 오래된 도시로 꼽힌다. 성경에 따르면 약속의 땅을 찾아온 유대인들

금요예배를 마치고 쏟아져 나오는 무슬림들의 얼굴에는 목표 잃은 분노가 가득했다.

이 처음으로 함락시킨 도시다. 근처에는 예수가 금식을 하다 악마의 유혹을 받았다는 전설을 가진 동굴이 있다. 내가 찾았을 때만 해도 폭동이 일어나고 어수선한 분위기였지만 뉴스를 들으니 지금은 조금씩 정리가 되어가고 있다고 한다.

예수의 탄생지인 베들레헴과 아브라함의 무덤이 있는 헤브론은 아직 위험요소들이 완전히 사라졌다고 보기는 힘들다. 자치권이 완전히 이양되지 않았기 때문에 검문소를 거쳐 들어가야 하고 이스라엘군과 시위대들의 충돌도 심심치 않게 일어난다. 작년에는 베들레헴 관광만 간신히 허락되고 헤브론 출입은 통제되는 상황이었다.

서안 북부에 위치한 나블라스(Nabulas)는 아직까지 관광객 방문이 금지되는 곳이다. 개중에는 몰래 다녀오는 사람도 있긴 하다. 예루살렘에서 만난 일본 사진기자는 검문소를 피해 들어가려다 두 번이나 이스라엘군에게 발각돼 실패하고, 세 번째 시도에서 겨우 들어갈 수 있었다는 무용담을 털어놓기도 했지만, 물론 추친할 만한 일은 아니다.

계획은 이스라엘에 들어갈 때까지만 해도 가자지구를 방문하는 것이었지만 상황이 상황인지라 포기할 수밖에 없었다.

라말라는 현대적인 소도시였다. 곳곳에서 발견할 수 있는 포스터와 글귀를 빼면 여느 도시와 다를 바 없었다.

대신 팔레스타인 정착지구의 중심이며 PLO의 본부가 있는 라말라에 가기로 했다. 팔레스타인의 수도였고 여행자들이 합법적으로 방문할 수 있는 몇 안 되는 곳 중 하나였다. 요르단 국경에서 만난 팔레스타인 여성부터 호텔 주인까지 그곳이라면 안심할 수 있다고 입을 모았다.

비극과 희망의 도시, 라말라

라말라에 가기 위해서는 이스라엘에서 버스를 타고 경계선까지 가서 체크포인트를 통과해야 한다. 총을 든 이스라엘군들도 팔레스타인 자치구로 넘어갈 때는 별로 신경을 쓰지 않는다. 다만 나올 때는 철저한 감시를 거쳐야 한다. 팔레스타인 자치구에서 위험물질을 반입하는 팔레스타인들 때문이다.

특히 차량 통제소에서는 20m 정도 앞에서 차를 세우고 남자 승객들은 모두 내려 웃옷을 들어올려야 한다. 예전에 차량이 폭탄을 싣고 돌진해 검문소를 폭발시킨 사건이 있었기 때문이라고 했다. 하지만 이유야 어떻든 무슬림들에게 복부의 살을 드러내는 것은 큰 치욕이다. 이스라엘 여군

황량한 벌판, 장벽과 철조망 사이에 작은 회전문 하나가 보였다. 검문은 없었지만 괜히 긴장이 됐다.

의 총구 앞에서라면 더욱 그렇다. 그래서인지 셔츠를 들어올리는 팔레스타인들은 분노와 좌절이 섞인 표정을 짓고 있었다. 체크포인트를 통과하고 팔레스타인 쪽으로 넘어가면 합승차가 기다리고 있다. 라말라까지는 한 시간이 채 안 걸렸다. 라말라는 예상외로 번화한 도시였다. 규모는 한국의 중소도시와 비슷했지만 분위기는 사뭇 달랐다.

도착한 후 숙소를 찾던 중 우연히 남자고등학교 옆을 지나게 됐다. 학

라말라의 시장은 규모는 크지 않았지만 활기가 넘쳤다. 생활수준도 기대 이상이었다.

아랍어를 몰라도 무슨 뜻인지 한 눈에 알 수 있는 선동 문구가 도시 곳곳에 써 있었다.
삶과 죽음, 평화롭게 축구를 하는 풍경과 저 세상으로 떠난 학생들의 사진이 극명한 대비를 이뤘다.

생들은 운동장에서 편을 갈라 축구를 즐기고 있었다. 여느 한국학교와 같
은 평화로운 풍경이었다. 사진을 찍자 학생들이 웃으며 손을 흔들었다.

학교 벽면에는 대형 사진이 걸려 있었다. 학생 세 명의 반신이 담긴 흐
릿한 사진이었다. 무슨 의미일까. 길 가던 이를 잡고 물어보니 시위 중에
이스라엘군에 의해 사망한 학생들이라고 했다. 대답을 듣는데 갑자기 숨
이 멎는 느낌이었다. 다음 순간 눈에 물이 차올랐다. 손으로 입을 가리고
고개를 숙이자 행인은 당황하며 몸을 두드리며 괜찮냐고 물었다.

나중에 알게 된 사실이지만 라말라의 거리에는 무장단체 지도자들의

사진과 이스라엘군에 의해 살해된 이들의 포스터가 곳곳에 붙어 있었다. 작년 이스라엘군에 의해 암살당한 무장그룹 하마스의 지도자 야신의 사진이 자주 눈에 띄었다. 포스터 중에는 자살폭탄테러를 저지른 이들의 얼굴이 나온 것도 있었다. 굳은 결기가 서린 표정이 오히려 처연해 보였다. 거리의 벽은 온통 이스라엘과 미국을 저주하고 무장 봉기를 촉구하는 글과 그림으로 덮여 있었다. 하지만 주민들은 어느 곳보다 친절했고, 테러와 죽음에 대해 이야기하면서도 미소를 지었다. 마치 그 역시 삶의 일부인 것처럼.

도심에는 깃발이 휘날리는 탑을 사자들이 둘러싸고 있는 작은 광장이 있었는데 그곳에도 여러 사진이 걸려 있었다. 계단에 앉아 사진을 바라보는데 몇몇 젊은이들이 힐끔힐끔 바라보다 결국 호기심을 이기지 못하고 말을 걸었다. 예루살렘의 대학에서 간호학을 전공하는 학생들이었다.

여러 명이었지만 그중 무함마드와 아델이라는 청년 두 명이 그나마 영어를 좀 하는 편이었다. 둘 다 스물한 살 동갑내기 팔레스타인이었다.

대학을 졸업하면 대부분 팔레스타인 지역에 있는 병원에 취직을 하거나, 일자리를 찾아 외국에 나간다고 했다. 이스라엘 병원에 취직하는 이들은 거의 없다는 설명이 물과 기름처럼 분리된 유태인과 팔레스타인의 현주소를 보여 주는 듯했다. 아델은 대학 교수들도, 병원에 오는 환자들도 대부분 팔레스타인이라고 덧붙였다. 무함마드는 한술 더 떠 예루살렘에서 태어나고 자랐지만 이스라엘 친구는 거의 없다고 자랑스럽게 말했다. 헤브루(유태인들의 언어)어도 모른다고 했다.

장래계획을 물어보자 무함마드는 대학을 졸업하고 다른 중동국가로 유학을 떠날 생각이라고 했다. 하지만 아델은 팔레스타인을 떠나고 싶지 않으며 이곳에서 팔레스타인국가를 건설하는 데 조금이라도 도움을 주고 싶다고 진지한 표정으로 말했다.

이들은 PLO 지도지 아라파드, 무장단체 하마스, 오사마 빈 라덴을 모두 영웅으로 생각한다고 당당하게 말했다. 그리고 이스라엘과 미국에 대해 깊은 원망을 토로했다. 하지만 자살폭탄테러에 대해서는 의견이 엇갈렸

매일밤 아라파트의 지지자들이 차를 타고 쾌유를 기원하는 집회를 열었다. 하지만 '중동의 풍운아' 아라파트는 열흘 뒤 사망했다.

다. 무함마드는 폭력적인 수단으로 이스라엘군을 몰아내야 한다고 생각하는 반면에 아델은 대화와 타협을 선호한다고 했다. 하지만 팔레스타인에 대한 이들의 애국심은 별 차이가 없어 보였다. 작별인사를 나누면서 아델은 간곡하게 말했다.

"팔레스타인은 아마 세계에서 가장 아름다운 곳 중 하나일 겁니다. 나중에도 다시 오게 되면 꼭 연락해 주세요."

무함마드를 비롯한 다른 친구들도 고개를 끄덕였다. 자국에 대한 자부심과 사랑이 지금까지 이토록 치열하게 싸워온 바탕이리라. 앞으로의 걸어갈 길도 쉽지는 않겠지만 이들은 결코 포기하지 않을 것이라는 확신이 들었다.

저녁에는 아라파트의 쾌유를 기원하는 가두시위가 열렸다. 승용차에 아라파트 사진을 걸고 구호를 선창했다. 처음에는 약간 긴장했지만 시위는 평화롭게 진행됐다. 시위대는 오히려 손을 흔들기까지 했다.

팔레스타인들은 대부분 외부인들에 대해 호의적인 시각을 가지고 있었다. 물리적인 힘에서 이스라엘이 최신식 무기와 미국의 지원을 바탕으로 압도적인 우위를 점하는 지금 상황에서 의지할 것은 스스로의 맨손과 국제여론이라는 사실을 이들은 잘 알고 있었다.

부서진 무카타

라말라 시의 북동쪽에 자리 잡은 팔레스타인 해방기구(PLO)본부는 '무카타(Muqatta)'라고 불린다. 한때 아라파트가 거주했던 집무실이 있었던

무카타는 이스라엘 군의 미사일 공격으로 처참히 파괴당했다. 아라파트는 사후 예루살렘에 묻히길 희망했지만 결국 이 곳 무카타에 안장됐다.

곳이며 아직 PLO의 각종 행정기구들이 자리 잡은 장소다.

물어물어 찾아간 무카타에서는 그 명성을 듣고 기대했던 것과 사뭇 다른 풍경을 접할 수 있었다. 멀리서 보기엔 군사기지처럼 육중하고 견고해 보였다. 철망과 곳곳에 나부끼는 팔레스타인 국기는 팔레스타인의 심장부에 있다는 것을 실감나게 해 주는 것이었다.

반면 가까이서 본 풍경은 딴판이었다. 이스라엘군의 미사일을 맞아 부서진 건물은 아직 그대로였고, 군인들은 부서진 건물 귀퉁이에서 주위를 감시하고 있었다. 제대로 된 건물이라곤 아라파트의 집무실과 행정기구들이 속한 건물 두 채에 불과했고, 군인들의 막사는 컨테이너만도 못한 상자가 전부였다. 제대로 된 검문 초소도, 방문객 안내소도, 접대실도 없었다. 정문 앞에는 병사 한 명이 구식 소총을 의자에 기대고 앉아 있을 뿐이었다. 그래도 다들 군복을 입고 소총을 들고 있는 터라 조금 겁이 났다. 몇 번 망설이다가 팔레스타인들의 호의적인 태도를 믿고 길 건너에서 카메라를 들이댔다. 제지할 줄 알았는데 한 명이 자리를 피했을 뿐 다른 이들은 오히려 손을 흔들었다.

용기를 얻어 정문으로 다가갔다. 하지만 생각과 달리 제지도 환영도 없었다. 정문에 있던 병사는 낯선 방문객을 어리둥절하게 바라볼 뿐이었다. 정문을 들어서자 일단 제지를 하긴 했다. 하지만 영어를 모르는 듯 아랍어로 말을 하다가 답답한 듯 제 가슴을 쳤다.

결국 수소문한 끝에 영어를 몇 마디 할 수 있는 군인을 찾아왔지만 그도 어떻게 대처해야 하는지 모르는 듯 머리를 긁적였다. 결국 부서진 건물 사진은 찍어도 좋다는 허락을 받았다. 하지만 아라파트의 집무실과 업무 빌딩은 보안상 사진을 찍을 수 없다고 했다. 그는 사진을 찍는 도중 이것저것 열심히 설명을 해댔다. 영어실력이 신통치는 않았지만. 간신히 알아들은 내용은 앞에 있는 건물은 아라파트가 자는 곳인데 지금은 없다는 것 정도였다. 결국 부서진 건물만 카메라에 담고, 퇴근하는 군인과 함께 라말라 시내로 돌아왔다.

이름은 사다, 스물한 살이라고 했다. 지금 대학생이고 한 달에 2주, 하루에 여섯 시간씩 무카타에서 근무하고 천 세켈(약 26만원)을 받는데, 사실 꿈은 미국에 가서 돈을 버는 거라고 했다.

"삼촌이 그렇게 해서 돈을 많이 벌었어요. 멕시코로 밀입국을 해서라도 꼭 미국에 가고 싶어요."

PLO의 군인이라고 아메리칸 드림을 갖지 못하는 건 아니지만, 상황에 어울리지 않는다는 생각에 웃음이 나왔다. 헤어질 때가 되자 내일 다시 만날 수 있냐고 간곡한 표정으로 말했다. 차마 거절할 수 없어 약속을 하고 손을 흔들었다. 사다도 신이 난 듯 눈에서 사라질 때까지 손을 흔들어 댔다.

아부 파라 방문기

라말라 시내 광장에서 신문을 읽고 있는데 누군가 등을 쳤다. PLO본부

응접실은 잘 꾸며져 있었다. 뉴욕에서 일하는 삼촌이 돈을 보내주기 때문에 생활에 불편함은 없다고 했다

에서 만났던 사다였다. 하루 만에 만났는데도 오랜만에 친구를 만난 것처럼 여간 기쁜 표정이 아니었다.

사다는 집에 초대하고 싶다고 했다. 팔레스타인들이 어떻게 생활하는지 보기 위해 라말라에 온 터라 이보다 좋은 기회는 없었다. 사다의 집은 라말라에서 40분 정도 걸리는 아부 파라라는 마을에 있었다. 합승택시 안에서 가족 이야기를 해주었는데 자신은 4남 4녀의 장남으로 아버지는 트랙터로 농사를 짓고, 어머니는 살림을 한다고 했다. 형제들과 방을 같이 쓰는 처지라 나는 할아버지 집에서 같이 자게 될 거라는 설명이었다. 할아버지 집은 사다 집에서 1분도 걸리지 않는단다. 아직까지 농촌에선 친척들끼리 모여 사는 게 일반적이라고 했다.

창밖으로 보이는 농촌은 기대 이상이었다. 흰색으로 통일된 마을의 집들은 전원주택을 떠올리게 할 정도로 잘 지어져 있었고 거리도 깨끗했다. 낮은 구릉에는 키 작은 나무들과 염소 떼들이 몰려 있었다. 이런 농촌의 평화로운 풍경은 번화한 라말라를 보았던 이상으로 전혀 예상치 못한 것이었다. 물론 겉모습과 실상이 항상 일치하는 건 아니지만….

집에 도착하니 사다의 할아버지가 밖에 나와 계셨는데 전형적인 아랍인 복장에 머리에는 아라파트가 쓰는 두건을 두르고 있었다. 인사를 하자 영어로 더듬거리며 "집에 온 걸 환영합니다."라고 말했다. 할아버지는 영어 대신 스페인어를 한다고 했다. 그런데 스페인어를 습득한 이유가 재미있었다.

"얼마 전까지만 해도 뉴욕에 가서 매년 일을 하셨어. 8개월은 일을 하고 나머지 4개월은 이 마을에 돌아와 계셨지. 거기서 일하며 스페인어를 배우셨대."

1986년부터 매년 뉴욕에 가서 빌딩 창문 닦는 일을 하셨는데, 그때 함께 일하는 이들 중에 히스패닉이 많아 스페인어를 배웠다는 것이었다.

"하지만 2년 전부터는 안 가. 이젠 미국에 가기 싫어. 미국이 싫어."

할아버지는 더듬거리면서도 또렷하게 말했다.

후세인 삼촌은 약간 배가 나온 삼십대 중반의 남자였는데 뉴욕에서 무역업을 한다고 했다. 지금은 라마단이라 한 달 동안 휴가를 냈단다. 어차피 뉴욕에 있어도 라마단 기간에는 한두 시간밖에 일을 하지 않기 때문에 그럴 바에야 고향에서 보내는 게 낫겠다 싶어 왔다는 설명이었다.

다섯시가 되자 마을에 있는 모스크에서 이맘의 기도가 울려 퍼졌다. 마

배가 불러서 더 이상 먹을 수 없을 때까지
내 그릇에는 계속해서 양고기 살점이 올려졌다.

침내 길고 긴 라마단의 하루가 끝난 것이다. 저녁이 준비됐다는 말에 다들 방으로 들어갔다.

양고기와 요구르트가 섞인 밥, 감자와 닭고기 요리, 염소젖을 넣어서 요리한 양고기가 나왔다. 양고기는 비싸서 보통 땐 먹기 힘든 요린데 오늘 특별히 준비했다는 말에 감동받지 않을 수 없었다. 할아버지와 후세인 삼촌은 연신 고기를 집어 내 앞에 내려놨다. 양고기 밥은 약간 비려서 먹기 힘들었지만, 염소젖과 양고기 요리는 전혀 양 냄새가 나지 않았다. 누가 요리를 했냐고 묻자 후세인 삼촌의 부인이 요리를 했다는 대답이 돌아왔다. 후세인 삼촌이 말을 이었다.

"제가 뉴욕에 있을 때도, 아버지와 어머니를 위해 이곳에서 집안일을 거들죠."

사정을 들으니, 뉴욕에 간 후세인 삼촌은 생활이 안정되자 이곳 아부 파라에 돌아와 신붓감을 찾았다고 했다. 결혼식을 치르고 나선 부인을 데리고 뉴욕으로 돌아갔는데, 얼마 후 태어난 딸이 불의의 사고로 죽고 말았단다.

"다 알라의 뜻이죠."

그는 양손을 들어올렸다. 그러다 몇 년 전 어머니의 병세가 악화되면서 부인은 이곳에 돌아와 부모님을 부양하고 있다고 했다. 자의일까, 타의일까. 숭고한 희생일까, 여성에 대한 억압일까. 얼굴을 보고 싶었지만 다음날 떠날 때까지도 이방인에게 얼굴을 보이지 않았다. 평소에도 여성들이 방문객과의 대면을 꺼리긴 하지만 라마단 기간이라 정도가 더 심한 듯했다. 후세인 삼촌이 변호하듯 말했다.

"라마단 기간 동안은 부부끼리도 잠자리를 같이 하지 않습니다. 남성과 여성이 손을 잡는 것도 금기사항이죠."

실제로 사다의 집을 방문한 동안 접한 여성이라곤 사다의 할머니와 할아버지의 여동생이 전부였다. 반면에 남자들은 수도 없이 집을 찾아와 힘께 인사를 나눴다.

저녁을 먹고 난 후에도 음식이 끊이지 않았다. 과일이 두 번 나왔고, 진

낮은 구릉에 점점이 흩어진 집들, 드문드문한 잡목과 양떼들. 아부 파라는 '평화'만 있다면 더할 나위 없이 살기 좋은 곳이었다.

한 아라비아 커피가 세 잔이나 나왔다. 차와 콜라도 빠지지 않았다. 다들 다섯시가 지난 걸 환영하며 연신 음식을 권했다.

거실에서 이런저런 얘길 나누는데 이웃이 찾아와 아랍에미리트 대통령이 죽었다는 속보를 전해줬다. 다들 할아버지 방으로 옮겨 시리아 뉴스에 귀를 기울였다. 세계는 여전히 바쁘게 돌아가고 있었다. 아랍에미리트 대통령이 죽었고, 미국에서는 개표가 한창이었다. 아라파트는 여전히 상태를 알 수 없는 상황이었다.

사다가 기쁜 소식 하나를 전했다. 개표에서 캐리가 앞서고 있다는 거였다. 반가운 기색을 보이자 할아버지가 심드렁하게 대꾸했다.

"부시, 캐리 똑같아. 둘 다 멍청이야!"

마침 손님이 왔다는 말에 찾아온 몇몇 이웃들도 고개를 끄덕였다. 이제 미국은 팔레스타인들에게 완전히 신뢰를 상실한 것 같았다. 사다는 그래도 미국에 가고 싶다고 중얼거렸다. 하지만 그 바람을 전해들은 후세인 삼촌은 고개를 저었다. 지금은 상황이 너무 안 좋다는 것이었다. 둘 사이에서 몇 번이나 되풀이된 대화였는지 사다도 잠자코 고개를 끄덕일 뿐이었다.

이러저러한 얘길 하다가 열시 정도 되자 이웃들이 하나 둘 자리를 뜨기 시작했다. 오늘 잠자리는 거실이었다. 매트리스를 깔고 사다와 나란히 누워 여자친구, 앞으로의 일정, 장래계획 등 이야기를 나누다 예루살렘에서 묵는 호텔 얘기가 나왔다. 일본인 저널리스트들이 많다고 하자 사다의 눈이 반짝였다.

"일본인 저널리스트에게 부탁하면 내가 일본에 가는 걸 도와줄 수 있을까?"

삼촌에게 미국에 가기 힘들다는 말을 듣고 계획을 바꾼 모양이었다. 간절한 눈빛에 차마 안 된다고 할 수 없었다.

"한 번 얘기해 볼게."

어떻게 해서든 탈출을 꿈꾸는 모습이 안타까워 보였다. 이들이 자신의 땅에서 살지 못하는 건 누구의 책임일까?

아침에 일어나니 사다와 삼촌은 어느새 일어나 집 앞에서 이야기를 나누고 있었다. 후세인 삼촌이 좋은 아침이라며 인사를 건넸다.

공기는 투명할 정도로 신선했고 관목으로 덮인 언덕은 중동에서 보기 드물게 푸른빛을 띠고 있었다. 시나이 사막을 헤매던 유태인들이 이스라엘을 '젖과 꿀이 흐르는 땅'으로 묘사한 게 이해가 됐다. 이런 곳에서 사는 것도 나쁘지 않으리라는 생각이 잠시 들었지만 인간사는 풍경만큼 평화롭지는 않은 듯했다. 멀리 쳐다보던 사다가 불쑥 말을 던졌다.

"오늘은 안 오네."

이스라엘군 얘기였다. 많을 때는 거의 매일, 적어도 일주일에 한두 번은 이스라엘군이 마을을 통과한다고 했다. 후세인 삼촌이 말을 받았다.

"난 왜 그들이 우리 마을에 오는지 모르겠어 뭐라고 이유도 대지 않고, 장갑차와 무장병력이 그냥 지나갈 뿐이잖아. 물론 저 너머에 뭔가 있을 수도 있겠지만 다른 길도 많은데 꼭 마을을 통과해서 가야만 하나?"

그렇게 이스라엘군이 무력시위를 할 때마다 무슨 일이 생긴 것 같아 조마조마하단다. 살얼음판을 딛는 것처럼 그들은 그렇게 긴장하며 벌써 반 세기를 보내고 있었다.

떠날 시간이 되자 사다는 굳이 라말라까지 바래다 주겠다며 옷을 챙겨 입었다. 할아버지는 두 손을 잡으며 다음에 꼭 한 번 더 들러 달라고 했다.

"마을이 마음에 들었다면 다음에 무슨 일이 없어도 한 번 더 들르세요. 당신이라면 언제든 환영입니다."

후세인 삼촌의 진심이 따뜻하게 와 닿았다.

미스터 후세인의 이슬람 강의

"'이슬람'이라는 말은 '신에게의 복종'이라는 의미입니다. 신에게 자신을 복종하고 평화를 추구하는 것이 이슬람의 정신이죠. 이슬람은 예언자 무함마드가 가브리엘에게 받은 꾸란을 기초로 성립된 종교입니다. 물론 이전에 몇몇 유태인들도 계시를 받은 적이 있었어요. 예를 들면 예수, 모세, 아브라함 같은 예언자들 말이죠. 하지만 그건 꾸란에 비하면 작은 부분에 불과해요. 꾸란이야말로 모든 면에서 완벽한 최후의 예언서랍니다. 그 꾸란을 받은 달이 바로 라마단의 달이고, 그를 기념해서 지금 단식을 하고 있는 겁니다. 물론 이슬람에는 단식 말고도 지켜야 할 몇 가지 기본적인 규칙이 있습니다. 이를 우리는 '다섯 기둥'이라는 말로 표현하지요.

첫 번째는 당신이 '알라 이외에 다른 신은 없고 무함마드는 알라의 사도이다'라고 언급하는 것입니다. 그건 이슬람의 가장 기본적인 믿음입니다. 누구든 이 말을 믿는다면 우리는 그를 무슬림이라고 생각합니다.

두 번째는 단식입니다. 라마단의 달 삼십일 동안 해가 떠 있을 때 단식을 하는 거죠. 그게 지금 우리가 하고 있는 것입니다. 그건 무슬림들의 건강에도 좋은 영향을 미칩니다.

사실 라마단을 어떻게 지키는지는 사람마다 틀리죠. 저 같은 경우는 하루에 한 끼만 먹습니다. 반면에 아침에 일찍 일어나 식사를 하는 이들도 있죠. 어쨌건 건강에 좋은 건 사실입니다.

잘 모르겠다구요? 그럼 짧은 얘기를 하나 들려드리죠. 몇 년 전에 독일에서 실제로 있었던 일화랍니다. 심장 혈관이 막혀서 고생을 하던 팔레스타인 남자가 있었습니다. 콜레스테롤이 높아지자 지방이 혈관을 막아 버린 거죠. 병원에 찾아가자 의사가 말했습니다.

"수술을 하기 전에 해야 할 일이 있어요. 당신은 지금 지나치게 비만이에요. 두세 달 동안 살을 좀 빼고 와야 수술을 할 수 있어요."

고향으로 돌아온 그는 생애 처음으로 라마단을 지키기로 마음먹었습니다. 그리고 일과 후에도 수프 같은 간단한 음식만 먹었죠. 그러자 몰라보게 살이 빠졌습니다. 그는 몸이 좋아진 걸 느끼고 한 달 더 단식을 했죠. 그리고 독일에 돌아가서 같은 의사를 찾아갔습니다. 그리고 말했습니다.

"이제는 수술을 할 필요가 없게 됐어요. 다른 의사를 만나 치료를 받았거든요."

의사가 깜짝 놀라 의사의 이름을 묻자 다음과 같이 대답했습니다.

"그 의사의 이름은 라마단입니다."

이 이야기에서처럼 일정 기간의 단식은 건강에 좋습니다. 특히 라마단의 달 동안에는 알라의 은총이 모든 무슬림을 감싸고 있기 때문에 더욱 좋죠.

세 번째 기둥은 기도입니다. 이슬람에서 '기도'란 자신을 해방시키고 알라에게 복종한다는 의미를 가지고 있습니다. 무슬림이라면 누구나 하루에 다섯 번씩 기도해야 합니다. 이와 관련해서는 다음과 같은 이야기가 전해지고 있습니다.

예언자 무함마드가 일곱 번째 천국에 올라갔을 때 알라는 그에게 하루 오십 차례의 기도를 요구했습니다. 그는 그 말을 띠르려고 했죠. 하시만 무함마드가 다섯 번째 천국에 내려왔을 때 예언자 모세와 만나게 됩니다. 모세는 그에게 충고합니다.

"오십 번은 너무 많네. 돌아가 기도의 횟수를 줄여 달라고 청하게나."

무함마드는 몇 번이나 돌아가 횟수를 줄였고 결국 하루에 다섯 번만 기도하도록 허가받습니다. 마지막으로 우주의 신인 알라는 하루 다섯 번의 허가를 내리며 그에게 다음과 같이 말합니다.

"다섯 번, 다섯 번이다, 무함메드. 하지만 기도할 때마다 나는 그것을 열 번으로 간주해 주겠다. 그리고 이후 누구도 내가 말한 것을 바꾸지 못한다."

그 다섯 번은 일출 전, 태양이 정오에 이르기 전, 정오 이후 그림자가 길게 질 때, 일몰 무렵, 그리고 해가 진 이후에 행해집니다. 기도시간은 해가 뜨는 시간이 다른 만큼 지역마다 다르죠.

시간이 이렇게 애매하게 정해져 있는 것에는 이유가 있습니다. 각자 형편에 맞게 기도를 하라는 거죠. 예를 들어 '사물의 분별이 가능하고 해가 뜨기 전'에는 거의 한 시간의 시간이 있습니다. '태양이 정오를 지나 그림자가 길게 비출 때'는 거의 세 시간이나 됩니다. 모스크에서 기도를 한다면 이맘(이슬람교 교단 조직의 지도자를 가리키는 하나의 직명)의 방송에 맞춰서 기도를 해야겠지만 그렇지 않다면 스스로 편한 시간에 기도를 할 수 있습니다. 하지만 모든 무슬림들이 하루 다섯 번의 기도를 지키는 것은 아닙니다. 사실 많은 무슬림들은 하루에 한 번조차도 기도를 하지 않죠. 어떤 이들은 라마단에만 기도를 하기도 하구요. (웃으며) 우리는 그들을 '부족한 이들'이라고 부릅니다. 그들은 어떤 의미에서는 진정한 무슬림이라고 할 수 없습니다.

네 번째 기둥은 메카로의 순례입니다. 무슬림들은 그것을 하즈라고 부릅니다. 그곳에는 미국, 아시아, 아프리카 등 세계 전역에서 수많은 무슬림들이 모여듭니다. 그곳에는 친절함과 우정이 있고, 다들 서로를 선의로 대합니다.

그곳에선 카바를 일곱 번 돌고 낙타나 소를 죽여서 희생을 치릅니다. 그리고 사탄을 상징하는 세 기둥을 향해 돌을 던집니다. 그리고 나서 마지막으로 수염이나 머리를 깎고 옷을 갈아입고 고향으로 돌아옵니다.

순례를 다녀오기 위해서는 여러 요건이 충족되어야 합니다. 정신적으로도 신체적으로도 건강한 상태여야 하고 재정적으로도 여유가 있어야 합니다. 백 달러밖에 없는 사람이 순례를 위해서 저축을 할 수 있겠습니까? 그 경우에 이슬람에선 그 돈을 자기 자신을 위해서 쓰라고 가르칩니다. 돈이 없는 이들에게까지 순례가 의무인 것은 아닙니다.

알라의 뜻으로 저는 앞으로 몇 년 안에 순례를 다녀오려고 합니다. 정말로 가고 싶지만 그건 그렇게 사소한 일이 아니기에 그 전에 만반의 준비를 해야만 합니다.

다섯 번째 의무는 자비를 베푸는 것입니다. 이를 '자카트'라고 부르죠. 당신이 부유한 사람인데 마을에 가난한 사람들이 있다고 칩시다. 이때 그들을 위해서 재산을 내놓는 것은 당연한 의무입니다.

꾸란에는 자비를 베풀라고만 말하고 있습니다. 하지만 무함마드와 이후의 학자들은 꾸란의 구절을 해석해 순수익의 2.5%를 자카트로 정했습니다. 수입의 2.5%가 아니라 순수익의 2.5%입니다. 돈이 있는 이들이 이구절을 제대로 지킨다면 이 마을에는 가난한 사람이 한 명도 없겠죠. 사실 지키지 않는 이들도 많아요. 부자들 중에서도 다른 주머니를 차거나 돈을 빼돌리는 사람들이 많죠. 전 그들이야말로 마음이 가난한 이들이라고 생각합니다.

또 꾸란에서는 처지가 어려운 이들에게 돈을 빌려주고 이자를 받는 것을 금하고 있습니다. 어려운 처지를 악용하지 말라는 의미에서죠. 때문에 이슬람권의 은행에서는 이자를 받지 않습니다. 다만 약간의 수수료는 받죠. 은행일을 처리하는데 드는 비용입니다. 그게 한 0.1% 정도일 겁니다. 요즘에는 컴퓨터로 대부분의 일을 처리하기 때문에 그 정도면 은행 영업이 가능합니다. 그리고 이자를 받지 않는 대신에 맡은 돈을 다른 곳에 투자하거나 해서 이윤을 남기죠.

이것이 이슬람입니다. 하지만 미국에서 사람들을 만나 이렇게 말하면 다들 놀랍니다.

"하루에 다섯 번의 기도를 어떻게 합니까?"

이런 식이죠. 하지만 알라는 당신에게 좋은 눈, 귀, 입, 심장, 몸을 주셨습니다. 그래도 다섯 번의 기도가 많은가요? 전 그렇게 생각하지 않습니다. 또 알라는 의무만 성실히 지킨다면 인종, 남녀 간에 차별을 두지 않습니다. 대신 알라는 지금 그리고 앞으로 많은 것을 당신에게 제공할 겁니다. 대가는 천국입니다, 결코 작은 게 아니죠. 인간이 살아봐야 얼마나 살겠습니까? 기껏해야 60년, 70년입니다. 뭐, 운이 좋으면 백 살까지 살 수도 있겠지만요. 하지만 그 이후는 어떻게 합니까?

다행히 최근에는 미국에도 무슬림들이 늘어나고 있습니다. 그들은 무슬림으로 개종한 후 알라 안에서 지고의 기쁨을 누리고 있습니다. 미국에서는 아직도 인종차별이 존재합니다. 백인들은 백인들끼리 흑인들은 흑인들까지 생활하고 서로 다투죠. 하지만 무슬림들은 안 그래요. 알라 안에서는 누구든 평등합니다. 그리고 다들 선한 마음으로 하나가 됩니다.

기독교인들이나 유태인들은 일주일에 한 번 교회에 나가서 자신의 잘못을 참회합니다. 그리고 기도를 하죠. 그것으로 끝입니다. 하지만 무슬림들은 그렇지 않습니다. 그들은 서로를 존중하고, 돕고, 서로 바른 길로 가도록 격려합니다.

이것이 이슬람입니다. 이슬람은 평화로운 종교이고 지금 세계를 정화시킬 수 있는 힘입니다. 나는 많은 한국인들이 알라 안에서 진정한 평화를 발견할 수 있길 소망합니다."

후세인 씨는 뉴욕에 사는 사다의 삼촌이었는데 라마단을 맞아 한 달간 고향을 방문해 있었다. 그는 미국에 살면서도 미국의 정책에 비판적이었고, 나중에 고향에 돌아와 여생을 보내고 싶다고 했다. 나무 한 그루를 바라볼 때도 애정이 느껴질 정도로 고향에 애착을 가지고 있었다. 물론 그것도 떠난 자의 특권일지 모르지만.

그는 또 적극적인 이슬람 신자였으며 종교를 전파하는 일을 자신의 사명으로 받아들였다. 따로 전도사를 두지 않으며 신자들의 자발적인 선교로 교세가 확장되는 이슬람의 특징을 잘 보여주는 예다.

이미 많이 지적된 사실이지만 '한 손에는 칼, 한 손에는 꾸란'이라는 말은 터무니없이 과장된 것이다. 이슬람 역사상 스스로 믿으려 하지 않는 이들에게 이슬람을 강요한 예는 극히 드물다. 꾸란에서도 다음과 같이 말하고 있다.

"너희에겐 너희의 종교가 있고, 나에게는 나의 종교가 있다."

후세인 씨는 미국에 살면서도 이슬람적 가치를 외면하지 않았다. 오히려 이를 적극적으로 받아들이고 보수적인 태도로 신앙을 지키려고 애쓰고 있었다. 그는 고향에 돌아와 팔레스타인 여성과 결혼했고 팔레스타인식으로 부모를 모시기 위해 부인을 돌려보냈다. 뉴욕에서도 매주 모스크에 가고 라마단을 지킨다. 마흔이 채 되지 않았음에도 은퇴하고 돌아올 날을 꿈꾸며 벌써 집터를 봐두고 있었다.

팔레스타인에 대한 그의 애정은 다른 곳이 아니라 미국에 살고 있다는 사실에 의해 더 강화된 것처럼 보였다. 미국이 이스라엘의 후원자라는 사실, 그리고 그럼에도 불구하고 아메리칸 드림을 쫓아 미국에 왔다는 사실은 그에게 신실한 무슬림이 되어야 할 이유가 됐다. 그는 그렇게 싸우고 있었다. 9·11테러의 한가운데서, 무슬림에 대한 차별 속에서, 이슬람에 대한 오해와 편견 속에서 말이다.

그런 그도, 뉴욕에서 스페인어를 배운 그의 아버지도, 멕시코 국경으로 밀입국을 꿈꾸는 사다도 다들 끝이 보이지 않는 팔레스타인 분쟁의 피해자들이었다. 언젠가 가족 모두가 두려움 없이 상쾌함만으로 아침을 맞을 수 있는 세상이 올 수 있을까?

돌아오는 길
장벽을 넘어서

검문소에 도착하자 이스라엘에 가려는 이들로 붐비고 있었다. 언뜻 봐도 수백 명은 됨직한 이들이 회전문 두 개 앞에서 밀고 밀리며 아비규환(阿鼻叫喚)을 연출하고 있었다. 마음의 준비를 하고 뛰어드는 내게 누군가 뒤에서 외쳤다.

"볼 만한 광경이지. 그렇지 않나?"

옆으로 끝없이 쌓여진 장벽이 보였다. 사람들 사이에 시체처럼 서 있는데 누군가 뒤에서 소리를 질렀다. 다른 사람들이 그에 맞춰 몇 차례 함성을 질렀다. 옆에 있는 이에게 들으니 이스라엘군에 대한 욕설이라고 했다. 아픈 사람이 있는데, 한 시간이나 기다리는 바람에 병세가 악화됐다는 것이었다. 결국 사람들끼리 상의한 끝에 뒤에서부터 길을 열어 주기로 했다.

먼저 아픈 사람, 다음엔 아파서 우는 아이를 데리고 있던 팔레스타인 여인이 뒤를 따랐다. 그 뒤로 아이들을 데리고 있는 여성들이 줄을 지어 앞으로 향했다. 삼십 분이 지나 중간쯤 서 있는데 어디선가 외국인은 기다릴 필요가 없다는 말이 들려왔다. 희끗희끗한 머리의 남자였는데 사람들 사이에서 나를 보며 소리쳤다.

"여권만 보여 주면 그냥 통과시켜 줄 거야, 이스라엘인들은 아랍인들만 의심하거든! 그러니 그냥 나가라구. 대신 한국에 가면 우리가 이렇게 고통을 당하고 있다는 걸 꼭 알려 줘, 알았지?"

고마운 마음에 그러겠다고 머리를 조아리며 줄을 빠져나왔다. 하지만 완전군장을 한 이스라엘군은 짜증스러운 눈초리로 '무슨 헛소리냐'고 쏘아붙였다. 국적 상관없이 입구는 하나밖에 없다는 거였다. 다시 뒤에서부터 줄을 서는 수밖에 없었다.

잠시 후 교사라는 남자가 같은 이야기를 꺼냈다. 외국인이면 여기서 함께 모욕을 당할 필요가 없으니 이스라엘 군인에게 잘 얘길 해 보라는 거

차례를 기다리던 군중들은 카메라를 정면으로 바라보며 외쳤다. "우리의 모욕을 외부에 알려 달라"

였다. 말도 안 되는 얘기라며 쏘아붙이자 대답이 가관이었다.

"그건 네가 한국인이어서 그런 게 아닐까? 일본인이라면 벌써 통과시켜 줬을 걸. 일본은 혼다와 소니를 가지고 있거든."

한국의 대기업들을 열거하며 반박하자 그는 다시 속을 긁어놓는 멘트를 날렸다.

"그럼 답은 간단하네. 네가 배짱이 없어서 그런 거야. 나 같으면 여권을 손에 들고 옆길로 걸어 나갈 거야. 그래도 외국인이니까 쏘지 못할 걸."

처음부터 한 시간 정도 지난 후에야 다시 중간까지 갈 수 있었다. 도중에 만난 '무스타파'라는 열아홉 살짜리 대학생은 매일 학교에 갈 때마다 검문을 당한다고 했다. 그리고 이런 사정을 한국인들에게 꼭 알려 달라고 부탁했다.

아까의 중년 선생도 미안했는지 "수업을 두 개나 취소하고 이러고 있다"며 중얼거렸다. 그리고 가방을 들어줄 테니 가로막 위에 올라가 사진

철조망 옆 차량 검문소에서는 완전무장한 군인과 팔레스타인들이 승강이를 벌였다.

장벽은 이 세상과 저 세상을 갈라놓고 있었다. 화해의 가능성을 차단하는 것처럼 음산한 모습이었다.

을 찍어 우리의 수치와 모욕을 널리 알려 달라고 부탁했다. 엉겁결에 벽 위에 올라가자 많은 이들이 소리를 지르며 카메라를 바라봤다.

"저널리스트다. 우리 사진을 찍어! 찍어서 퍼뜨려 줘!"

한 번 사진을 찍자 용기가 생겨 조심스럽게 카메라를 여기저기 가져다 댔다. 정지선을 넘어온 차에 총을 겨누는 이스라엘군, 아내와 자식들이 보는 가운데 손을 들고 차에서 내려 웃통을 걷어 올리는 남자, 손수레를 통과시켜 달라고 사정하는 노인…. 셔터를 누를 때마다 이제는 응원군이 된 팔레스타인들이 소리를 질렀다.

"저들을 봐! 아이들까지 믿지 못한다! 이스라엘군은 미국의 노리개다! 우리의 모욕과 수치를 기록해라! 그리고 세상에 퍼뜨려 달라!"

그럴수록 셔터를 누르는 손에 힘이 들어갔다. 하지만 한편으론 답답하기도 했다. 검문을 하는 이스라엘 남녀 병사들도 결국은 내 나이 또래의 젊은이들이었다. 기계적으로 움직이는 가운데 얼굴에선 익숙해진 피곤이 배어나왔다. 국방의 의무를 다하러 나왔다는 이유만으로 팔레스타인들의 증오를 받아야만 하는 걸까?

버스를 타고 돌아오며 끝없이 이어진 장벽을 보니 답답해졌다. 육중한 장벽은 이 세상과 저 세상을 갈라놓는 것처럼 음산하게 서 있고, 그 위에는 갖가지 욕과 '평화는 다리로 이뤄진다. 벽이 아니다'라는 글귀가 써 있었다.

이스라엘 빠져나오기

모든 문제는 이스라엘 체크포인트에서 시작됐다. 군인들 몰래 체크포인트 사진을 찍으려다 카메라를 떨어뜨린 것이다. 그 충격으로 렌즈가 돌아가 버렸다. 고장 난 카메라를 예루살렘의 수리점에 들고 가니, 이틀 정도 시간이 걸린다고 했다. 비용과 시간이 아까웠지만 요르단이나 시리아에 들고 가봤자 고칠 수 있을 것 같지 않았다.

문제는 이스라엘 비자였다. 입국 당시 받은 비자는 일주일짜리였고, 따라서 카메라가 고쳐지는 날 출국하지 않으면 엄청난 벌금을 물어야 했다. 카메라 수리점에선 정오에 카메라를 찾으러 오라고 했다. 마침 아라파트가 뇌사상태에 빠져 예루살렘 거리는 초긴장상태였다.

정오에 카메라를 찾고 서둘러 가방을 챙겨 버스터미널로 향했다. 이리저리 물어보니 요르단에 가는 게 생각처럼 간단하진 않을 것 같았다. 이스라엘 국경인 알렌비 브릿지로 가는 버스는 아침에만 출발한다고 했고, 택시기사는 2백 세켈(약 5만원)이라는 어이없는 가격을 요구했다.

다행히 옆에 있던 친절한 중년 신사가 다른 방법으로 국경에 가는 방법을 자세히 알려 줬다. 버스를 타고 아브리스로 가서, 합승택시로 갈아타고 예리코에 가면 그곳에 국경으로 가는 또 다른 합승택시가 있다는 거였다. 사의를 표하고 충고대로 처음엔 아브리스로, 다음엔 예리코로 향했다.

그런데 예리코에 가는 길에는 다른 문제가 기다리고 있었다. 총을 든 이스라엘군이 도로를 막고 서 있었던 것인데 그들은 고압적인 태도로 지금은 도시로의 진입이 불가능하다고 했다. 이유를 물어도 막무가내였다. 멀리서 연기가 보이는 게 심상치 않은 일이 벌어진 모양이었다. 사람들은 팔레스타인들이 폭동을 일으킨 거라며 수군거렸다. 이 상황에 국경으로 가는 버스 따위가 있을 리 없었다. 택시기사는 검문소 앞에 승객들을 내려주고 휭 하니 사라져 버렸다. 말 그대로 사막 한가운데였다. 어디를 봐도 버스정류장은 보이지 않았다.

땡볕에 삼십 분을 걸어간 끝에 간신히 택시를 잡을 수 있었다. 택시기사는 보통보다 배나 많은 금액을 요구했지만 선택의 여지가 없었다. 차에 몸을 뉘고 피곤한 하루라고 중얼거렸다. 하지만 긴 하루는 아직 끝나지 않았다.

몇 번의 검문을 통과해 알렌비 국경에 도착했지만 문은 굳게 닫혀 있었다. 금요일이라 국경 업무가 두시에 끝났다는 것이었다. 그 말을 듣는 순간 화를 낼 기운조차 사라져 버렸다. 예루살렘으로 돌아가 쉬고 싶었지만 벌금을 생각하니 이럴 수도 저럴 수도 없었다.

머리를 싸매고 드러누운 내게 다른 택시기사가 다가왔다. 한 시간 정도 올라가면 여덟시까지 업무를 하는 다른 국경이 있다는 것이었다. 이미 비행기를 놓쳤다는 미국인과 함께 결국 택시를 타고 그곳으로 향했다. 택시기사는 50달러(약 5만원)를 달라고 배짱을 부렸지만 선택의 여지가 없는 상황이었다.

천신만고 끝에 요르단 국경을 도착하니 이미 해가 기웃기웃하고 있었다. 버스는 끊긴 지 오래였고 국경에 서 있던 택시는 암만까지 21디나르(약 35,000원)를 요구했다. 이미 50달러라는 거금을 지출한 마당에 그만한 여유가 있을 리 없었다. 다시 이를 악물고 고속도로까지 걸음을 재촉했다. 가서 히치하이킹을 하거나, 정 안 되면 길거리에서라도 하루 잠을 잘 생각이었다.

가는 길에 택시기사들이 모여 있는 오두막을 발견했다. 라마단이라 다섯시가 되기 무섭게 식사판을 벌인 모양인지 운전사들은 같이 식사를 하자며 손을 흔들었다. 바가지요금이 괘씸하긴 했지만 종일 크로아상 하나를 제외하곤 먹은 게 없어 당장 주저앉을 지경이었다. 운전사들은 정부에서 정한 가격이라 자신들도 어쩔 수 없다며 미안한 표정으로 연신 음식을 권했다. 정신없이 먹고 나니 조금씩 정신이 들었다.

택시요금은 한 대당 가격이었다. 다른 여행자라도 있으면 합승이라도 할 텐데 그날따라 아무도 없었다. 고속도로까지 걸어가 합승을 하겠다는 말에 운전사들은 안타까운 표정을 지었다. 그리고 떠날 때 남은 빵, 과자, 토마토 등을 미어터지게 넣은 봉지를 권했다. 가다 배고프면 먹으라는 거였다. 눈물이 핑 돌았다. 하지만 여기서 물러설 순 없었다.

고속도로에 도착해 차를 잡는 데는 그 후로도 한 시간이 더 걸렸다. 지친 표정으로 길가에 주저앉아 손을 흔드는 내 앞에 트럭 한 대가 섰다. 과일과 야채를 싣고 암만으로 가는 트럭이었다. 흠단이라는 운전사는 마을에 도착하자 집에 잠깐 들러 밥이라도 먹자고 권했다.

미리 연락을 했는지 집에는 아내가 음식을 차리고 기다리고 있었다. 식사를 사양하자 계속해서 차와 환타를 내왔다. 감사한 마음으로 차를 들었

아브리스는 장벽으로 둘러 쌓여 있었다. 주변에는 을씨년스러운 적막이 감돌았다

예리코 진입이 가로막히자, 택시는 돌아가야 한다며 바가지 요금을 유구했다. 거적하자 그처 공터에 승개든을 내러놓고 사라져버렸다.

수도 암만에 청과물을 공급하는 도매 시장. 규모는 생각보다 작았지만 종류는 다양했다.

다. 긴장이 풀리며 졸음이 왔다.

매트리스에 몸을 기대고 있는데 '무함메드' 라는 이름의 둘째 아들이 다가와 서툰 영어로 말을 걸었다. 영어숙제를 좀 도와 달라는 거였다. 들고 온 고등학교 교과서는 책 전체가 영어로만 돼 있었고 난이도는 한국 교과서보다 더 높았다. 무함메드도 문법과 독해는 상당 수준이었다. 다만 발음은 못 알아들을 정도였고, 회화는 가장 기초적인 문장을 만드는 것조차 어려워했다. 흠단은 원어민을 접해 본 적이 없어서 그렇다며 안타까운 표정을 지었다. 결국 반 시간 정도 숙제를 도와주고 집을 떠났다.

마을 입구에 놓여진 표지판에는 암만까지 90km라고 적혀 있었다. 하지만 1.5톤짜리 도요타 트럭은 조금의 경사에도 덜덜거리며 힘들어 했다. 흠단은 짐이 무거워서 그렇다며 느긋한 표정을 지었다. 그래도 요르단에 들어왔으니 초조할 필요가 없었다. 우리는 같이 바람을 맞으며 요르단 노래를 불렀다. 하비비(사랑해), 하비비(사랑해)!

한 번 과일을 운송하면 10디나르(약 1,4000원)가 남는다고 했다. 다만 휴일 없이 매일 해야 하는 일이라 좀 힘들단다. 수입의 대부분이 자식들 교육비로 나가지만 더 일해서라도 좋은 교육을 시키고 싶다는 말을 빠뜨리지 않았다. 부모의 마음은 어딜 가나 똑같다.

그 역시 지금까지 많은 이들처럼 기회가 되면 호주나 미국에서 일을 하고 싶다고 했다. 아이들 교육상에도 그게 좋을 거라는 얘기에 조기유학을 떠나는 한국학생들이 오버랩 됐다. 어쨌든 하나는 확실하다. 테러리스트든, 조기유학생이든, 시골 운전사든 지금 세계는 어디나 미국을 중심으로 돌아간다는 것. 쓸쓸한 진실이었다.

암만에 도착한 건 열시가 되어서였다. 시속 35km로 온 셈이었다. 우리는 같이 청과물 시장에 가서 짐을 내리고, 오렌지를 먹었다. 그는 여동생 집에서 자고 가라며 계속해서 초대했지만 정신적으로 완전히 탈진한 상태라 거절할 수밖에 없었다. 아쉬운 표정으로 호텔 앞에서 떠나지 못하는 그의 양 볼에 입을 맞추고 손을 흔들었다.

샤워를 하고 자리에 눕기가 무섭게 잠이 밀려왔다. 혼미한 상태에서도 웃음이 나왔다. 암만에서 예루살렘까지의 직선거리는 70km다. 하지만 오늘 그 길을 오는 데는 열한 시간이 걸렸다. 물론 이것도 시간이 지나면 추억거리가 되리라.

신성한 땅, 신성한 도시

이슬람

이슬람 최대의 성지는 메카다. 그곳을 다녀오는 것은 '하지'라고 불리는 무슬림의 5대 의무 중 하나일 정도로 중요한 일이다. 메카에는 알라의 거처인 성소 카바가 있다.

이슬람에서 카바의 중요성은 절대적이다. 무슬림들이 기도를 드리는 것도 카바를 향해서인데 이를 알리기 위해 모스크에는 카바 방향으로 '벽감(미흐라브)'이 파져 있다. 이토록 신성한 곳이기 때문에 그곳의 돌 하나, 자물쇠 하나도 신성한 것으로 여겨진다. 이스탄불에 있는 톱카피 궁전 성소 보관실에는 시기별로 바뀐 카바의 자물쇠와 열쇠가 보물로 모셔져 있을 정도다.

두 번째로 꼽는 성지는 메디나다. 예언자 무함마드는 메카에서 초기 포교활동을 벌이다 생명의 위협을 느껴 메디나로 피신했다. 이 사건을 이슬람에서는 '헤지라'라고 부르며 이때부터 이슬람력이 시작되는 것으로 본다. 이곳에는 예언자 무함마드의 무덤과 모스크가 있다.

메카를 찾는 순례자들에게는 그로부터 400km 떨어진 메디나를 방문하는 것이 권장된다. 실제로 많은 순례자들이 메카와 메디나를 동시에 찾지만 불행하게도 메카와 메디나는 모두 사우디아라비아에 있다. 사우디아라비아는 개별여행이 허가되지 않는 곳이라 포기할 수밖에 없었다. 어떻게 간다고 해도 비무슬림으로서 성지에 들어가는 것은 엄격하게 금지돼 있다. 빌 클링턴도 방문을 희망했지만 결국 성사시키지 못했다는 일화가 있을 정도다.

이슬람에서 세 번째로 치는 성지는 이미 말했듯 예루살렘이다. 예언자가 수면 중에 '신비로운 밤의 여행'을 다녀온 곳이 예루살렘이다. 그는 하룻밤 사이에 지금 바위의 돔이 있는 곳에서 승천해 알라를 만나고 다른 예언자들과 대화를 나눴다. 예루살렘에서 가장 아름다운 건물이며 바위를 둘러싼 황금돔으로도 유명하다.

바위의 돔은 비무슬림들의 입장이 허가되긴 하지만 출입 가능한 시간이 엄격하게 제한돼 있다. 또한 통곡의 벽 왼쪽에 있는 전용입구를 이용해 들어가야 하고, 돔 내부를 보는 것은 허락되지 않는다.

세 번이나 찾아가 겨우 들어갈 수 있었는데 거대한 황금돔을 보자 마음이 착잡해졌다. 이 작은 구역을 차지하기 위해 유대인과 로마인, 십자군과 무슬림들은 수천 년간이나 처절한 전쟁을 벌여왔다. 그것은 보안요원이 머신건을 매고 활보하는 지금도 마찬가지다.

성지에 평화가 깃들지 못한다면 평화와 안식은 어디에서 찾을 수 있단 말인가? 종교가 과연 인간에게 유용한가 하는 질문을 던지게 된 것도 바위의 돔 옆에서였다.

무함마드 사후 권력투쟁에서 승리한 우마이야 가문은 제국의 수도를 시리아의 다마스쿠스로 옮겼다. 그리고 아직까지 이슬람세계에서 가장 중요한 모스크의 하나로 여겨지는 우마이야모스크를 지었다. 이로써 우마이야모스크는 이슬람세계에서 가장 오래된 모스크의 일원이 됐다. 이 모스크는 아름다운 황금 모자이크로 유명하며 재래시장 한가운데 있어서 언제나 방문객들로 붐빈다.

우마이야모스크 옆에는 이슬람의 영웅 살라딘의 무덤이 있다. 그는 잉글랜드의 '사자왕' 리처드 1세와 대결을 벌여 예루살렘을 되찾고 십자군 세력을 몰아냈다. 예루살렘을 탈환한 후 기독교인들의 순례를 허용하는 관대한 조처로 적에게까지 칭송을 받았다. 이런 공으로 단테의 '신곡'에서 그는 지옥이 아니라 연옥에서 지내는 것으로 쓰여 있다. 최근에는 십자군을 다룬 영화 〈킹덤 오브 헤븐〉에서 영웅적인 캐릭터로 묘사되기도 했다. 그의 전설은 아직까지 아랍인들의 마음속에 깊게 뿌리내려 있다. 아랍인들을 만나 물어보면 지금도 또 다른 살라딘을 기다린다고 털어놓는 이들이 많았다.

시리아로 수도를 옮긴 우마이야 가문의 칼리프들은 정통성에서 예언자의 직계 후손이었던 알리와 경쟁해야만 했다. 680년 칼리프의 군대는 반란을 일으킨 알리의 후손들을 몰살시키는데 이 비극적 사건이 시아파를 탄생시키는 촉매가 됐다. 몰살당한 가족 중엔 당시 이맘이 었던 후세인의 막내손녀도 포함돼 있었는데 죽을 당시 겨우 네 살이었다.

우마이야모스크에서 북동쪽으로 서너 블록만 가면 후세인의 막내손녀, 로콰이야가 잠든 사당이 있다. 거울로 인해 사방이 반짝이는 사원 내부에 선 눈물을 흘리면서 기도하는 시아파 무슬림들을 쉽게 만날 수 있다.

이 사원은 '로콰이야의 기적'으로도 유명하다. 1863년 무덤이 붕괴됐는데 그 속에서 나온 것은 1,200년이 지났음에도 마치 살아 있는 것처럼 혈색이 도는 시체였던 것. 물론 어디까지 사실일지 모르는 이야기지만 이로 인해 많은 순례자들이 사원을 찾고 있다. 사원 관계자는 긴가민가하며 들어가는 내게 영어 팸플릿을 건넸다. "이맘 후세인과 로콰이야 양의 비극에 대해 꼭 읽어 보라"는 말과 함께.

이슬람세계에서 메카와 메디나를 제외하고 가장 성물이 많은 곳은 이스탄불에 있는 톱카피 궁전이다. 오스만 제국이 아라비아를 포함한 이슬람세계의 마지막 보호자였기 때문이다. 궁전의 성물관에는 예언자 무함마드와 관련된 수많은 성물을 접할 수 있다. 그중 가장 성스럽게 여겨지는 곳은 무함마드의 깃발, 망토, 칼, 활이 전시된 전시관이다. 그곳에선 사진촬영이 허락되지 않으며 엄숙한 분위기를 유지해야 한다. 그 밖에도 친필 편지, 턱수염, 머리카락 등이 전시돼 있다.

무함마드는 생전에 자신은 인간일 뿐이라며 어떠한 형태의 숭배행위도 금지했다. 하지만 눈에 보이는 것을 숭배하고 싶어 하는 인간의 본성은 턱수염 하나조차도 진공관에 넣어 보관하는 집착을 낳았다. 물론 이러한 성물화(聖物化)는 기독교와 불교에서도 공통된 현상이지만…

성물관에는 다른 유적들도 다수 전시돼 있었다. 초기 칼리프들의 유물과 성소 카바의 열쇠 등도 눈에 들어왔고 아브라함의 냄비, 모세의 지팡이도 전시돼 있었다. 어느 요한인지 알 수 없으나 요한의 터번(turban: 인도인이나 이슬람교도의 남자가 머리에 둘둘 감은 천)도 발견할 수 있었다. 아브라함의 냄비가 너무 반짝거려 웃음이 나왔지만 '성스러운 장소입니다. 웃거나 불경한 행동을 삼가십시오.' 라고 씌어진 안내문을 생각하며 참아야 했다.

이런 물건들이 전시돼 있는 것은 이슬람에서도 아브라함이나 모세 같은 구약의 인물들을 무함마드 전에 다녀간 예언자들로 인정하기 때문이다. 물론 무슬림들에게 무함마드는 최후의 완전한 예언자로 다른 예언자들보다 월등한 존재다.

무함마드의 턱수염은 파키스탄 라호르의 바드샤히모스크에서도 발견할 수 있었다. 모스크 정문 이층에는 성물함이 있는데 그곳에는 무함마드의 신발 덮개, 턱수염, 머리카락 등이 전시돼 있다. 또 예언자의 딸인 파티마와 사위이자 조카인 알리의 유물도 소중하게 모셔져 있다.

1674년 무굴 제국의 아우랑제브에 의해 세워진 바드샤히모스크는 파키스탄에서 두 번째로 꼽히는 거대한 모스크다. 영국식민지 시절 파괴당한 모스크가 재건되었을 때 전 세계의 무슬림들이 이를 위해 기도했다는 일화가 전해지고 있다.

파티마와 알리가 중요하게 여겨지는 이유는 예언자의 직계존속이기 때문이다. 특히 예언자의 혈통을 중요시하는 시아파 무슬림들은 알리를 시작으로 그 후손인 열두 이맘을 완벽한 존재로 존경한다.

제왕의 전통을 가진 페르시아인들은 이슬람 세력에 정복당한 후 정체성을 지키기 위해 수니파 대신 시아파를 선택했다. 그 전통은 현재 이란까지 이어져 내려오고 있다. 이란은 인구의 87%인 6천만 명이 시아파인 세계 최대의 시아파 무슬림국가다.

이란의 성소 마사드에는 여덟 번째 이맘인 이맘 레자의 무덤이 있다. 유일하게 이란에 묻힌 이맘이니만큼 이에 대한 이란인들의 감정은 각별하다. 황금돔의 사원과 모스크를 보기 위해 매년 수백만의 순례자들이 이곳을 찾는다.

비무슬림에게는 사원과 모스크 내부를 둘러보는 것이 금지돼 있다. 일부 여성 여행자들은 스카프로 얼굴을 가리고 들어가기도 하지만 남성들은 대부분 정문에서 걸린다. 그러면 가이드의 안내를 받아 주위를 둘러봐야 한다.

나 역시 자의 반 타의 반으로 가이드와 같이 다니는 신세가 됐다. 가이드는 모스크에 들어가지 말라고 몇 번이나 강력하게 충고했다. 대신 사무실로 데려가 홍보 비디오를 보여 주고 안내책자를 건네줬다. 비무슬림 관광객을 위해 사무실을 사원 내부와 비슷하게 꾸며놨으니 이걸로 만족하라는 제안과 함께.

기독교

사실 이번 여행의 테마는 이슬람이었다. 하지만 돌아다니는 동안 본의 아니게 많은 기독교 성지를 방문하게 됐다. 지역이 겹치기 때문이었다.

사우디아라비아와 이라크는 여행이 불가능하기 때문에 이집트부터 해안을 따라 올라오는 루트를 택했다. 이동 루트를 정할 당시엔 간과했지만 이집트에서 터키에 이르는 이 지역은 정확히 구약과 신약의 무대이기도 했다. 때문에 발길 닿는 곳 어디서든 성서의 자취를 만날 수 있었다.

처음 방문한 곳은 시나이산이었다. 시나이 반도는 투명한 바다와 거친 사막이 어우러진 이집트 최고의 휴양지다. 하지만 기독교인들에게는 이집트를 탈출해 방황하던 유대 민족의 지도자 모세가 십계명을 받은 곳으로 더 유명하다.

모세의 십계명은 크리스천이라면 누구든 따라야 하는 가장 기본적이고 중요한 규칙이다. 이전까지 규율은 예언자의 입을 통해 전달돼왔지만 모세가 십계명을 받음으로써 유대민족은 비로소 지켜야 할 법전을 갖게 됐다. 그들은 십계명을 성궤에 넣어서 보관했는데, 바빌론이 침략했을 때

성궤가 사라졌다. 이후 성궤에 대한 전설은 성배에 대한 것과 함께 수천 년 동안 모험가들의 상상력을 자극해 왔다.

시나이산에 오르려면 대중교통이 마땅치 않기 때문에 여행사의 투어에 참여하는 수밖에 없다. 여행사 프로그램에 참여하면 일출을 보기 위해 저녁에 이동해 밤에 산을 오르게 된다. 신체 건강한 남녀라면 서너 시간이면 충분하지만 지나치게 서두르는 것은 금물이다. 너무 일찍 오르면 정상에서 추위에 떨며 일출을 기다려야 하는 경우가 생긴다. 일출도 좋지만 시나이산의 백미는 등산길에 쏟아지는 별들이다. 하산 길에는 성 캐더린 수도원에 들러 모세의 일화가 전해지는 떨기나무를 보게 된다.

요르단의 수도 암만에서 남쪽으로 한 시간쯤 달리다 보면 예수가 세례를 받은 요르단강이 나온다. 관광객을 유치하려는 요르단정부의 배려로 곳곳에 안내 표시판이 서 있지만 문제는 교통편이다. 대중교통이 연결되지 않는 곳이라 나 역시 표지판을 보면서도 그냥 지나칠 수밖에 없었다. 그날의 목적지는 사해였기 때문이다.

사해에서 동쪽을 바라보면 높은 산이 보이는데 이 산이 모세가 죽은 느보산이다. 모세는 가나안 땅에 당도하지 못하고 죽으리라는 계시대로 이곳에서 약속의 땅을 바라보며 숨을 거뒀다고 한다. 정상에서 보는 경치가 기막히다는 얘길 들었지만 역시 교통 사정 때문에 등산을 포기해야 했다.

모세가 죽은 뒤 후계자 여호수아는 유대 민족을 이끌고 팔레스타인지역으로 쳐들어갔다. 그가 처음으로 승리를 거둔 곳이 예리코다. 유태인들이 함성을 지르자 성이 무너졌다는 기록이 성경에 남아 있다. 잊시 빌랬나시씌 내가 망분했을 때는 이스라엘 병력이 도시를 에워싸고 있어서 들어갈 수 없었다. 아라파트가 뇌사상태에 빠진 날이었다. 멀리서 보이는 연기가 심상치 않은 상황임을 알려 주고 있

163

었다.

예루살렘에는 이미 말한 바 있듯 십자가의 길, 성스러운 무덤의 교회 이외에도 많은 순례지가 있다. 다윗의 성터, 최후의 만찬을 연 건물, 베드로가 예수를 세 번 부인한 곳에 세워진 교회 등등이 그것이다.

시리아의 다마스쿠스는 사도 바울의 일화가 살아 있는 곳이다. 기독교인들을 박해하러 다마스쿠스로 오던 바울은 하늘에서 계시를 듣고 기독교인으로 탈바꿈한다. 이에 다마스쿠스인들은 사울을 잡아 죽이려는 계획을 세웠다. 하지만 바울은 마지막 순간 바구니를 타고 성벽을 탈출해 도망친다. 그가 탈출했다고 여겨지는 곳에 바울교회가 세워져 있다. 교회 벽에는 그가 바구니를 타고 탈출하는 장면이 묘사돼 있고 모형 바구니도 전시돼 있다.

이스탄불의 톱카피 궁전에서 기독교 성물들—아브라함의 냄비, 모세의 지팡이, 요한의 터번—을 보고 나선 남쪽에 있는 고대 로마도시 에페스로 향했다.

에페스는 로마 소아시아 속주의 수도였던 곳으로 무역과 상업의 중심지로 엄청난 번영을 누렸다. 지금도 온전하게 보존된 건물들이 많아 터키 최고의 관광지로 꼽히고 있다.

에페스에는 사도 요한과 누가의 무덤이 있다. 전설에 의하면 요한은 예수의 어머니 마리아와 함께 이곳에서 여생을 보냈다고 한다. 그리고 죽은 지 500년이 지난 유스티니아누스 황제 때 그를 기리기 위해 거대한 교회가 세워졌다. 물론 지금은 그 역시 무너져 눈에 들어오는 것은 폐허뿐이다. 더 관심이 있다면 누가의 무덤과 마리아가 여생을 보냈다는 곳에 세워진 마리아교회도 방문할 수 있다.

마지막으로 방문했던 기독교 성지는 아라랏산으로 많은 이들이 노아의 방주가 있는 곳으로 믿고 있는 곳이다. 성경에 따르면 노아는 계시를 받고 큰 배를 건조한 후 전 세계의 동식물 한 쌍씩을 배에 싣고 대홍수를 견뎌냈다고 한다. 사실 대홍수 신화는 세계 곳곳에서 발견할 수 있는 보편 신화다. 하지만 아라랏산에서 거대한 목선을 목격했다는 이들의 증언이 이어지면서 노아의 방주는 새롭게 논란의 대상이 되고 있다. 어떤 이들은 조목조목 수치를 대며 그 배가 노아의 방주가 틀림없다는 것을 증명하기도 한다. 하지만 과학의 시작이 회의가 아니라 믿음이라면 그 결론을 얼마큼 믿을 수 있을까?

'나는 회의적인 인간이다.' 노벨문학상 수상자인 주제 사라마구의 말이다. 사실은 나도 그렇다.

그 외 종교들

시크교

시크교를 창시한 이는 구루 나나크다. 그는 강에서 목욕을 하던 도중 신의 계시를 받고 시크교를 창시했다. 그는 '신은 꾸란에도, 푸르나(힌두의 경전)에도 발견되지 않는다'고 선언하고 힌두의 우상 숭배와 이슬람의 엄격함을 조화시킨 새로운 종교를 선포했다. 그리고 수십 년 동안 아라비아, 페르시아, 인도를 떠돌며 설법을 펼쳤다. 그는 카스트를 뛰어넘은 인간의 평등을 말했고 일상생활에 내재한 신의 존재를 믿었다. 그리고 무슬림과 힌두를 모두 제자로 받아들였으며 그들에게 서로 화합할 것을 촉구했다.

시크교는 세계에서 아홉 번째로 신자 수가 많은 종교다. 지금 세계 전역

에는 약 2천만에 달하는 시크교인들이 있으며 그들 대부분은 인도에 거주한다. 이들을 구별하는 방법은 간단하다. 남자의 경우 머리에 커다란 터번을 감고 있는 이들을 찾기만 하면 된다. 그것은 시크교인들이 평생 머리를 자르지 않기 때문이다. 또 시크교인들은 모두 성이 같다. 한 형제라는 의미에서 남성 신자들은 '싱', 여성 신자들은 '카우르' 라는 성을 사용한다.

암리차르(Amrisar)에는 시크교의 성지인 황금사원이 있다. 지붕이 순금으로 되어 있는 황금사원은 신심마저 반사돼 버릴 정도로 눈부셨다. 황금에 대한 욕망과 진리에 대한 열망 사이에는 얼만큼의 유사성이 있는 걸까? 종교적 성물들이 세속적 부의 탈을 쓰고 있다는 사실이 흥미로웠다. 사

실 구루 나나크는 순례의 효용성을 인정하지 않았다. 그렇지만 그의 뒤를 이은 구루들은 황금사원을 건립하고 그들의 총 본산으로 선포했다. 그리고 시크교인이라면 일생에 한 번은 방문해야 한다는 규정도 만들었다.

시크사원은 구루 나나크의 탁발을 기억하는 의미에서 신자든 아니든 상관없이 방문객들에게 무료숙소와 무료식사를 제공한다. 외국인들을 위한 합숙방도 마련되어 있는데 시설도 나쁘지 않은 편이다. 나 역시 그곳에 묵었는데 나오면서 고마운 마음에 자발적으로 기부금을 냈다. '구루카 랑가르' 라고 불리는 숙소 옆 급식소는 하루 5만 명에게 무료식사를 제공한다.

황금사원 역시 시크교의 포용성에 걸맞게 누구에게나 개방되어 있다. 황금사원에서 가장 중요한 의식은 경전을 읽는 것이다. 10대 구루가 사망한 후 시크교인들은 경전을 그들의 지도자로 삼았다. 이에 따라 사원에서는 아침부터 저녁까지 돌아가며 계속 경전을 읽는다.

경전이 넣어진 성궤는 아침에 사원으로 옮겨지고 종일 읽힌 후 저녁에 보관소로 돌아간다. 경전을 운반하는 의식은 시크교인들에게 더없이 중

요한 의미를 갖는다. 때문에 다들 성궤를 한번이라도 짊어지기 위해 몸싸움을 벌인다. 별로 관심이 없던 나였지만 사람들에게 밀리다 보니 엉겁결에 잠깐 성궤를 지기도 했다. 물론 몇 발자국을 떼어 놓기 전에 다른 신자와의 몸싸움에서 밀리고 말았다.

파키스탄에서 넘어오는 이들이 꼭 들르게 되는 이 소도시는 놀랍게도 인도에서 가장 부유한 곳으로 꼽힌다. 그것은 시크교인들의 단결력과 뛰어난 사업수완 덕분이다. 현 인도 총리 역시 시크교도다.

하지만 시크교인들에게도 쓰라린 과거는 있었다. 시크교인들는 이슬람 세력의 견제를 받았고, 영국군에게 패배를 당했다. 1984년에는 황금사원이 인도군에 의해 짓밟히는 일도 있었다. 그럴 때마다 그들은 소수 종교의 설움을 삭이며 미래를 향해 최선을 다해 경주했고 결국 암리차르를 번영의 중심지로 만들었다.

조로아스터교

조로아스터교는 불을 숭배한다는 뜻에서 '배화교'라고도 불리는 고대 페르시아의 종교다. 하지만 사실 이들이 불을 숭배하는 것은 아니고, 단지 순수함의 상징으로서 불을 중요시할 뿐 숭배의 대상은 아후라 마즈다라고 불리는 유일신이다.

'조로아스터'라는 이름은 종교의 창립자인 짜라투스트라를 영어식으로 발음한 것이다. 기원전 7세기경 페르시아지역에서 태어난 짜라투스트라는 서른 살 때 계시를 받고 조로아스터교를 창시했다.

조로아스터교에선 진리와 지혜의 신 아후라 마즈다를 숭배하고 인간의 자유의지를 강조한다. 아후라 마즈다에게서 태어난 선한 영과 악한 영 사이에서 옳은 길을 택하는 것은 인간의 자유의지이고, 악행을 택한 이들은 사후 아후라 마즈다에 의해 심판받아 지옥에 가게 된다고 한다. 현재 전 세계적으로 십만여 명의 신자가 있으니 대부분 인도에 거주하고 있다.

이란은 조로아스터교의 발상지이지만 야즈드(Yazd)를 중심으로 만

여 명의 신자가 남아 있을 뿐이다. 야즈드에는 불
의 사원이 있는데 그 안에 있는 불은 수천 년 전부
터 계속해서 타오르던 신성한 불이다. 물론 지금
은 순례자들보다는 관광객들이 더 많지만….

야즈드 근교 황무지에는 '침묵의 탑'이라는 이
름의 유적이 남아 있는데 조로아스터교인들이 전
통에 따라 조장(鳥葬)을 행하던 곳이다. 야트막한
언덕 위에 벽돌로 제단이 만들어져 있다.

신자가 죽으면 사제의 인도 하에 제단에 올라와
시체를 눕히고 독수리를 불러들였다. 이때 독수리
가 왼쪽 눈을 먼저 파먹으면 영혼이 천국에 가고
오른쪽 눈을 파먹으면 지옥에 간다고 믿었다. 삼십여 년 전까지만 해도
실제로 조장이 행해졌지만 하늘에서 신체의 일부가 떨어지는 것에 기겁
한 주민들의 항의로 인해 금지됐다고 한다.

침묵의 탑은 여행자들 사이에서 이란 폭주족들의 집합소로 악명 높은
곳이기도 하다. 어둑어둑해질 때 혼자서 가면 돈을 털리기 십상이다. 방
문했을 때는 낮이었지만 요란한 오토바이 소리를 내며 언덕을 도는 청년
들을 볼 수 있었다.

제단 밑에서는 어느 부위인지 모를 뼈 조각을 발견했다. '메멘토 모리
(죽음을 기억하라)'라는 라틴 금언이 생각나 기념으로 가져갈까 하는 생각이
잠시 들었지만 망자에 대한 예의가 아닌 것 같아 내버려두고 내려왔다. 상
상력만 있으면 언제든 그 뼈를 상상할 수 있을 테니. 지나친 집착에 사로
잡힌 자신을 발견할 때마다 말이다.

불교

불교의 4대 성지는 붓다가 태어난 룸비니(Lumbini), 도를 깨달은 부다가
야(Buddhagaya), 첫 설법을 행한 사르나트(Sarnath), 열반에 든 쿠쉬나가르

(Khshinagar)다. 이 성지들은 모두 네팔과 인도에 분포해 있다.

방문한 곳은 그중에서도 가장 중요하게 여겨지는 부다가야다. 사실 부다가야는 인도의 작은 마을에 불과하다. 도시라고 부르기에도 애매한 규모다. 특징이 있다면 사원과 방문객들이 많다는 것 정도다.

불교국가들은 부처님이 득도한 마하보디 사원 근처에 자국의 절을 만들어 놨다. 사원 근처를 한 바퀴 돌기만 해도 나라에 따라 절 양식이 어떻게 바뀌는지 한눈에 볼 수 있다. 티벳, 시킴, 태국, 중국, 한국. 그중 가장 화려한 절은 특유의 불꽃 문양으로 처마를 장식한 태국 절이다. 그리고 그중 가장 수수한 절은 한국 절 고려사다.

소정의 기부금을 받고 숙박을 허용해 주는 것은 어느 절이든 마찬가지며, 나 역시 고려사에 하룻밤을 부탁했다. 마침 티벳의 정기 기도회 기간이었다. 게다가 며칠 후 달라이 라마가 온다는 소문 때문에 부다가야는 방문객들로 북적이고 있었다. 그래도 시설이 낡은 까닭에 고려사에 묵는 이는 네 명에 불과했다. 그중 한 명은 아침부터 저녁까지 사원에서 기도를 친다는 스님이었고 다른 한 명은 삼십대 중반의 남성이었는데 특별히 하는 일 없이 시간을 보내고 있는 듯했다. 기차에서 만나 같이 온 여대생은 명상을 배워 볼 생각으로

왔다고 했다.

저녁엔 같이 둘러앉아 석류와 땅콩을 먹었다. 간간히 얘기를 나누다가 정적이 흐르면 밤 풍경을 감상하곤 했다. 몇 마디 나누지 않았음에도 금시 친근한 분위기가 돌았다. 구름 사이에 걸려 있는 달빛이 따스했다. 이스탄불에서 가져온 차를 마시면서 달에게 물었다. 붓다가 좌선을 할 때도 그렇게 온화한 눈으로 지켜보고 있었냐고.

힌두교

힌두교를 한마디로 정의하기란 결코 쉽지 않다. 그것은 힌두교가 하나의 종교라기보다 수천 년을 이어져 내려온 생활방식에 더 가깝기 때문이다. 기본적인 교리는 우주의 법칙(다르마)을 믿고 개인의 업(카르마)과 윤회를 믿는다. 그리고 깨달음을 얻어 윤회의 사슬에서 빠져나오는 것(모크샤)을 추구한다. 카스트를 존중하고 4대 베다를 기본적인 경전으로 삼는다. 그러나 이런 기본적인 전제를 제외하면 무한에 가까운 다양성을 보이는 것이 힌두교의 특징이다. 수천 가지 다른 종파가 수백만의 서로 다른 신을 숭배한다. 성지도 셀 수 없이 많다.

그중 가장 중요하게 생각되는 곳이 바라나시 (Vararasi)다. 바라나시는 신들이 거주하는 도시이며 갠지스강의 성스러운 다섯 지류가 만나는 곳으로 가장 인도다운 인도, 다른 말로 하면 가장 지저분한 거리와 많은 소들, 성스러운 강을 갖춘 곳이다.

매년 백만 명이 넘는 순례자들이 바라나시를 찾는다. 그들이 가장 먼저 하는 일은 목욕인데, 갠지스강에서 몸을 씻으면 자신의 죄를 씻고 다시 태어날 수 있다고 믿는다. 바라나시에는 이런 목욕터(가트)가 1백여 개나 있다. 바라나시에서 화장을 하고 뼈를 갠지스강에 흘려보내면 다시는 환생하지 않는다는 믿음도 있다. 때문에 화장터에는 연중 불이 꺼지지 않는

다. 화장은 누구나 지켜볼 수 있지만 사진촬영은 엄격히 금지된다.

시체에 감겨진 천이 타면서 맨몸이 드러나는 모습을 묵묵히 지켜봤다. 신속한 화장을 위해 가끔 화장 도우미가 머리, 다리 등을 뒤집어댔다. 시체를 처음 본 건 아닌데 살타는 냄새가 곁들여지니 참기 힘들었지만, 끝까지 지켜봤다. 시체가 완전 연소되는 데는 두 시간이 넘게 걸렸다. 누군가는 바라나시에서 인생이 바뀌었다고 했다. 눈앞에서 시체가 몇 구씩이나 불길에 싸여 있다면 누군들 생에 대해 다시 한 번 생각하지 않을까? 구역질을 이겨내자 한결 버티기가 편해졌다.

한줌의 재로 돌아가는 것은 누구나 마찬가지다. 그게 두려운 건 아니었다. 다만 그때까지 무엇을 해야 할지 다시 생각해 봤을 뿐이었다. 계속 이렇게 떠돌아야 할지, 뭔가 이루기 위해 땀을 흘려야 할지, 아니면 관성으로 살아가야 할지.

생이 한 번뿐이라는 건 어쩌면 위안일지도 모른다. 내세란 없었으면 하는 게 화장을 지켜보면서 떠오른 바람이었다.

3. 대조적인 두 이웃, 요르단과 시리아

믿는 자들이여! 너희 선조들에게 명했듯이, 너희들에
게도 단식을 명하노라. 그대들은 이를 공경하여 단식
을 지키도록 하라.

— 꾸란

대조적인 두 이웃

남북으로 국경을 맞댄 요르단과 시리아는 여러모로 대조적인 이웃이
다. 우선 정치체제가 다르다. 요르단은 국왕이 통치하는 왕정이지만, 시
리아는 사회주의 공화국이다. 요르단이 오랜 미국의 동맹국이라면 시리
아는 계속해서 미국과 적대적인 관계를 유지해 왔다. 이스라엘 문제에 대
해서도 양국의 입장은 상이하다. 요르단은 이미 이스라엘과 평화조약을
체결하고 징병제를 폐지했지만 시리아는 이스라엘에게 빼앗긴 골란 고원
을 되찾으려 군사력을 강화하고 있다.

경제력으로 따지자면 요르단이 한 수 위다. 석유 한 방울 나지 않으면
서도 친미노선과 금융업을 통해 부를 축적해 왔기 때문이다. 석유가 있으
면서도 미국의 경제제재 때문에 경제가 악화일로를 걷고 있는 시리아로
서는 배 아프기 그지없는 일이다.

거리에서도 차이점을 금방 찾아낼 수 있는데 요르단의 거리에는 벤츠

172

가 발에 채일 정도로 굴러다닌다. 맥도널드, 버거킹, 파파이스…. 미국식 패스트푸드점이 판친다. 구형차들이 매연을 내뿜으며 돌아다니고, 그 흔한 맥도널드도 없는 시리아와는 극명한 대조를 이룬다. 반면 종교적인 색채는 요르단이 더 강하다. 요르단에서는 라마단 기간에 열려 있는 식당을 찾기 힘들고, 거리의 여성들도 대부분 머리를 가린다. 가족의 명예를 훼손했다고 판단되는 여성을 가족 구성원들이 처벌하는 '명예살인' 이 요르단에서 공공연히 자행되는 것도 이런 보수적인 사회 분위기 때문이다.

반면에 무슬림 인구가 80% 정도인 시리아에서는 사정이 다르다. 사회주의 공화국인 만큼 라마단조차도 안 지키는 이들이 많고, 역시 인권문제가 심각하긴 하지만, 여성의 지위는 중동에서도 상당히 높은 편이어서 거리에서도 자유로운 복장의 여성들을 쉽게 만날 수 있다.

요르단은 영어를 하는 이들이 많은 반면 프랑스의 식민지였던 시리아에는 아직도 프랑스어가 많이 쓰인다는 것 역시 다른 점이다. 이러한 차이점들 때문인지 두 나라 사이의 관계는 그리 좋은 편이 아니다. 부유한 요르단인들은 내심 가난한 이웃을 무시하고, 시리아인들은 요르단이 '미국의 앞잡이' 라고 비난하곤 한다.

예전부터 관광산업의 중요성을 깨닫고 왕족이 직접 유적과 관광지를 관리해 왔기 때문에 여행하기에는 요르단 쪽이 더 편하다. 문제라면 물가가 약간 비싸다는 점 정도지만 시설도 깨끗하게 정비돼 있고 바가지요금도 거의 없다. 숙소도 넉넉하고 사람들은 정중하면서도 친절하다. 반면에 시리아는 그에 비해 여러모로 불편하다. 영어도 잘 안 통하고 시설도 부실하게 관리되는 경우가 많다. 대신 물가가 저렴하고 볼거리가 많다는 점이 시리아의 매력이다. 또, 시리아인들의 순박함은 중동을 여행하는 이들 사이에 널리 알려져 있다.

와디럼, 붉은 사막과 끝을 모르고 치솟은 바위산. 보는 것만으로도 황홀해진다.

요르단, 시리아 돌아보기

요르단의 대표적인 관광지들은 남쪽에서 북쪽으로 일렬로 늘어서 있다. 요르단의 최남단은 홍해와 접한다. 아카바(Aqaba)는 이집트에서 배를 타고 입국하는 이들이 꼭 거쳐야 하는 관문이다. 홍해로 이어지는 아카바만에서는 스쿠버다이빙, 스노클링 등을 즐길 수 있으며, 도시는 자유무역지구라 면세 쇼핑을 즐길 수 있지만 살 만한 게 많진 않다.

아카바로 들어온 이들은 버스를 타고 와디럼이나 와디무사(Wadi Mousa)로 향한다. 와디럼은 영화 〈아라비아의 로렌스〉의 촬영지로 유명한 붉은 사막이다. 모래 언덕과 기묘한 암석들 사이에서 사막의 유목민들인 베두인의 생활을 직접 체험할 수 있다. 이집트의 리비아 사막이 끝없이 황량하다면 와디럼은 아기자기한 편이며 다양한 볼거리가 많다. 특히 붉은 대지와 바위산 너머로 해가 지는 모습은 누구나 애상에 잠기게 할 만큼 낭만적이다. 또 별들이 흩뿌려진 밤하늘은 가이드북에서 중동 최고의 경치로 꼽을 정도로 환상적이다.

와디무사는 요르단을 찾는 이라면 누구나 들르는 곳이다. 요르단 최대의 유적으로 꼽히는 페트라를 보기 위해서다. 페트라는 기원전 2세기 무렵부터 나바테아인들에 의해 건설된 도시 유적이다. 붉은 사암으로 이뤄진 협곡을 깎아서 만들어진 도시는 세계의 불가사의 중 하나이며 '내셔널 지오그래피'에서 선정한 '죽기 전에 가 보아야 할 유적 열 곳' 중 하나다. 협곡의 입구에 놓인 신전 알 카즈네는 영화 〈인디아나 존스-최후의 성전〉의 무대로도 유명하다.

와디럼이나 와디무사에서 북쪽으로 향하면 사해가 나오는데 교통편이 일정치 않기 때문에 대부분 암만에 들렀다가 다시 내려오는 방법을 택한다. 바로 가고 싶다면 투어에 합류하거나 히치하이킹을 통해 갈 수밖에 없다. 근처에 모세의 무덤이 있는 느보산과 예수가 세례를 받은 요르단강이 있지만 역시 교통이 불편해 찾아가기는 쉽지 않다.

암만은 중동 전역에서 가장 볼거리 없는 수도로 꼽힌다. 역사는 기원전 5세기로 거슬러 올라가지만 지금까지 발굴된 유적을 보면 카이로, 예루살렘, 바그다드, 다마스쿠스 등 인접국들의 수도와 비교가 불가능할 정도로 규모도 작고 수도 적다. 볼거리라고 해 봐야 원형극장, 고고학 박물관, 신전 몇 개 정도다. 이런 이유로 여행자들이 암만에서 체류하는 이유는 인접국의 비자를 받기 위해서거나, 정보를 얻기 위해서다.

암만의 북쪽에 위치한 고대 로마 유적 제라쉬는 기원전 4세기에 알렉산더에 의해 점령된 후 건설된 무역도시다. 시리아의 팔미라, 터키의 에페스에 비하면 규모가 작긴 하지만 교통이 편리하고 잘 가꿔져 있어 가 볼 만하다.

암만에서는 다마스쿠스로 가는 직행버스를 쉽게 발견할 수 있다. 시리아와 한국은 아직 수교를 맺지 않았기 때문에 시리아에 입국하려면 국경에서 비자를 받아야 한다. 예전에는 비자가 잘 나오지 않아 문제가 되기도 했지만 요즘은 이스라엘에 다녀온 흔적만 없다면 별다른 문제가 생기지 않는다.

사막에 펼쳐진 로마 유적 팔미라. 솔로몬 왕이 세웠다는 전설이 전해진다.

시리아의 수도 다마스쿠스는 암만과 달리 역사와 전통의 무게가 느껴지는 매력적인 도시다. 기독교 구역, 유태인 구역, 이슬람 구역으로 나뉜 구도시의 이질적인 분위기와 우마이야모스크로 이어지는 재래시장의 분주함은 관광객들을 매혹시키기에 충분하다. 이슬람 초기에 지어진 우마이야모스크의 금박 모자이크도 놓치면 후회할 볼거리다.

시리아의 관광지는 대부분 다마스쿠스를 중심으로 일직선상이나 서쪽에 위치해 있다. 하지만 동쪽의 사막 한가운데 놓치면 안 되는 곳이 있으니 바로 시리아의 대표적인 유적 팔미라다.

중동의 또 다른 불가사의로 꼽히는 팔미라는 기원후 4세기까지 무역로로 번영을 누렸지만 로마에 점령당한 후 지진까지 겹쳐 폐허가 되어 버린 사막도시다. 폐허라고는 해도 원형극장, 목욕탕, 신전, 무덤 등 다양한 건축물을 포함하고 있는 대규모 유적이다. 손전등을 들고 버려진 도시를 탐색하다 보면 을씨년스러운 분위기에 질리면서도 사라진 문명에 대한 애잔한 감상이 들게 된다.

다마스쿠스에서 북쪽으로 100km 정도 떨어진 홈스(Homs)는 교통의 요지이지만 볼거리는 거의 없다. 이때문에 많은 이들은 근처의 하마나 크락데쉐발리에(Crac Des Cheraliers) 등을 방문하는 거점도시로 홈스를 찾는다.

홈스에서 승합버스를 타면 고성(古城) 크락데쉐발리에에 갈 수 있다. 〈아라비아의 로렌스〉의 실존 모델이었던 T.E 로렌스가 '세계에서 가장 멋진 성'이라고 불렀던 중세의 성이다. 십자군에 의해 사용됐던 이 성은 아랍양식과 유럽양식이 적절하게 혼합되어 있어 이채로운 분위기를 자아낸다. 일본 여행자들 사이에서는 애니메이션 〈천공의 섬 라퓨타〉의 무대라고 알려진 곳이기도 하다. 벽 사이사이에 이끼가 끼긴 했지만 지금이라도 장검을 든 십자군들이 뛰어나올 것 같은 분위기가 매력적이다.

유적을 보는 데 지쳤다면 하마나 라타키아(Lattakia)에서 조금 쉬어가는 것도 좋다. 하마는 홈스의 북쪽에 위치한 중소도시. 중동에서 보기 드물게 큰 강이 흐르며 주변에는 신록으로 가득 찬 공원이 사막에 지친 눈을 달래준다. 숙소 사정도 좋고 음식도 맛있어서 며칠 쉬어가기 좋은 곳이다. 라타키아는 지중해 연안의 휴양도시로 아름다운 해변과 유럽 같은 분위기로 배낭여행자들에게 많은 사랑을 받고 있다.

시리아에서 놓칠 수 없는 도시는 다마스쿠스와 알레포(Aleppo)다. 시리아의 북부에 위치한 알레포는 '수크(Souq)'라고 불리는 재래시장으로 유명하다. 알레포의 수크는 중동에서 최대 규모다. 중세에 지어진 벽 사이사이로 시장 상인들과 주민들이 벌이는 실랑이에 정신을 팔다가는 미로와 같은 재래시장에서 길을 잃기 십상이다.

요르단과 시리아를 여행할 때 꼭 가져갈 게 하나 있는데, 바로 국제학생증이다. 요르단에서 학생증을 제시하면 보통 입장료의 절반 정도를 할인받을 수 있다. 시리아는 격차가 더 심해서 일반 티켓과 할인 티켓의 차이가 20~30배까지도 난다. 팔미라를 예로 들면 원래 입장료가 3백 파운드(약 7천원)인데 비해 할인권은 15파운드(약 3백원)에 불과하다.

히치하이킹으로 암만가기

〈아라비아의 로렌스〉로 유명한 와디럼은 요르단에서 페트라 다음으로 치는 유명한 관광지다. 때문에 수도인 암만과 와디럼을 오가는 직행편이 없다는 말을 들었을 때 귀를 의심할 수밖에 없었다.

남은 방법은 두 가지였다. 국경도시인 아카바까지 내려가서 버스를 타고 올라오거나, 고속도로에 내려 히치하이킹을 하거나…. 마침 함께 다니던 일행은 헝그리정신으로 무장한 한국인들이었고 만장일치로 시간과 돈을 절약할 수 있는 히치하이킹을 결정했다. 하지만 막상 고속도로에 내리자 암담해졌다. 고속도로에 정류장이나 횡단보도가 있을리 없고, 길가에서 손을 올렸지만 차들은 거들떠보지 않은 채 먼지를 날리며 질주했다. 그래도 끈질기게 손을 흔들었다. 왼손을 흔들다 오른손을 흔들었고, 나중엔 수건을 꺼내 흔들었다.

결국 하늘도 무심치 않았는지 유조차를 얻어 탈 수 있었다. 조수석에도 쿠션이 달려 있고 뒤에는 이층 침대가 있는 볼보 트럭이었다. 운전사는 수염을 길게 기른 아랍 노인이었는데 영어는 거의 못했지만 조심해서 차에 오르라며 보기만 해도 따뜻해지는 웃음을 지어 보였다.

'암만'을 외친 후 일행은 운전사를 둘러싸고 토의에 들어갔다. 네 시간이나 걸리는 먼 길을 데려다 준 운전사에게 어떻게 감사를 표시해야 할까. 돈을 달라면 얼마를 내야 하나, 아니면 감사의 말을 전하기만 하면 되는 걸까, 다들 경우의 수를 따져보며 머릿속에서 주판알을 굴렸다. 그런데 운전사와 이야기를 나누다 보니 그게 문제가 아니었다. 그는 이라크인이었고 바그다드까지 간다고 했다. 설상가상으로 다른 일행들도 모두 이라크인이었고 특히 뒤차를 운전하는 이는 팔루자 출신이었다. 일행은 뉴스에 나왔던 곳이라며 손뼉을 쳤지만 다시 생각해 보니 마냥 좋아할 일이 아니었다.

한국인의 목에 걸린 8천 달러의 현상금을 생각하자 갑자기 등골이 서늘해졌다(물론 당시엔 요르단에 이라크인들이 그렇게 많은지 모르고 있었다. 며칠 있으니 이라크인들을 만나는 것에도 익숙해졌다). 이라크와 국경을 맞대고 있는 요르단에서 한국인을 무장단체에 팔아먹기란 그리 어려운 일이 아닐 터였다. 트럭 운전수라면 더더욱 그랬다. 남의 속도 모르는 운전사는 중간 중간 농담을 해 댔다.

"우리 집, 바그다드에 가자! 알았지?"

버스 안에 긴장이 감도는 걸 느꼈는지 그가 바나나를 꺼내 내밀었다. 무턱대고 먹을 수도 그렇다고 거절할 수도 없는 노릇이었다. 결국 일행 중 한 명이 기지를 발휘해 라마단 기간이라 먹을 수 없다고 말했다. 운전사는 의아한 표정으로 무슬림이냐고 물었고 혹시나 하는 생각에 다들 무슬림이라고 해 버렸다.

덕분에 그 다음부턴 다섯 시간 동안 물조차 마실 수 없었다. 목이 타면서도 조용히 침을 삼키는 것이 고작이었다. 가방 안에는 과자와 물이 있었지만 먹을 엄두도 내지 못했다. 거짓말한 것을 들키지 않으려고 다들 필사적으로 노력했다. 그래도 마음이 놓이지 않아 돌아가면서 자기로 했다. 깨어 있는 사람이 길을 보다가 다른 곳으로 가는 낌새가 보이면 깨우기로…. 하지만 그런 상황에서 잠이 올 리 없었다. 결국 어정쩡한 상황에서 서너 시간이 지났고, 나중에 운전사가 암만으로 간다는 것이 분명해질 때까지 트럭 안에는 긴장감이 흘렀다.

표지판을 통해 암만에 거의 다 왔음을 알게 되자 긴장이 풀리면서 소변이 마려워졌다. 나 혼자만 그런 게 아니었다. 앞자리에 앉은 보연 씨는 운전사의 비위를 맞춰 주느라 탈진한 상태에서 화장실에 가고 싶다고 손짓했다. 가이드북을 보며 간신히 화장실에 가고 싶다고 말했지만 운전사의 반응은 간단했다.

"여기 고속도로, 화장실, 노!"

더군다나 주변에는 사막뿐이리 숨을 곳도 없었다. 결국 안세아씨 참다 아무 곳에나 내려 달라고 비명을 질렀다. 운전수는 차를 세우고 물통을 내밀었다. 일을 보고 손을 씻으라는 거였다.

내리고 보니 시야를 가리는 거라곤 찾아볼 수 없는 허허벌판이었다. 막막해 하는데 빈박스가 눈에 띄었다. 박스를 이용해 주위를 가리고 한 명씩 들어가서 일을 볼 수밖에 없었다. 고개를 돌리다 운전수와 눈이 마주쳤는데 그는 한국인이 어떻게 일을 보나 열심히 관찰하는 중이었다.

우여곡절 끝에 암만에 도착했다. 이라크 운전사는 예상과 달리 깔끔하게 일행을 내려줬고 선물도, 박시시도, 차비도 요구하지 않은 채 손을 흔들고 떠났다. 감격한 일행도 트럭이 보이지 않을 때까지 손을 흔들었다. 그리고 돌아서자마자 물을 들이켰다.

물병을 닫고 몸을 돌리자 다른 트럭이 다가왔다.

"시내까지 태워 줄게. 타라구."

이번엔 우리도 아무 걱정 없이 외쳤다.

"Thank you!"

물론 요르단이라고 언제나 평화와 행운이 함께 하는 건 아니다. 며칠 후 옆 호텔에 일본인 기자들이 카메라를 들고 들이닥쳤다. 납치된 일본인이 이라크로 가기 전 마지막으로 그 호텔에 묵었다고 했다. 복서가 꿈이었고 자신을 찾는 여행을 하고 싶다고 말했던 그 청년은 결국 이틀 후 시체로 발견됐다. 그 소식을 듣는 순간 트럭을 타고 바그다드까지 갔으면 같은 처지가 됐을지도 모른다는 생각에 다시 소름이 돋았다.

장밋빛 도시, 페트라

영국의 시인 존 버곤 신부는 페트라에 대해 '영원한 시간의 절반만큼 오래된, 장밋빛 같은 붉은 도시'라고 칭송했다. 이 붉은 도시는 수백 미터에 이르는 협곡을 깎아서 만들어졌고 1,500년이 넘는 세월 동안 잊힌 채 사막 속에 잠들어 있었다. 1812년 스위스의 탐험가에 의해 재발견될 때까지.

페트라를 세운 이들은 중동의 유목민이었던 나바티안인들이다. 이들은

알 카즈네의 속살이 드러나는 감동적인 순간, 여행자들의 입에서는 감탄사가 흘러나온다.

엘 데이르 신전은 수도승들의 거처로 사용됐다고 해서 '수도원' 이라는 별명이 붙었다. 웅장한 외관은 가파른 계단을 올라오느라 흘린 땀을 보상해주기에 충분하다.

기원전 2세기 무렵부터 도시를 건설했고 그들의 도시는 로마와 동방을 잇는 무역의 중심지로 번성했다. 나바티안인들은 화강암과 사암 절벽을 깎아서 신전을 세웠고, 그 안에 굴을 파서 거주했다. 도시가 쇠퇴하고 역사에서 자취를 감추기 시작한 4세기까지 그들은 역사에서 다시 찾아볼 수 없는 거대한 절벽 속의 도시를 만들었다.

페트라에 입성하기 위해서는 긴 협곡 사이로 난 오솔길을 따라 한참 동안 걸어야 한다. 빛조차 들어오지 않는 절벽 사이를 더듬거리며 발을 옮기다 보면 어느 순간 협곡이 끝나고 페트라에서 가장 유명한 신전 알-카즈네가 눈에 들어온다. 해리슨 포드가 말을 달리던 곳이 바로 이 오솔길이고, 영화 속에서 성배가 숨겨진 곳으로 묘사된 건물이 알-카즈네다. 기억이 안 나면 방문하기 전에 한 번 더 영화를 보는 것도 좋다. 페트라 방문의 거점이 되는 와디무사의 숙소에서는 매일 밤 〈인디아나 존스〉가 상영된다.

당장이라도 무너질 것 같던 어두운 절벽 끝에서 붉은 장밋빛의 신전을 만나는 이들은 누구나 두 번 탄성을 터뜨리게 된다. 수십 미터에 이르는 절벽을 깎아서 신전을 만들었다는 것도 놀랍지만 그렇게 만들어진 신전이 이토록 아름다운 외양과 색을 지닐 수 있다는 사실 역시 불가사의하기 때문이다.

카즈네를 지나면 본격적으로 도시가 펼쳐진다. 수많은 신전과 원형극장, 시장과 가정집 등등. 유적은 넓게 퍼져 있어 이틀은 잡아야 어느 정도 볼 수 있을 정도다. 도보로 모두 보려면 사나흘은 잡아야 한다. 하루 동안 주요 볼거리만 볼 수도 있지만 그렇게 해서는 페트라의 참맛을 느끼기 힘들다. 중심지에서 벗어나 지도를 보며 인적이 드문 유적을 찾아가다 보면 마치 고대로 돌아온 것 같은 신비로운 분위기를 느낄 수 있는데 페트라를 방문한다면 이런 경험을 꼭 해 봐야 한다.

잘 가지 않는 유적을 방문할 때 주의할 점은 물을 충분히 준비하고 동행과 함께 가야 한다는 것이다. 당시 일행은 이집트 다합에서 만난 보연 씨와 현목 씨였는데, 몇 번이나 길을 잃으면서 같이 오길 잘했다는 생각이

들었다. 실제로 주요 루트를 벗어나면 곳곳에 표지판이 세워져 있다. 길을 잃을 수 있으니 혼자 가지 말 것, 입구에서 들으니 실제로 길을 잃고 헤매다가 탈진하는 이들이 1년에 몇 명씩 나온다고 했다.

놓치지 말아야 할 경험은 하나 더 있다. 붉은 산 정상에서 해가 저무는 광경을 보는 것이다. '엘-데이르(수도원)'라고 불리는 신전은 페트라의 끝에 있는 산 정상 근처에 세워져 있는데 페트라 전체 유적 중에서 가장 큰 규모를 자랑한다. 이 신전에서 조금 더 올라가면 정상이다. 베두인들이 끓여 주는 차를 마시며 경치를 감상하다 보면 어느새 해가 질 시간이다. 아스라하게 사해가 보이는 가운데 사막이 붉은빛으로 물들면 가파른 산길을 올라온 관광객들의 숨이 멎으면서 셔터를 누르는 손가락이 바빠진다. 천천히 그 색을 바꾸면서 어둠에 잠기는 신전과 노을의 조화는 정신이 혼미할 정도로 낭만적인 분위기를 자아낸다.

정신을 놓고 '조금만 더, 조금만 더'를 외치던 일행은 결국 해의 마지막 자락까지 보고 발걸음을 돌렸지만 그 덕에 컴컴한 계곡을 위태위태하게 내려와야 했다. 서로를 원망하면서, 또 의지하면서…. 한참 내려온 후에는 서로 시계 불빛을 비추며 길을 찾아 돌아왔다. 그러면서 발견한 사실 한 가지는 밤이 되면 신전에 들개들이 산다는 것인데, 유일한 여성이었던 보연 씨는 들개 울음소리에 몇 번이나 까무러치며 팔을 잡았다.

올 때 햇빛이 들지 않았던 오솔길은 돌아갈 때는 달빛조차 들지 않아 벽을 짚으며 발길을 재촉할 수밖에 없었다. 마침내 협곡을 빠져나오니 시원한 바람과 별들이 일행을 맞았다. 몇 걸음 걷다 돌아보니, 길은 감쪽같이 절벽에 가려져 있었다. 마치 페트라가 한여름 밤의 꿈이었던 것처럼. 다들 그제야 다시 현실세계로 돌아온 기분이었다.

사해에서의 수영

'사해'는 이름과 달리 바다가 아니다. 엄격하게 따지자면 이스라엘 서안과 요르단의 국경에 있는 호수의 이름이 '사해'다. 호수의 염분 농도는 보통 바닷물의 네 배에서 여섯 배 정도인 20~30%에 달한다. 이 호수에 물이 들어오기만 할 뿐 나가지 않기 때문이다. 물은 햇볕에 의해 증발해 버리고 염분만 남아 있는 셈이다.

사해는 국경에 걸쳐 있는 만큼 요르단과 이스라엘에서 모두 갈 수 있지만 각각의 경우에 일장일단이 있다. 이스라엘에서 가면 교통이 편리하고 시설이 잘 갖춰져 있으며 경치도 더 낫지만 그런 만큼 교통비와 부대시설 이용료가 비싸다. 반면 요르단은 그럭저럭 경치도 볼 만하고 부대시설 이용료도 싸지만 교통이 불편하다. 암만까지 히치하이킹으로 올 정도로 경비에 쪼들리는 일행이었는지라 주저 없이 요르단 쪽을 선택했다. 그런데 암만에서 출발한 일반버스로는 종점을 지나서 가야 하기 때문에 사해까지는 갈 수 있어도 리조트까지는 갈 수 없다. 하지만 이럴 때 웃돈을 조금 쥐어주면 문제는 간단히 풀린다. 리조트가 필수적인 이유는 사해에서 수영을 즐긴 다음에는 꼭 샤워를 해야 하기 때문이다.

사해에서 주의할 점은 몸에 조금의 상처라도 있다면 들어가지 않는 편이 좋다는 것이다. 염분 농도가 높은 만큼 아무리 작은 상처라도 견딜 수 없을 정도의 통증을 겪게 된다. 그리고 진흙 사이사이에 날카로운 돌이 있으므로 발도 조심해서 디뎌야 한다. 또, 유영을 즐기는 건 좋지만 균형을 잃고 뒤집어져 눈이나 코에 물이 들어가기라도 하면 그때부터 한 시간 정도는 괜히 왔다고 후회하면서 해변을 뒹굴게 된다.

마지막으로 몸이 뜬다고 해서 좋아하다 보면 멀리 떠내려갈 수도 있기 때문에 주의해야 한다. 멀리 떠내려 온 자신을 발견하고 당황해서 균형을 잃어버리면 아무리 수영을 잘하는 사람이라도 돌아올 방법이 없다. 한 번 눈에 바닷물이 들어가면 제대로 눈조차 뜰 수 없기 때문이다. 참고로 일

찾아간 날은 흐리고 파도가 꽤 높았다. 결국 일행 모두가 최소 한번씩 바닷물을 맛보아야 했다.

행은 앞서 언급한 주의사항을 한 명당 하나씩 어기면서 교대로 해변을 뒹굴었다.

그럼에도 저절로 몸이 뜨는 경험은 신기하기 그지없는 것이었다. 허리까지 오는 바닷물 속으로 살며시 몸을 뉘였을 때, 몸은 마법에라도 걸린 것처럼 여지없이 떠올랐다. 이 때문에 한번씩 혼이 나고도 일행은 해가 뉘엿뉘엿할 때까지 사해를 떠나지 못했다. 특히 맥주병인 보연 씨는 바다에 처음 와본 사람처럼 나올 줄을 몰랐다.

수영을 끝낸 관광객들은 모래사장에서 사해의 황량한 풍경을 감상하거나 미용에 좋다는 진흙을 구입한다. 물론 이는 돌아갈 차편이 확실한 단체관광객들 얘기지만 돌아갈 차편도 없고, 택시비는 더더욱 없는 우리로서는 돌아갈 일이 막막했다. 어떻게 버스정류장까지 간다고 해도 라마단 기간이라 버스가 끊긴 다음이기 때문이었다.

샤워를 하고 리조트 건물을 나섰을 때는 이미 해가 진 다음이었다. 멀리 모세가 숨을 거뒀다는 느보산이 보였다. 일행은 인적이 끊긴 도로에서

손을 흔들고, 수영복을 흔들고, 수건을 흔들었다. 탈진하기 직전까지 흔든 다음에야 멀리서 승합차 한 대가 나타났다. 다들 안도의 한숨을 내쉬었다. 이런 경우 어려움에 빠진 여행자들을 모른 척하는 중동인들은 거의 없었다. 승합차는 우리의 확신을 증명해 주기라도 하듯 우리 앞에서 속력을 낮췄다.

중동에서 술 마시기

맥주병이라고 해도 몸이 뜬다는 사실은 여간 신나는 일이 아니다.

이슬람에서는 인간의 정신을 흐리게 한다는 이유로 술을 '악의 모체'로 간주하고 엄격히 규제하는데, 이는 술은 사탄이 행하는 불결한 것이라는 꾸란의 내용과 취한 자를 저주했다는 예언자 무함마드의 언행록의 가르침에 따른 것이다. 그러나 이러한 종교적 가르침이 수용되는 방식은 이슬람국가들 사이에서도 차이가 있다. 전적으로 금지하는 국가가 있는가 하면, 개인의 자유에 맡기는 곳도 있고, 적절한 사유가 있을 때만 허용하는 곳도 있다.

사우디아라비아나 이란에서는 입국할 때부터 모든 형태의 음주가 엄격히 규제된다. 몰래 숨겨서 들어가는 이들도 있는데, 발각되면 큰 문제가 되니 권하고 싶진 않다. 술의 제조, 판매, 구매가 모두 금지돼 있기 때문에 거리 어디서도 술을 찾아볼 수 없다. 대신 무알콜 맥주를 파는데 김빠진 맥주맛이라 차라리 안 마시는 게 나을 정도다. 그래도 사람 사는 곳에 술이 완전히 없을 수는 없는 노릇인지 이란인들에게 물어보니 교외지역에서는 은밀하게 밀주가 유통되고 있다는 대답을 들을 수 있었다. 한번 찾아보려고도 했지만 문제가 생길까 싶어 그만두었다.

그런가 하면 요르단, 시리아, 이집트 등에서는 소매상점 중에서 지정된 전문 점포에서만 술을 판매한다. 술을 마시는 이집트인들은 주로 맥주를 마시는데 '스텔라' 라는 이름의 맥주가 가장 인기가 있다. 그러나 직접 마셔본 결과 기원전 3천년 최초로 맥주를 만들었던 이집트인들의 노하우가 어디 갔을까 싶을 정도로 기대 이하였다. 스텔라보다는 계단식 피라미드 유적지의 이름을 딴 '사카라' 맥주가 그나마 입맛에 맞았다. 이집트는 음주에 대해 상당히 자유로운 편이라 중심가나 관광지에서 바를 쉽게 찾을 수 있었으며 밖에서 맥주를 마시는 이들도 심심치 않게 만날 수 있었다.

요르단은 음주에 대해 이집트보다 보수적인 태도를 취하기 때문에 술을 전문으로 파는 상점도 많지 않다. 술을 마실 수 있는 바는 수도인 암만에서도 손꼽힐 정도이며 가격도 비싼 편이다. 마침 요르단을 찾았을 때는 라마단 기간이라 그나마 있던 상점과 술집도 모두 문을 닫은 상황이었다. 결국 마지막 날 운 좋게 호텔 매니저가 암시장에서 구한 맥주를 마신 게 요르단에서의 처음이자 마지막 음주 경험이었다(다음 장 참조). 요르단에서 인기가 있는 맥주는 유적의 이름을 딴 '페트라 비어' 다. 오랜만에 마셔보는 맥주라 그런지 맛은 그럭저럭 괜찮은 편이었다.

기독교인이 인구의 10% 이상을 차지하는 시리아의 기독교 구역에서는 무엇이든 쉽게 구할 수 있다. 라마단에 상관없이 술집이 열려 있었고 사람들은 자유롭게 술을 마시며 어울렸다. 대중적인 맥주는 '바라다' 라는 브랜드의 맥주였는데, 현지인들은 그보다는 '아락' 이라는 전통주를 즐겨 마셨다. '아락' 은 도수가 50%에 달하는 독주라 감히 시도하지 못하고 그냥 맥주만 한 캔 마셨는데 맛은 요르단보다도 떨어졌다.

중동국가 중에서 술에 대해 가장 관용적인 태도를 보이는 국가는 역시 터키였다. 이스탄불에는 술집이 넘쳐났고 어디서도 쉽게 술을 구할 수 있었다. 젊은이들 사이에서는 맥주가 인기였고, 그중에서도 '에페스' 맥주가 잘 팔렸다. 에페스 맥주는 맛도 그런대로 괜찮은 편이었다. 슈퍼에서는 한국처럼 페트병에 든 맥주도 발견할 수 있었다.

나이 든 이들은 주로 포도로 빚은 전통주 '라키' 를 마셨는데, 물에 타면 우윳빛으로 변하기 때문에 현지인들 사이에서는 '사자 젖' 이라는 이름으

파키스탄 훈자, 장수촌으로도 유명하다.

로 불린다고 했다. 라키는 이스탄불에서 한 잔 마셨는데, 지나치게 독해서 맛을 느끼지 못할 정도였다. 얼굴을 찡그리자 옆에서 라키를 권한 아저씨가 웃으며 어깨를 두드렸다. 라키 한 잔에 케밥 하나면 추위도 가신다는 게 아저씨의 지론이었다.

터키를 지나 이란, 파키스탄을 여행할 이들은 터키에서 술을 충분히 마셔 놓아야 후회하지 않는다. 이란에서 술을 구경조차 할 수 없다는 사실은 말한 바대로지만 파키스탄에서도 술을 마시기가 쉽지는 않다. 파키스탄에서 술을 사기 위해서는 면허가 필요한데 절차가 복잡해서 면허를 따는 여행자들은 거의 없다.

마침 파키스탄에 도착한 날은 크리스마스였다. 이란을 거쳐 온 터라 파티를 하겠다고 작심하고 술을 찾아 나섰다. 뒷골목에 면허 없이도 술을 파는 곳이 있다고 나온 가이드북을 믿고 두 시간 동안 '나쓰'라는 일본 여행자와 함께 골목을 샅샅이 뒤졌지만 찾지 못했다. 결국 콜라와 과자를 놓고 둘이서 조촐한 파티를 할 수밖에 없었다. 반면, 북쪽 히말라야 산맥 자락에 위치한 훈자(Hunza) 마을에서는 생각보다 쉽게 술을 구할 수 있었다. 공권력의 힘도 수천 미터 고지마을에는 미치지 않는 모양인지 동네 슈퍼에서는 주민들이 직접 만든 '훈자워터'라는 술을 내놓고 팔고 있었다.

시드니호텔의 주정뀬 매니저

암만에서 일과가 끝나면 마땅히 할 일이 없었다. 라마단 기간이라 유적지나 박물관은 두시에 문을 닫았고, 다섯시가 넘으면 상점들도 대부분 영업을 끝냈다.

저녁에 맥주를 한 잔 하려고 해도 술을 살 곳이 없었다. 호텔 매니저에게 물어보니 근처에 술을 파는 가게가 있긴 있지만 라마단이라 한 달 동안 문을 닫았다고 했다. 같이 다니던 한국인들과 정이 많이 들었는데 이별주 한 잔도 할 수 없으니 답답한 노릇이었다. 그런데 우리가 묵던 시드니호텔에는 밤마다 이상한 풍경이 벌어졌다. 호텔 종업원들이 비밀스럽게 뭔가를 들고 돌아다니는데 자세히 보니 맥주캔이었다. 라마단 기간에 맥주를 마시는 걸 보니 사이비 무슬림들이었다.

어디서 난 맥주냐고 묻자 암시장에서 구했다며 맥주를 마시고 싶으면 구해 줄 테니 한 캔에 3디나르(약 5천원)를 내라고 했다. 하룻밤 숙박비보다 많은 금액이라 포기할 수밖에 없었다.

마지막 날 투덜거리며 잠자리에 드는데 누군가 문을 두드렸다. 열어 보니 술에 취한 매니저 알리였다. 기분이 좋으니 특별 가격 1.5디나르(약 2,500원)에 맥주를 제공하겠다고 했다. 결국 돈을 모아 두 캔을 산 후 간단히 입가심을 하고 자려는데 다시 벨이 울렸다. 아까보다 더 취한 매니저 알리가 횡설수설하더니 맥주 두 병을 공짜로 주고 터키 마사지도 해 주겠다고 나섰다. 연습 삼아서라는 이유를 달았지만 못내 의심스러웠다. 말하는 것이 어떻게 보면 정상 같기도 했지만 한편으로는 헛소리 같기도 했다. 그래도 맥주를 무료로 제공하겠다는 말은 반갑기만 했다. 그는 페트라 출신으로 혼자 암만에 살고 있으며 나이는 스물다섯, 요르단대학에서 심리학을 전공하고 있고 지금은 대학원 마지막 학기라고 했다.

"이번 학기가 끝나면 페트라에 돌아갈 생각이야. 페트라에 있는 대학에 자리가 났거든. 거기서 강사라도 해야지."

심리학은 재미있지만 머리가 돌아 버릴 정도로 어렵다는 게 그의 하소 연이었다.

"같이 공부하던 학생들 중 네 명이 정신이 이상해져서 병원에 갔어. 공 부를 하다 전공을 바꾸는 이들도 상당히 많고."

라마단인데 술을 마셔도 되냐고 묻자, 자신은 그다지 종교적인 사람이 아니라는 대답이었다.

"내가 믿는 가르침은 하나밖에 없어. 좋은 사람이 되라는 거지. 결국 종 교란 게 다 그런 거 아냐? 난 항상 좋은 사람이 되도록 노력할 뿐, 무슬림 으로서의 의무에는 관심이 없어."

외국인이 물을 마시는 것까지 참견하는 다른 요르단인들에 비하면 상 당히 의외였다.

"난 솔직히 그런 사람들이 이해가 안 돼. 남의 일에 상관해서 뭘 어떻게 하겠다는 건지! 나 같으면 문제가 생겨도 뒤에 비켜만 있을 거야."

그리고 예전에 마사지를 배웠는데 잊어버리지 않기 위해 우리를 대상 으로 연습을 하고 싶다고 했다. 술에 취해 제대로 할 수 있을까 미심쩍었 지만 공짜라는 말에 혹해 수영복을 입고 들어갔다. 아니나 다를까 5분 동 안 마사지 같지 않은 마사지를 하더니 끝났다며 손을 털었다.

다음 순서는 일행 중 유일한 여성이었던 보연 씨였다. 혹시나 해서 방 에서 지켜보겠다고 했더니 밖에서 기다리라며 내쫓았다. 그러더니 이번 엔 반 시간 동안이나 마사지가 계속됐다. 방에 못 들어오게 하는 것부터 수상쩍더니 결국 또 수작을 부리는 모양이었다.

191

미니스커트부터 차도르까지

예언자의 언행을 기록한 하디쓰에는 '한 여성이 성장하여 생리를 하면 손과 얼굴 이외의 부분이 노출되어서는 안 되느니라' 라고 기록되어 있다. 이 구절이 이슬람국가에서 여성들의 의복을 제약하는 근거로 사용되는데, 손과 얼굴 이외에는 드러내지 않는다는 원칙은 동일하지만 강제성 여부와 제약 수준은 지역마다 다르다.

먼저 법적으로 강제성을 띄고 여성의 의복을 제한하는 국가는 사우디아라비아와 이란 정도다. 그 외 다른 대부분의 나라들에서는 권장사항일 뿐이며 부족 관습이나 종교 공동체 규범 등으로 간접 규제되는 정도다. 그런가 하면 터키에서는 공공장소에서 머리를 가리는 행위가 불법에 해당된다.

이집트, 시리아, 요르단 등에서 가장 일반적인 복장은 '히잡' 이라고 부르는 두건이다. 히잡은 머리를 가리고 가슴 중간까지 오는 경우가 대부분이지만 최근 젊은 여성들 중에는 목 바로 아래까지 짧게 착용하는 이들도 많다. 상의는 여름이라도 긴팔을 입어 팔목까지 가리고, 밑에 치마를 입는 경우에는 치마 속에 바지를 입어 맨살이 노출되지 않게 하는 이들이 대부분이다. 바지는 그냥 입기도 하지만 치마를 그 위에 입어 엉덩이까지 가리기도 한다.

히잡의 색깔은 평범한 검은색부터 핑크나 금색에 이르기까지 다양한데 젊은 층일수록 색깔이 다양해지고 화려해지는 경향을 보인다. 물론 같은 히잡이라도 나라마다 조금씩 차이는 있다. 요르단 여성들이 수수한 색의 히잡을 쓰고 발목까지 오는 원피스형 롱스커트를 입는다면 시리아나 이집트 여성들은 다양한 색의 히잡을 쓰고 바지를 즐겨 입으며 몸에 달라붙는 스타일을 즐긴다. 물론 자유로운 복장을 하는 이들은 아직까지 대도시 젊은 여성에 국한된다.

방문한 국가들 중에서 의복 색깔이 가장 단조로웠던 국가는 단연 이란

요르단 대학의 여대생들. 흰색이나 검은색 히잡에 긴 원피스가 대부분이다.

이란 여성의 차도르. 아직은 차도르를 입은 이들이 많지만 대도시에서는 조금씩 자
유로워지는 경향도 볼 수 있다.

이다. 이란 여성들 대부분은 '차도르'라고 불리는 외투형 원피스를 입고 히잡으로 머리를 가리는데 색은 둘 다 검은색이 대부분이다. 차도르도 발목까지 오는 경우가 많다. 그래도 최근 대도시 젊은 여성들 사이에서는 원피스의 길이가 조금씩 짧아지고 있다. 염색한 앞머리를 몇 가닥씩 늘어뜨린 모습도 심심찮게 볼 수 있다. 그나마 몇 년 전 악명 높던 종교경찰이 사라진 다음이라 이 정도의 일탈이 허용되는 것이다. 이란에서는 외국인 여행자들도 예외 없이 머리를 가려야 한다. 이란에서 만난 젊은 세대들은 이런 현실에 상당한 불만을 갖고 있었다. "머리를 왜 가리라고 하는지 모르겠어요." "검은색은 이제 지긋지긋해요." 이런 말들을 어디서도 쉽게 들을 수 있었다.

이란보다 복장이 더 보수적인 곳은 파키스탄 서부지역이었다. 아직까지 부족의 전통이 살아 있는 파키스탄의 서부에서는 대부분의 여성들이 부르카를 입는다. 부르카는 머리부터 발끝까지 모두 가리는 전통의상으로 손에도 장갑을 끼고 눈에도 얇은 망사를 대거나 구멍이 있는 천을 덧대는 경우가 많다. 여성의 맨살이 전혀 드러나지 않는 구조다. 국경을 맞대고 있는 아프가니스탄에서 탈레반 집권 시절 여성들에게 강제됐던 악명 높은 복장이 바로 부르카다.

예언자 무함마드도 얼굴과 손을 내놓는 건 허용했고, 신정체제인 이란에서도 그 규정을 따르고 있는데 이건 너무하다는 생각이 들었다. 부르카를 입은 여성이 서 있는 모습을 보면 사람인지 아닌지조차 모를 정도로 몸의 곡선도 전혀 살아나지 않는다. 보는 것만으로도 갑갑한 기분이 들면서 그렇게밖에 입을 수 없는 그들의 현실에 연민의 정이 들었다.

반면 인도와 국경을 접한 파키스탄 동부지역은 그나마 약간 나은 편이고, 터키 또한 이슬람국가임에도 불구하고 여성들의 복장이 자유로운 편이다. 특히 이스탄불에서는 머리를 가린 여성을 찾아보기 힘들 정도다. 여고생들의 교복도 영국 스타일의 스커트와 스타킹이었다. 여행한 국가들 중에서 유일하게 미니스커트 입은 모습을 본 곳도 터키였다.

하지만 무슬림 여성들에게 히잡에 대한 의견을 물어보면 대부분 그렇게 문제가 되지 않는다는 반응을 보였다. 종교적 신념에 따라 머리를 가리 뿐인데 그게 왜 문제가 되냐는 투였다. 실제로 중동지역의 발전에도 불구하고 일부지역에서는 머리를 가리는 여성이 오히려 늘어나는 추세라고 한다. 그렇다고 의식이 보수화되는 건 아니고, 단지 여성의 사회진출이 늘어나면서 외부활동을 할 때 머리를 가리는 것이 편하기 때문이라는 설명이었다. 또, 최근 미국의 정책에 대한 반발로 '전통으로 돌아가자'는 구호가 힘을 얻으면서 전통의상착용을 격려하고 있는 것도 하나의 이유다.

물론 말하는 이유와 실제의 이유가 100% 같다고 확신할 수는 없다. 흥미로운 사실은 아랍 텔레비전에 나오는 배우들은 대부분 머리를 가리지 않는다는 것이다. 한참 여행 중이던 2004년 겨울에는 배꼽티와 미니스커트를 입고 요염하게 허리를 돌리던 낸시라는 가수가 중동 전역의 남자들뿐 아니라 여성들에게도 폭발적인 인기를 모으고 있었다. 그러나 파격적인 차림에 열광하던 남자들도 자신의 딸, 여동생, 여자친구가 그런 복장을 하길 바라지 않는다는 반응을 보였고, 여성들도 실제 생활에서 어떻게 그런 옷을 입을 수 있냐며 놀라는 표정을 지었다. 종교적 규율과 신앙이 자연스러운 욕망을 억누르고 있다는 사실을 짐작하게 했다.

제라쉬의 타맘

요르단에서 페트라 다음으로 꼽히는 유적이 제라쉬다. 제라쉬는 암만에서 북쪽으로 48km밖에 떨어져 있지 않아 당일치기로 다녀오기에 적당하다. 제라쉬는 알렉산더 대왕이 이 지역을 점령한 이후 발전을 시작했으며 폼페이에 의해 로마의 일부로 복속된 이후엔 다마스쿠스와 페트라를 잇는 교역로로 황금기를 누렸다. 물론 지금은 옛 영화의 기억을 간직한 유적들뿐이지만.

고대도시 제라쉬의 안내센터에는 줄무늬 재킷에 핑크색 히잡을 쓴 귀

제라쉬의 아르테미스 신전. 기둥과 돌무더기만으로 신전이었다는 사실을 눈치 채긴 쉽지 않다.

여운 '티맘' 이라는 아가씨가 웃음으로 방문객을 맞고 있었다. 팸플릿을 받으며 말을 걸으니 이틀 전에는 한국인 단체 관광객들이 다녀갔다며 무슬림 여성답지 않게 쾌활하게 말을 받아 줬다.

올해 요르단대학 관광과를 졸업하고 일을 시작했다는데 휴일이 없는 것 빼고 지금까지는 일도 재미있고, 배울 것도 많다고 했다.

전부터 줄곧 관광분야에 관심이 있었다는데, 이유를 묻자 "아무래도 집이 제라쉬에 있으니까."라고 명쾌하게 답하고 웃는다. 제라쉬서 태어나고 자란 토박이라고 했다.

"요르단대학에 다닐 때도 매일 한 시간 반 걸려서 학교를 다녔어요. 특히 지금 같은 라마단 기간에는 버스가 일찍 끊기고 거리에 사람도 없어서 집에 올 때마다 무서웠어요. 아니 쓸쓸했다고 해야 하나?"

그러면서 오늘도 빨리 관람을 마치고 돌아가는 게 좋을 거라며 충고했다. 월급을 물어보자 한 달에 120디나르(약 17만원)정도라고 하는데, 아주 적은 편은 아니지만 요르단 물가에 비춰 그렇게 충분한 것도 아니다.

"그래도 그 정도면 제겐 괜찮은 편이죠. 아직 미혼이라 생활비가 모자라거나 하진 않아요."

남자친구가 있냐고 묻자, 고개를 설레설레 저으며 알통을 만드는 시늉을 하더니 가족들이 하도 힘이 세서 남자친구는 사귈 수 없다고 했다.

암만에서 본 커플이 생각났다. 공원에서 데이트를 하던 커플이었는데 손도 안 잡고 멀리 떨어져 걷는 모습이 보는 것만으로도 답답하던 커플이었다. 그 얘길 해 주자 타맘이 사정 모르는 얘기하지 말라고 타박을 줬다.

"남자친구, 여자친구를 만드는 것도 얼마나 어려운데요. 그것도 암만 얘기지, 제라쉬 친구들 중에선 남자친구 있는 애들이 거의 없어요!"

주변에서 연애결혼을 하는 이들을 본 적이 없다며 자신도 아마 중매결혼을 하게 될 거라고 했다. 결혼은 언제 할 생각이냐고 묻자 잠깐 생각하다 아직 예정이 없다며 고개를 저었다.

"너무 빨리 하는 건 별로예요. 지금은 여기서 일하는 것도 재미있고……. 나중에는 외국에 나가서 일을 해 보고 싶어요. 지금까지 해외에 나가 본 적이 한 번도 없거든요."

선택할 수 있다면 푸른숲을 좋아하기 때문에 레바논의 베이루트에 꼭
한 번 가 보고 싶다고 했다. 꼭 베이루트가 아니더라도 신록이 보이는 곳
에서 살고 싶다는 말이었다. 한국에도 숲이 많다고 하자 반색을 했다.

"사진으로 본 적이 있어요. 방콕이었나? 꽃과 나무가 아주 많아 인상적
이었어요. 한국도 그렇고 방콕도 그렇고 아시아국가들에 관심이 많아요.
기회가 된다면 꼭 한 번 가 보고 싶어요."

그런데 지금 월급 가지고는 언제 갈 수 있을지 모르겠다며 다시 푸념을
늘어놓았다.

라마단에 여행하는 법

결론부터 말하자면 이슬람권을 여행할 때는 라마단 기간을 피하는 게
좋다. 불가피하게 피할 수 없다면 충분한 인내심과 넉넉한 일정이 필수적
이다.

앞에서도 잠시 설명이 있었지만 라마단은 이슬람 달력 9월을 말한다.
라마단의 달에 예언자 무함마드는 알라에게 계시를 받았고 이를 기념해
한 달간 금식을 행하라는 지시를 받았다. 때문에 무슬림들은 라마단 기간
동안 해가 하늘에 있을 때 아무것도 먹거나 마시지 않는다. 물도 마실 수
없고 담배도 피울 수 없다. 신실한 이들은 침도 삼키지 않는다.

물론 무슬림이라고 다들 금식을 지키는 건 아니고 어느 누구도 비무슬
림에게 금식을 강요하지 않는다. 지킨다면 좋은 인상을 줄 수 있긴 하겠
지만…. 장소에 따라 차이는 있지만 이 기간동안 대부분의 식당은 해가
지고 나서야 문을 연다. 일반적으로 휴양지나 관광지에선 라마단 기간에
도 정상영업을 하는 곳이 적지 않지만 작은 마을에선 문을 연 식당을 찾
기 힘들다.

라마단 기간에 여행했던 국가들—이집트, 요르단, 이스라엘과 팔레스

타인, 시리아—중 금식이 가
장 엄격한 곳은 요르단이었
다. 요르단에서는 해가 떠 있
는 동안 공개적인 장소에서
음식을 먹는 것은 법으로 금
지되어 있을 뿐더러 이를 어
길 시에는 한 달간 유치장 신
세를 져야 했다. 물론 외국인
을 대상으로 법을 집행하지

라마단을 맞아 전등으로 장식된 이집트 뒷골목.

는 않지만 길거리에서 물을
마시거나 담배를 피우면 반드시라고 해도 좋을 만큼 누군가 간섭하는 이
가 나타나곤 했다. 담배 뿐 아니라 손에 과자나 물 따위를 들고 있기만 해
도 거리를 지나던 행인들이 다가와 부드러운 충고를 던지기는 마찬가지
였다.

술을 파는 곳 뿐 아니라 식당 중에도 아예 한 달 동안 영업을 중단한 곳
이 많았다. 패스트푸드 음식점 중 맥도널드, 버거킹, 파파이스, 피자헛도
낮 동안 문을 닫았고, KFC에선 포장만 허용됐다.

반면에 무슬림 인구가 90% 미만인 시리아와 이집트는 사정이 다른데,
특히 시리아의 기독교지구에서는 라마단 기간에도 평소와 다름없는 생활
을 즐길 수 있다.

사실 금식은 부차적인 문제다. 더 큰 문제는 모든 이들의 근무시간이
단축된다는 점인데 시리아와 요르단에선 유적, 은행, 정부기관 등도 두시
만 되면 문을 닫는다. 세시 이후엔 버스도 구경하기 힘들어진다. 그래서
두시에 관광을 끝내고 나면 할 일도 없고, 거리에 나가도 라마단을 기념
하기 위해 걸어 놓은 전등을 빼면 특별한 볼거리가 없다. 게다가 다섯시
가 가까워 올수록 거리에 인적이 끊기고 도시는 유령도시로 변해버린다.
거리가 잠깐이나마 다시 활기를 띠는 건 저녁 일곱시 이후부터다.

세시가 지나면 버스가 없으니 이동을 할 수 없다. 평소 하루에 볼 수 있

요르단 암만 중심가, 다섯 시. 폐허처럼 적막이 감돈다.

는 곳은 이틀이 걸리고 이동거리도 줄어든다. 그래도 꼭 가고 싶다면 방법은 히치하이킹을 하는 것뿐인데 실제로 요르단과 시리아를 여행할 때 버스를 탄 횟수와 히치하이킹을 한 횟수가 비슷했을 정도였다.

라마단이 끝나고 나면 사흘간 축제가 이어진다. 축제 기간 동안 호텔은 만원이고, 길은 자동차로 가득 차며 대부분의 상점들 역시 문을 닫는다. 현지인에게 초대라도 받으면 몰라도 그렇지 않으면 호텔에서 여행자들과 빈둥거리는 수밖에 없다.

물론 흥미로운 점이 없는 건 아니다. 라마단 기간동안 매일 다섯시경에 이맘의 방송과 함께 시작되는 식사는 그 자체가 하나의 구경거리다.

세시 반이 되면 식당 화로에 불이 들어오고 식사준비가 시작된다. 네시가 되면 식당 종업원들이 노천에 테이블을 가져다 놓고, 사람들의 걸음도 조금씩 빨라진다. 네시 반이 되면 다들 집에 돌아가거나 길가에 있는 테이블에서 음식을 주문한다. 거리엔 인파가 사라지고 차도 드문드문해진다.

방송 10분 전에는 웬만큼 음식준비도 끝난다. 다들 손을 씻고 식탁 앞에서 음식을 바라보며 방송을 기다린다. 그때부터 거리는 고요해지고 시간이 천천히 흐르기 시작한다. 영원에 가까운 시간이 흐를 동안 점점 신경이 팽팽해진다.

다섯시경이 되면 노천 식당은 빈자리가 없을 정도로 사람들이 붐빈다.

기다림에 지쳐 갈 무렵 적막이 깨진다. 라마단 시간이 끝난 것을 알리는 이맘의 자비로운 목소리다. 목소리가 흘러나오면 첫 소절이 끝나기도 전에 다들 음식을 입에 넣기 시작한다.

무슬림이라면 어디에 있건 그 순간엔 음식을 집고 있다고 보면 틀림없다. 라마단을 지키지 않는 이들도 다섯시 식사는 철석같이 지킨다. 이집트에서 요르단에 가는 배 안에 빽빽이 앉아있던 천 명에 가까운 승객들이 동시에 식사를 시작하는 모습은 평생 잊을 수 없는 장관이었다. 하다못해 노숙자라고 해도 이맘의 방송과 더불어 깡통의 음식을 먹는다.

이때 근처에서 어슬렁거리면 음식을 얻어먹을 확률이 절반 이상이다. 다들 정신없이 먹으면서도 눈이 마주치면 기꺼이 식탁에 초대한다. 입은 먹느라 바빠 주로 손짓만으로 신호를 하는데 종일 굶었던 터라 그만큼 반가운 것도 없다. 식탁에 앉고 나서도 배가 부르기 전까지는 어디서 왔는지 이름이 뭔지 물어보지도 않는다. 그저 정신없이 먹고 마시는 동안 묘한 유대감이 서로를 이어줄 뿐이다.

시리아에서 생긴일
열흘간의 불운

여행에도 궁합이 있다. 대부분의 여행자들이 욕하는 국가가 어떤 이에 겐 더할 나위 없는 곳일 수 있고, 다들 침이 마르게 칭찬하는 곳도 자신과 는 맞지 않을 수 있다. 내게 이집트가 전자였다면 시리아는 후자였다. 배 낭여행자들이 중동 최고의 국가로 꼽는 시리아지만 내겐 그 반대였다.

어느 정도 문제가 생길 것을 각오했는데 의아할 정도로 입국 시에는 별 문제가 없었다. 이스라엘에 다녀온 것도 발각되지 않았고 무엇보다 비자 가 30분 만에 바로 나왔다.

한국과 시리아는 아직 수교를 하지 않은 상황이라 비자를 받기가 쉽지 않은데 대사관이 없으니 한국에서 받아갈 수도 없다. 주변국에서 신청을 하려면 한국대사관에서 발행한 추천서가 필요한데, 이집트의 한국대사관 에선 위험하다는 이유로 추천서 발급을 거절했다.

국경에서 시리아 측이 입국을 거부한다면 뾰족한 방법이 없는 상황이 었다. 그건 전적으로 국경 심사원의 마음에 달려 있었다. 열 시간을 기다 려 비자를 받았다는 얘기, 입국을 거부당해 돌아가야 했다는 소식이 들려 올 때마다 마음을 졸였던 터였다. 하지만 국경에서 무사통과 되자 휘파람 이 저절로 나왔다. 그때까지만 해도 앞으로 펼쳐질 악운(惡運)에 대해 전혀 예상하지 못했다.

시리아에 도착한 첫날 환전부터 문제가 생겼다. 다마스쿠스에 도착하 자마자 달려간 아메리칸 익스프레스 사무실에서 미국의 경제제재 때문에 여행자 수표 교환이 불가능하다는 답변을 듣고, 부족한 현금을 쪼개서 환 전을 해야 했다.

저녁에는 가벼운 마음으로 머리를 자르러 이발소에 가서 사진을 부여 주며 스포츠머리를 부탁했는데 바리깡을 잡는 폼부터 심상치 않더니만, 다 됐다는 말에 안경을 써 보니 삭발된 상태였다. 사진을 보이며 화를 내

사막과 오아시스의 접경에 펼쳐진 시리아의 팔미라 유적,
아직도 발굴이 한창이다.

자 이발사는 중얼거리며 자리를 피했다. 머리를 감고 일어서니 이미 도망친 다음이었고, 주인은 어머니에게 전화가 와 일찍 퇴근했다는 기막힌 변명을 늘어놓았다. 돌이킬 수 없는 결과에 망연자실 호텔로 돌아왔다.

더 큰 문제는 다음날이었는데 일러준 시간에 맞춰 은행에 갔지만 문은 굳게 닫혀 있었다. 헛걸음을 하고 다시 홈스로 이동해 환전을 시도했다. 은행에서는 이리저리 보더니 한 시간 만에 못마땅한 표정으로 환전을 해줬다. 설상가상으로 그날 저녁에는 하마에서 식당 주인과 싸우고 게이에게 성추행을 당했다. (이 이야기는 후에 다시 해야겠다)

사흘째 되는 날에는 팔미라에 도착하여 유적 구경을 마치고 돌아오는데 한 아이가 사진을 찍어 달라고 팔을 잡았다. 별 생각 없이 셔터를 누르고 돌아서는데 다른 아이가 어깨를 잡았다. 순식간에 열 명도 넘게 몰려와 서로 사진을 찍어 달라고 조르기 시작했다. 수십 장을 찍었지만 끝이 없었다. 지쳐 그만 찍겠다고 선언하자 난리가 났다. 아이들은 팔, 다리, 가방 할 것 없이 매달려 소란을 피우기 시작했다. 그때까지만 해도 난감한 정도였지만 한 아이가 허리춤에서 부엌칼을 꺼내는 걸 보고 생각이 바뀌었다. 이미 장난의 도를 넘어선 상황이었다. 어디서 칼을 꺼내냐고 호통을 치자 녀석은 몇 발자국 물러서 돌을 던졌다. 순식간에 사방에서 돌이 날아오기 시작했다. 한두 명이 아니라 도망칠 수밖에 없었다.

팔미라의 시골아이들의 장난이 돌 던지기라면 다마스쿠스 아이들의 놀이는 장난감 총 쏘기였다. 나흘째 되던 날 우마이야 모스크에 들어가자 좋은 표적이 나타났다 싶었는지 여기저기서 장난감 총알이 날아왔다. 맞아야 띠끔띠끔한 정도였지만 가뜩이나 스트레스가 쌓인 상태라 웃어넘기기가 쉽지 않았다.

마침 라마단이 끝나고 사흘간의 축제가 시작됐을 때였다. 호

장례식이 이뤄졌던 탑과 산 정상에 있는 아랍식 고성, 내려오다 돌세례를 받았다. (팔미라)

텔은 사람으로 미어터졌고, 상점들은 모두 문을 닫았다. 방을 구할 수 없어 수리 중인 호텔의 쪽방에 간신히 짐을 풀었다. 방이라고 부르기가 민망할 정도의 작은 공간에 더러운 침대가 하나 있는 게 전부였다. 게다가 창문도 없었고, 벽은 지저분했으며 공사 소음으로 제대로 잠도 잘 수 없었다. 같은 층의 화장실도 수리중이라 양해를 구하고 직원용 화장실을 쓸 수밖에 없었다. 빨래를 널면 그 위에 공사장 먼지가 수북이 쌓였다.

사흘 동안 다마스쿠스를 돌아다녔지만 축제 때문에 유적이고, 박물관이고, 대학이고 모두 문을 닫은 다음이었다. 말이 축제지 거리에서 벌어지는 행사는 하나도 없었다. 결국 사흘 내내 하릴없이 빈둥거릴 수밖에…….

알레포에 도착했을 땐 축제도 끝난 다음이었다. 다음날 터키행 버스를 예약하고 중동 최고라는 명성을 가진 알레포의 재래시장으로 발을 돌렸다. 비를 맞으며 간신히 찾아갔지만 문을 연 가게는 손에 꼽을 정도였다. 이유를 묻자 라마단 축제가 끝난 다음이라 일찍 문을 닫았다고 했다.

지금까지 라마단과 이어진 사흘간의 축제 때문에 고생해 왔는데 축제가 끝났다고 다시 문을 닫으니 억장이 무너질 노릇이었다. 움직일 기운도 없어 거리에 서 있는데 가랑비는 점점 굵어졌다. 행운의 여신도 라마단 기간에는 쉬는 것이 아닐까 싶을 정도로 억세게 운이 없었던 열흘간이었다.

우마이야 모스크에서 기도하는 노인. 시장 한가운데라 그런지 왁자지껄한 분위기의 모스크였지만 전혀 개의치 않고 기도에만 집중했다.

여행자 수표 바꾸기

여행경비를 전액 현금으로 가져가는 여행자들은 그다지 많지 않다. 잃어버리면 대책이 없기 때문에 대부분은 현금과 여행자 수표를 일정 비율 섞어서 가져가거나 현금과 신용카드를 함께 사용한다. 물론 여기에도 일장일단이 있다. 신용카드는 돈을 찾을 때마다 수수료를 내야 하고, 여행자 수표는 수수료가 적은 대신 바꾸기가 쉽지 않다.

떠날 때는 전체 자금의 60%를 현금으로, 40%를 여행자 수표로 준비해서 떠났다. 그런데 어느 순간 여행자 수표는 그대로인데 현금이 바닥난 사실을 깨닫게 됐다. 중동에서 여행자 수표를 사용하는 게 생각보다 간단하지 않았기 때문이었다. 그제야 차라리 신용카드를 들고 올 걸 하고 후회했다.

여행자 수표를 들고 중동을 여행할 때의 환전원칙은 다음과 같다.
1. 대도시에서는 여행자 수표를 바꾸기가 상대적으로 용이하다.
2. 관광지에서도 가능하긴 하지만 수수료가 비싸다.

3. 관광지가 아닌 소도시에선 아예 받지 않는 곳이 많다.

그나마 가장 쉽게 바꿀 수 있는 곳은 이집트다. 오랜 관광 역사를 가져서인지 카이로, 룩소르, 아스완 등 주요 관광지에는 예외 없이 아메리칸 익스프레스와 토마스 쿡 사무실이 있고, 꼭 사무실이 아니더라도 약간의 수수료를 내면 일반은행에서도 교환이 가능하다. 반면 요르단의 페트라에 있는 은행들은 일률적으로 10%의 수수료를 요구하고, 수도 암만에서도 5디나르(약 7달러)라는 높은 수수료를 물어야 한다. 1백 달러를 찾는다고 치면 수수료가 7%인 셈이니 벌어진 입을 다물 수 없었다.

그런가 하면 터키는 극과 극으로 나뉘어 있었다. 이스탄불의 은행에선 수수료 없이 교환이 가능했고, 환율도 현금과 동일했다. 그러나 안타키아(Antakya)의 한 은행은 무려 15%의 수수료를 청구해 놀라게 했다. 이런 극단적인 경우를 제외하더라도 터키의 지방도시에선 3% 정도의 수수료를 각오해야 했다. 그런가 하면 이란에서는 여행자 수표를 아예 사용할 수 없다. 절박한 상황에 처했을 경우 암시장에서 교환할 수 있긴 하지만 25% 이상의 수수료를 각오해야 한다.

하지만 뭐니 뭐니 해도 여행자 수표와 관련해 최악의 경험을 한 곳은 시리아였다. 다마스쿠스에서 한참을 헤매다 찾은 아메리칸 익스프레스 사무실에서는 미국의 경제제재 때문에 여행자 수표를 바꿔줄 수 없다고 대답했다. 중앙은행으로 달려갔지만 여행자 수표 환전은 오전에만 가능하다고 했다. 낙담하는 표정을 본 직원이 귀띔했다.

"별 다섯짜리 호텔에는 자체 환전소가 있어요. 그곳에선 가능할 겁니다."

실낱같은 희망을 품고 물어물어 찾아갔지만 대답은 '노' 였다. 결국 안 그래도 부족한 현금을 사용해야만 했다.

그렇지만 이틀 후부터 금요일, 라마단 축제가 이어지는 닷새간의 연휴라 무슨 일이 있어도 다음날 바꾸지 않으면 안 되는 상황이었다. 하지만 동시에 고성 크락데쉐발리에를 보고 하마까지 이동할 예정이기도 했다.

새벽에 일어나 짐을 꾸리고 은행으로 달려갔지만 문은 굳게 닫혀 있었다. 라마단이라 단축근무를 한다는 것이었다. 버스시간 때문에 한 시간씩을 기다리기란 불가능한 상황에서 결국 홈스로 이동해 환전을 하기로 했다. 홈스의 은행에서는 여행자 수표가 닳아 없어지지 않나 싶을 정도로 뚫어지게 쳐다보고 침을 발라서 문질러 보며 꼼꼼하게 검사했다. 위조수표가 아니라는 항변은 통하지 않았다. 결국 한 시간 만에 3%의 수수료를 내고서야 환전할 수 있었다.

시리아에 간다면 다마스쿠스에서 오전에 환전을 하는 것이 가장 안전하다. 수수료가 1%로 합리적인 수준인데다 환전도 빨리 할 수 있기 때문이다.

그런가 하면 파키스탄과 이스라엘의 대도시에서는 그래도 여행자 수표를 사용하기가 쉬운 편이다. 수수료는 없고 대신 약간 낮은 환율로 교환이 가능하다.

어차피 수수료를 물어야 하는 상황이라면 이란이나 요르단에 들어가기 전 여행자 수표를 달러로 바꿔서 들어가는 것도 하나의 방법이다. 다만 은행에 따라 여행자 수표를 바로 달러로 바꿀 수 없는 경우가 있으니 주의할 필요가 있다.

하마에서 만난 게이

사막 국가인 시리아에서 강이 흐르고 숲이 있는 하마는 국내외 여행객들에게 사랑받는 휴양지다. 도시는 적당한 크기이며 강을 둘러싸고 조성된 공원은 녹색이 그리운 눈을 충족시키기에 충분하다. 하지만 뭐니 뭐니 해도 하마의 명물은 세계 최대 크기를 자랑하는 직경 20m의 거대한 물레방아다.

하마에 도착하자마자 샌드위치를 사서 물레방아를 보러 갔다. 삐걱거리는 소리를 들으며 저녁을 먹는데 누가 옆에 있었다. 운동복을 입은 시리아 청년이었다. 매번 있는 일이라 그러려니 하고 영어로 말을 걸었지만 영어라곤 한마디도 못하는 모양이었다. 음식을 권했지만 그마저 거절한 채 계속 옆에 앉아 있었다.

식사를 마치고 시내 구경을 하러 가려는데 공원을 구경시켜 주겠다며 청년이 팔을 잡았다. 너무 어두워 내일 둘러볼까 싶었지만 안내를 해 준다니 다행이다 싶었다. 그런데 청년은 일어서자 당연한 듯 팔짱을 꼈고, 간신히 설득해 팔짱을 풀고 공원으로 들어갔다. 남자끼리 팔짱을 끼는 일은 중동에서 흔한 일이다. 물론 대부분은 순수한 우정과 호의이기 때문에 이번에도 그러려니 했다.

공원의 희미한 가로등 아래에서는 낮에 볼 수 없었던 무슬림들의 모습이 보였는데 가족끼리 온 이들은 거의 없었고, 대부분 친구나 커플이었다. 비밀스럽게 데이트를 하던 커플이 우리를 보고 화들짝 놀라기도 했고 흐느끼는 친구를 달래던 여학생의 난감한 표정과 마주치기도 했다.

어두운 곳으로 들어가니 약간 불안해졌지만 그간의 경험에 비춰 별일 없으리라는 생각이었다. 그때까지 두 달 넘게 여행하면서 위험하다고 느낀 적은 한 번도 없었고, 그만큼 무슬림들을 믿고 있었다. 그래도 사람이 없는 곳을 골라 계속 들어가자 조금씩 의심이 생겼다. 그만 밖으로 나가자고 재촉하자 그는 잠깐 앉았다 가자며 벤치를 가리켰다.

그는 쿵푸를 배웠다며 시범을 보여 달라는 요구에 발차기를 하는데 보통 실력이 아니었다. 알통을 만져 보라기에 손을 갔다 댔는데 온몸이 근육질이었다. 그런데 사진을 찍겠다고 하자 자꾸 거절했다. 갑자기 불안지수가 높아졌고 머릿속에서 경고등이 켜졌다. 그만 가겠다고 일어나자 손을 잡으며 만류했다. 집에 컴퓨터가 있는데 사용방법을 모르니 가르쳐 달라는 거였다. 내일 만나자며 손을 뿌리치자 담배 한 대 피울 동안만 같이 있어 달라고 사정했다. 고집을 피워 봐야 제압당할 것 같아 다시 자리에 앉았다. 물론 눈으로는 도망갈 길을 엿보며…. 그때까지만 해도 동네 깡패거나 강도인 줄 알았기 때문에 호주머니 속 지갑에 온 신경을 쓰고 있었다.

위, 사막에 질린 다음이라 물레방아 도는 소리만 들어도 가슴이 시원해졌다.

아래, 중동에서는 남자끼리 팔짱을 끼고 다니는 일이 흔하다.

211

그는 계속해서 '펩콥', '푼독' 이라고 중얼거렸지만 불안에 떠는 귓속에 그 말이 들어올 리 없었다. 담뱃재를 비벼 끈 청년은 갑자기 손을 자기 입술에 갔다 댔다가, 내 입술에 가져다 댔다. 그 순간 청년이 뭘 말하는지 알았고 곧장 자리에서 뛰쳐나왔다. 그는 한 손으로 팔을 잡으며 다른 손으로 사타구니를 더듬었다. 순식간에 벌어진 일이었다.

"뭐하는 거야, 이 새끼야!"

소리를 지르자 잽싸게 몇 걸음 물러서더니 주위를 살폈다. 엎질러진 물이었다.

"너 이 새끼, 잡히면 죽여 버린다!"

멀리서 날아오는 시선이 느껴지자 그는 마치 족제비처럼 공원을 가로질러 도망갔다. 정신을 차린 후 경찰에 신고할 요량으로―시리아에선 동성애가 불법이다―공원을 서성였지만 그는 이미 멀리 도망쳤는지 보이지 않았다. '펩콥' 이 '좋아한다', '푼독' 이 '호텔' 이라는 뜻을 알게 된 건 그 다음이었다.

아라파트의 죽음

홈스의 버스정류장에서 미니버스에 올랐다. 크락데쉐발리에에 가는 길이었다. 십자군의 전설이 살아 있는 이 성은 팔미라와 더불어 시리아를 여행하는 이들이 빠뜨리지 않는 명소다.

다마스쿠스에서 바로 온 터라 큰 배낭과 작은 배낭을 모두 들고 버스에 오르니 운전사가 두 명분의 요금을 요구했다. 어림없는 소리 말라며 무릎 위에 가방 두 개를 올렸다. 이 모습을 안타깝게 쳐다보던 뒷자리의 청년이 말을 걸었다.

"금방 피곤해질 텐데, 괜찮겠어?"

이미 환전문제로 지칠 대로 지친 터라 즉각 응수했다.

"벌써 피곤하니까, 더 피곤해지진 않을 거야."

옆자리와 뒷자리에 타고 있는 네 명의 청년들은 라마단 휴가를 맞아 집으로 돌아가는 길이라고 했다. 이름은 하나스, 무함마드, 제샤리, 그리고 또 다른 무함마드였다. 주로 대화를 나눈 건 무함마드와 하나스라는 두 청년이었다. 무함마드는 열여덟 살이고 알레포에 있는 대학에서 약학을 전공한다고 했다. 하나스는 무함마드의 형이었는데 홈스의 슈퍼마켓에서 일하는 스무 살 청년이었다.

무함마드가 충격적인 소식을 전해줬다. 뇌사상태에 빠져 있던 아라파트가 오늘 결국 숨을 거뒀다는 것이었다. 안도감과 안타까움이 교차했다. 안도감은 그가 죽기 전에 이스라엘을 빠져나온 것에 대한 것이고, 동시에 팔레스타인의 독립을 위해 평생을 바친 노전사의 죽음에 대한 애도의 감정이 들지 않을 수 없었다.

테러리스트에서 노벨상 수상까지 변화무쌍한 삶을 살았던 아라파트는 팔레스타인의 정신적인 지주였다. 서방 언론들은 신출귀몰하며 PLO를 지휘하던 그에게 '아홉 개의 목숨을 가진 고양이', '사막의 불사조'라는 별명을 붙였다. 하지만 그도 결국 죽음을 비켜갈 순 없었다. 협상과 투쟁을 통해 일정부분 팔레스타인의 자치를 얻어낸 그는 이스라엘과 미국에게는 테러리스트일지 몰라도 팔레스타인들에게는 '팔레스타인의 아버지'였다. 그런 그가 죽은 이상 중동에 큰 변화가 일어날 것은 명확했다.

승합차에 탄 이들은 무함마드의 제안으로 아라파트를 추모하는 묵상의 시간을 가졌다. 묵상이 끝나자 아라파트의 죽음에 대한 의문이 이어졌다.

"분명히 유태인들이 독살한 거야!"

하나스의 말이었다. 다른 이들도 동의했다. 나중에 알게 된 것이지만 아라파트의 독살설을 믿는 아랍인들은 예상외로 많았다.

무함마드는 아라파트의 죽음을 부시의 당선과 연관시켰다.

"여기에는 부시의 음모가 숨어 있을 거야. 이스라엘은 미국의 개라서 시키는 대로 다 하니까 유감스럽게도 부시가 대통령이 됐지만, 그는 유태인이야. 아니 정확하게 말하면 그의 할아버지가 유태인이지."

그가 확신에 찬 목소리로 말했다. 그들에겐 '유대인'이라는 말이 악의

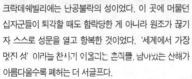

크락데쉐빌리에는 난공불락의 성이었다. 이 곳에 머물던
십자군들이 퇴각할 때도 함락당한 게 아니라 원조가 끊기
자 스스로 성문을 열고 항복한 것이었다. '세계에서 가장
멋진 성' 이라는 찬사기 이울리는 흔적를. 남아있는 산해가
아름다울수록 폐허는 더 서글프다.

대멍시인 듯했다.

"그래서 어쨌다구?"

일부러 떠보자, 형제는 사뭇 흥분해서 떠들기 시작했다.

"부시는 샤론(이스라엘 총리)을 도와 팔레스타인들을 죽이지. 이것만 봐도 그가 유태인이라는 걸 알 수 있어. 그들은 팔레스타인들을 죽이고 땅과 집을 빼앗았어. 게다가 이제는 아라파트까지!"

하나스는 이어 빈 라덴을 위해 기도했다.

"그는 가난한 이들을 돕고 종교적인 가르침에 따라 무슬림들을 강하게 만들었어. 물론 9·11테러가 잘못한 일이긴 하지만 그는 아직 우리의 영웅이야. 아라파트가 못다 이룬 꿈을 빈 라덴이 이룰 거야."

얼마간 더 악담을 퍼붓더니 잠잠해졌다. 이들의 증오가 살아 있는 한 중동의 평화가 언제 도래할 지는 아무도 알 수 없는 일이리라. 흥분이 가셨는지 형제는 한국에 대해 이것저것 물어봤다. 월급은 어느 정도인지, 물가는 어느 정도인지, 비행기표는 얼마인지.

한국의 월급 수준을 말하자 하나스가 한숨을 쉬었다. 슈퍼마켓에서 한 달 일하고 받는 돈은 만 2천 파운드(약 27만원) 정도라고 했다. 그 정도가 보통이고 한 달에 3백 달러(34만원)를 받으면 아주 좋은 직업이란다.

"그렇다고 물가가 싼 것도 아니잖아!"

하나스의 푸념이었다. 하지만 사실 시리아의 물가는 중동에서 이집트 다음으로 싼 편이었다. 한국의 물가에 대해 듣더니 다시 한숨을 쉬는 하나스였다. 대학 1년 등록금이 650파운드(약 15,000원)라는 무함마드도 한국의 평균 등록금을 얘기해 주자 질려 했다.

버스가 아르메니아인지구를 통과하자 청년들은 휘파람을 불어 댔다. 히잡을 두르지 않은 비교적 자유로운 복장의 크리스천 여학생들 모습에 흥분한 모양이었다. 그러면서도 둘 다 여자친구는 있다고 했다.

"그런데 약혼하기 전에는 여자친구가 있다는 걸 밝힐 수 없어. 결혼은 스물일곱, 여덟에 하는 게 보통이라 아직 시간이 한참 더 필요하거든."

형제는 멋쩍게 웃음을 지었다. 슬픔과 반가움, 웃음과 애도가 교차하는

가운데 승합차는 기운차게 달렸다. 어디일
지 모르는 우리의 미래로.

다마스쿠스 구시가 헤매기

다마스쿠스는 역사와 더불어 탄생하고
발전해 온 도시다. 이러한 역사의 무게는
다마스쿠스에 발걸음을 들여놓은 관광객
을 매료시키는 힘이다. 다마스쿠스의 기
원은 기원전 5천 년으로 거슬러 올라간다
고 한다. 그것이 사실이라면 인간이 계속
해서 거주해 온 도시 중 가장 오랜 역사를
가지고 있는 셈이다.

역사시대에 들어선 다음에는 페르시아,
알렉산더, 로마의 식민지로 핵심적인 역
할을 했고, 이슬람 세력에 정복당한 후엔

다마스쿠스의 재래시장 '수크'가 시작되는 곳,
저녁이 되면 많은 이들로 붐빈다.

우마이야왕조의 수도가 되기도 했다. 이처럼 다마스쿠스는 역사의 매 순
간마다 중요한 역할을 해 왔으며 이러한 역할들은 이 도시를 예루살렘,
바그다드, 카이로 등과 함께 중동에서 가장 유명한 도시로 만들었다.

숙소들이 밀집된 신시가에서 길을 가로질러 '순교자의 광장'을 지나면
구시가의 서북편 성벽이 나온다. 2천여 년 동안 증축을 거듭해 온 성벽은
그 자체로 오랜 역사이며 중요한 유적이다. 성벽의 서북쪽 모서리는 성에
접해 있고 그 앞에는 살라딘의 동상이 방문객들을 맞는다. 살라딘의 동상
이 여기 있는 것은 그의 시신이 구시가에 안치돼 있기 때문이다. 그의 형
형한 눈빛을 피해 몇 걸음 내려가면 구시기로 통하는 입구가 오는데, 다마
스쿠스 구시가 헤매기는 여기서부터 시작된다.

천장이 아치형을 그리는 재래시장에 들어서면 거리 양편에서 호객행위

우마이야모스크 앞 광장. 우마이야모스크는 구시가의 중심에 있으므로 길을 잃으면 일단 모스크를 찾은 다음 길을 찾는
게 편하다.

를 하는 장사치들의 목소리가 귀에 들어온다. 어차피 뻔한 내용일 텐데 중
세적 분위기 때문인지 예사롭게 들리지 않는다. 그렇다고 한눈을 팔았다
간 꼼짝없이 지갑을 열게 될 수도 있다. 파는 물건은 달라졌지만 천 년 전,
세계를 주름잡았던 아랍인들의 상술은 그대로이기 때문이다. 더욱이 이
런 분위기에서라면 더 말할 나위가 없다.

중앙통로는 언제나 관광객들과 쇼핑을 나온 시민들, 모스크를 찾아온
신자들로 붐빈다. 이들은 수백 년 동안 수크에 생명력을 불어넣어 왔다.
햇빛조차 들어오지 않은 수크가 기적처럼 지금까지 이어져 내려온 것도
이들의 덕이다. 목에 가판대를 걸고 인파를 헤집으며 물건을 파는 소년들
의 얼굴에서도 역사와 전통은 살아 숨쉰다.

중앙통로는 수십 개의 골목과 수백, 수천의 상점으로 이어지고, 그 수십
개의 골목은 다시 서로 합종연횡하며 거대한 미로를 형성한다. 재래시장
의 골목에 잘못 들어섰다가는 길을 잃고 헤매는 꼴이 되기 십상이다. 일주

이슬람의 천국을 묘사하고 있는 황금 모자이크. 우마이야 모스크는 사도 요한의 머리가 발견된 장소로도 유명하다.

일 동안 머물면서 몇 번인가 헤맨 적이 있었는데, 그럴 때마다 샤와르마 샌드위치를 만드는 요리사, 장난감 상점, 성물가게 등 일반적인 풍경들 사이로 정신없이 발걸음을 내딛어야 했다. 그러다 길을 찾는 걸 포기할 무렵이 되면 갑자기 마술처럼 앞에 익숙한 길이 나타나곤 했다.

길을 잃고 싶지 않다면 중앙통로만 곧장 따라가면 되는데 벌써 지친다면 중간쯤에 있는 아이스크림가게에 들러 아이스크림을 먹어 볼 것을 권한다. 항상 사람들이 줄을 서 있기 때문에 위치는 쉽게 찾을 수 있다. 파스타치오를 얹은 전통 아이스크림은 하루를 행복하게 해 줄 수 있을 정도로 환상적이다. 거리에서 만났던 어느 레바논인은 이 아이스크림을 먹기 위해 시리아에 왔다고 말할 정도다.

중앙통로의 끝에는 우마이야모스크가 관광객들을 맞는다. 우마이야왕조가 도읍을 다마스쿠스로 옮기고 나서 만든 초기 모스크다. 모스크의 외벽은 황금 모자이크로 장식돼 있다. 1300여 년의 세월을 무색히게 하며 여전히 반짝거리는 모자이크는 역사 속으로 사라져 버린 우마이야왕조의 영화를 대변하고 있다. 모스크는 입장권을 사고 적절한 복장을 갖추면 누

성 바울교회. 바울이 바구니를 타고 성을 탈출하는 장면이 판화와 그림으로 묘사돼 있다.

구에게나 개방되며 사진도 찍을 수 있다. 언제나 사람이 붐비므로 경건한 분위기는 기대하지 않는 편이 좋다. 우마이야모스크의 정문 옆에는 살라딘의 무덤이 있고, 북쪽으로 서너 블록 가면 후세인의 막내 손녀 로콰이야의 사당이 있다.

모스크 뒤편에는 중세 분위기의 찻집들이 늘어서 있다. 숨을 돌리기에 이만한 곳도 없다. 저녁시간을 제외하면 시끄럽지도, 붐비지도 않는다. 여행자들은 여기서 홍차를 마시거나 물담배를 피우며 사라진 제국들의 흔적을 되짚는다. 계속해서 동쪽으로 길을 재촉하다 어느 순간 발코니에서 십자가를 발견하면 거기서부터 크리스천 구역이라고 보면 된다. 기독교지구와 무슬림지구의 분위기는 사뭇 다르다. 기독교지구에서 발견할 수 있는 한결 여유 있는 이들의 표정과 건물은 유럽의 한 고도시에 온 것 같은 착각을 불러온다. 미로 같은 구조는 그대로지만 중간 중간에 교회를 알리는 십자가가 눈에 두드러진다.

크리스천지구를 지나가다가 음악 소리를 듣고 들어간 교회에서는 마침 결혼식이 한참이었다. 양복을 차려입은 하객들 사이에서 턱시도와 웨딩 드레스를 갖춰 입은 신랑, 신부는 성직자의 축사를 듣고 키스를 나눴다. 교회 안에서 히잡을 쓴 이는 아무도 없었다.

성벽의 동북쪽 모서리에서 남쪽으로 방향을 돌리고 10여 분 걸으면 유태인지구가 시작된다. 유태인지구는 크리스천지구보다 더 조용하고 폐쇄적이다. 상점가에도 인적이 드물고 거리에서도 사람을 찾아보기 힘들다. 가볍게 내려앉은 침묵을 휘저으며 걷다 보면 재래시장의 흥겨움 속에서 느끼지 못했던 구도시의 고즈넉함을 즐기게 된다. 문제라면 길을 잃어도 물어볼 사람이 없다는 것이지만 시간이 넉넉하다면 그다지 걱정할 필요가 없다. 시리아는 중동에서도 가장 안전한 곳 중 하나이며 잃어버린 길은 언젠가 나타나기 마련이다.

예상치 못한 곳에 위치한 유서 깊은 교회들은 지친 발걸음을 쉬기에 그만이다. 성경에 나오는 아나니아의 집이 있었던 곳에 세워진 아나니아교회와 바울이 바구니를 타고 탈출한 곳에 세워진 성 바울교회는 이야기의 진실성은 논외로 하더라도 찾아가 볼 가치가 있다. 특히 성 바울교회에는 실물 크기의 바구니가 전시되어 있으며 방명록에는 한국 순례자들이 다녀간 흔적도 찾아볼 수 있다.

유태인지구까지 돌아봤다면 이제 돌아올 시간이다. 돌아오기 위해서 처음 찾아야 할 것은 로마식 아치다. 로마식 아치는 유태인지구, 크리스천지구, 무슬림지구가 만나는 곳에 위치해 있다. 아치를 찾았다면 이를 뒤로 하고 곧게 뻗은 길을 따라 서쪽으로 직진하면 처음과는 또 다른 재래시장을 만나게 된다. 분위기가 한결 차분한 편이라 천천히 걷다 보면 현지인들에게 초대를 받을 수도 있고 차를 대접받을 수도 있다. 그런 운이 없다면 길의 끝 무렵에 나오는 작은 광장에서 차를 마시면서 하루의 노고를 스스로 치하하는 것도 좋다.

차를 끝까지 마시고 힘이 남았다면 다시 처음의

재래시장으로 돌아가 아이스크림을 먹으면서 뒷골목을 탐색하거나 유적들을 돌아볼 수도 있고, 아니라면 터키식 목욕탕인 하맘에서 휴식을 취할 수도 있다. 숙소로 돌아가서 여행자들에게 오늘의 경험을 자랑해도 좋다. 누가 뭐라 해도 다마쿠스의 구도시에서 길을 잃어버리는 것만큼 안전하고 낭만적인 모험은 찾기 힘들 테니까.

압둘 하림의 이야기

다마쿠스에서 보낸 마지막 날은 말 그대로 할 일이 없었다. 화요일이라 박물관도 궁전도 문을 닫았고, 휴일이라 다마쿠스대학도 문이 잠겨 있었다. 거리를 돌아다니는데 과자를 파는 어린아이들이 눈에 들어왔다. 형제인 듯한 두 아이들은 카메라 앞에서 재롱을 떨었다. 사진을 찍는데 누가 점잖은 목소리로 말을 걸었다.

이름은 압델 하림, 서른여덟의 알제리인이었다. 같은 이방인 처지라 반가워서 자리를 권했다. 세련된 정장 차림이었으나 얼굴에 새겨진 주름을 보니 그의 인생도 그리 쉽지만은 않았던 모양이었다.

자신을 요리사라고 소개한 하림은 아랍음식을 전문적으로 만든다고 했다. 그런데 작년 상사와 문제가 있어 호텔을 그만두고 다마쿠스 근처에 있는 식당으로 옮겼단다. 하지만 보수가 너무 적은 게 또 문제라 지금은 다른 일자리를 알아보는 중이라고 했다. 시리아에서 살기가 쉽지 않다고 중얼거리는 그의 표정이 피곤해 보였다. 결혼은 했냐고 묻자 표정이 더 굳어졌다.

"사실 몇 년 전에 시리아 여성과 결혼을 했었어. 하지만 서로 잘 맞지 않아. 결국 얼마 전에 이혼을 했지. 어쩌면 내게 문제가 있었는지도 몰라. 아니면 그냥 서로 맞지 않았는지도 모르고."

이슬람에서 원칙적으로 이혼은 허용되지 않지만 정말 견딜 수 없다면 합의에 의해 헤어질 수 있다는 말을 덧붙였다. 왜 알제리를 떠났냐고 묻자 천천히 단어를 고르며 저간의 사정을 털어놓았다.

"알제리에 여자친구가 있었어. 그런데 집안끼리 문제가 있었거든. 우리 집안은 그녀를 좋아하지 않았고, 그녀 집안은 나를 좋아하지 않았어. 결국 그녀는 다른 남자와 결혼을 할 수밖에 없었지. 그러고 나니 알제리가 싫어졌어. 그래서 10년 전 알제리를 떠났지."

말을 아끼는 눈치였지만 영어가 서툰 탓이려니 했다.

그는 화제를 돌리며 내게 모스크를 보여 주고 싶다고 했다. 이미 한 번본 적이 있었지만 설명을 해 주겠다는 말에 한 번 더 보는 것도 나쁘지 않을 것 같았다. 우리는 모스크에 들어가 적당한 곳에 자리를 잡았다.

수니파와 시아파의 차이를 설명해 달라는 말에 그는 신이 난 표정이었다. 이슬람에 대해 이야기할 때만큼 즐거운 순간이 없다는 거였다.

"시아파들은 예언자 무함마드의 사위인 알리를 믿어. 그들은 알라에게 기도하는 것처럼 알리에게도 기도하지. 하지만 생각해 봐. 알리는 신이 아니잖아? 예언자 무함마드는 누군가 마지막 날에 구원을 원한다면 세 가지 방법밖에 없다고 했어. 다른 이들이 그를 위해 기도하는 것이 그 첫 번째고, 두 번째는 그의 아들이 좋은 무슬림이 된 후 그의 아버지의 구원을 위해 기도하는 것이지. 마지막 방법은 자선을 베푸는 행동이야. 병자가 돈이 없다면 그에게 돈을 주고, 옷이 없다면 옷을 벗어 주는 거야. 예언자는 '어려운 처지에 빠진 이가 누구든 그를 도우라'고 했어. 그가 불교도건 유태인이건 말이야."

그 밖에도 소소한 차이점들이 있다고 했다. 기도를 할 때 손의 위치가 무릎에 있으면 시아파고 팔짱을 끼면 수니파라는 것이었다. 하지만 종파마다도 다르기 때문에 그것만 가지고는 확신할 수 없다고 했다. 예언자를 기리기 위해 만든 방을 돌면서 모든 모스크의 창살에 손을 대면 시아파, 오직 메카의 창살에만 손을 대면 수니파라는 구별법도 있었다.

우리는 모스크를 나와 잠시 거리를 걸었다. 다마스쿠스의 재래시장은 언제나처럼 혼잡했다. 하림은 내가 꾸란을 믿고 있는지 알고 싶어 했다. 마음으로 받아들이고 있는 건 아니라고 말하자 그의 표정이 잠시 복잡해졌다. 그는 단어를 고르며 천천히 말했다.

"난 네가 지금 당장 무슬림이 되길 원하진 않아. 무슬림은 남의 도움이나 충고로 되는 게 아냐. 지금 많은 이들이 잘못 알고 있는 것처럼 부모가 무슬림이라고 자녀들이 자동으로 무슬림이 되는 것도 아냐. 이슬람은 스스로의 탐색에 의해서 발견되는 거야. 이슬람과 기독교, 다른 종교들을 연구하다 보면 언젠가는 참 길이 보일 거야."

갈림길에 이르자 우리는 악수를 나누고 헤어졌고, 그는 호텔 전화번호를 물어봤다. 그는 일곱시에 전화하겠다고 했지만, 정말 전화하리라곤 생각하지 않았기 때문에 그리 진지하게 받아들이지 않았다. 마침 호텔에 돌아오니 이집트에서 만났던 한국인 여행자가 기다리고 있었다. 같이 이야기를 나누다가 저녁을 먹고 돌아오니 일곱시 반이었다. 호텔 직원이 아무 말 없길래 그러면 그렇지 싶었다.

여덟시가 되자 전화벨이 울렸고 호텔 직원이 손짓했다. 하림은 수화기 너머로 한 시간 전에도 전화를 했었다고 했다.

"지금 내 호텔로 초대하고 싶은데 괜찮겠어?"

호텔 앞에 도착하자 그가 멀리서부터 천천히 손을 치켜올리며 재회를 환영했다. 말이 호텔이지 한국의 여관 정도밖에 안 되어 보였다. 물론 나 역시 사정은 마찬가지였지만. 그는 조금은 우울하게 자신의 경제적 상황에 대해 털어놓았다.

"사실 지금 내 형편은 아주 심각해. 일을 그만둔 지 두 달이나 됐거든. 친구에게도 빚이 있어서 하루빨리 일자리를 구하지 않으면 안 되는 상황이야."

그는 포시즌스호텔 옆에 있는 공원으로 날 안내했다. 언제 다마스쿠스에 다시 올지 모르는 날 위한 환송회라는 것이었다. 그리고 어디론가 사라지더니 과자와 음료수를 사왔다. 돈을 주겠다고 했더니 펄쩍 뛰었다.

"난 괜찮아. 꾸란에 '네가 올바로 산다면 나머지는 걱정할 필요가 없다. 신이 너를 위해 모든 것을 마련해 줄 것이다.' 라고 씌어 있거든."

눈을 감고 꾸란의 한 구절을 읊는 그의 표정이 더없이 근사했다.

그는 한국에 대해 이것저것 알고 싶어 했다. 기회가 된다면 한국에 가서 일을 하고 싶다는 것이었다. 생각처럼 쉽지 않을 거라고 말하자 약간 실망하는 눈치였다. 알제리엔 돌아가지 않을 거냐고 묻자 그의 표정이 다시 흐려졌다. 담배 한 대 피울 정도의 시간이 흐른 뒤에 그는 조용히 말을 꺼냈다.

　"예전에 죽고 싶었던 적이 있었어. 그녀와 헤어지고 난 다음이었어. 며칠 밤을 새면서 울다가 그만 죽기로 결심했지. 그런데 결심을 하자마자 예언자 무함마드가 생각났어. 그는 자살을 한 자는 저승에서까지 그 자살을 영원히 반복하는 벌을 받는다고 말했거든. 그 말을 떠올리니 도저히 죽을 수가 없더라."

　그래서 다시 살기로 결심했다는 것이었다. 문제는 가족들의 뜻에 따라 다른 남자와 결혼한 전 여자친구였다.

　"내가 그녀를 사랑했던 것만큼, 아니 그 이상 그녀는 날 좋아했어. 나중에 들은 얘기지만 결혼 후에 그녀는 몇 번이나 자살을 시도했어. 그리고 아이를 임신하자 유산을 하려고 별별 짓을 다 했다고 하더라."

　결국 그녀는 정신병원에 입원해 치료를 받게 되었고, 어느날 그녀의 오빠들이 그의 집을 찾아와 만약 그가 알제리를 떠나지 않는다면 어떤 벌을 받는 한이 있어도 그를 죽이고 말겠다고 비장하게 말했다. 그게 지금으로선 유일한 해결책이라고. 그 말을 듣자마자 그는 짐을 싸서 떠나왔다는 것이다.

　"사실 10년 동안 딱 한 번 알제리에 돌아간 적이 있어. 가 보니 많이 변했더라. 알라의 뜻에 따라 사고로 죽은 이들도 있고, 돈을 많이 번 이들도 있어. 하지만 이상하게 정이 안 가더라. 물론 언젠가는 돌아갈 수도 있겠지. 지금도 가족들이 많이 보고 싶어. 하지만 아직 때가 아닌 것 같아."

　그는 말을 이었다.

　"내가 왜 너한테 말을 걸었는지 궁금하지? 사실 동양인만 보면 네선 여자친구를 보는 것 같아서 왠지 반갑고 말을 걸고 싶어져. 그녀는 베트남계 출신이었거든. 눈이 옆으로 길게 찢어진 모습이 귀엽고 좋았지."

그는 한숨을 쉬며 말했다. 이것도 알라의 뜻이라고. 만약 둘이 결혼을 했다면 더 나쁜 결과를 낳았을지도 모르는 일이라고.

헤어지기 전에 그는 내 양 볼에 키스를 했다. 그리고 귀에 속삭였다. 언젠가 참 길을 찾기 바란다고. 나 역시 화답했다. 언젠가 마음의 평화를 얻고 고향으로 돌아갈 수 있었으면 한다고. 두 이방인은 조금 쓸쓸하게 미소를 주고받았고, 가볍게 발길을 돌렸다. 길을 재촉하다 문득 생각이 나 고개를 돌렸더니, 그가 이쪽을 바라보고 있었다. 마치 고향을 그리워하는 것처럼.

모스크에 대한 모든 것

이슬람사원을 아랍어로 '마스자드'라고 부르고 영어로는 '모스크'라고 부른다. 모스크는 이슬람 신자가 있는 곳이라면 어디서든 발견할 수 있는 건축으로 이슬람 신앙에서 빠뜨릴 수 없는 중요한 역할을 한다.

모스크는 기본적으로 이슬람 예식을 올리기 위한 곳이다. 평일에 이뤄지는 하루 다섯 번의 기도는 모스크에 오지 않고 편한 장소에서도 할 수 있다. 하지만 금요일에는 꼭 모스크에 와서 기도를 올려야 한다. 금요예배는 신자들에게 무슬림으로서의 소속감을 확인할 수 있는 기회를 부여한다. 종교적인 교육도 모스크에서 행해진다. 그뿐 아니다. 모스크는 주민들이 모여서 친교를 맺는 사교의 장이기도 하다.

모스크에서 빠지지 않는 요소들이 있는데, 미나레트(첨탑)와 미흐라브(벽감), 민바르(설교단), 그리고 몸을 씻을 수 있는 수도시설이다.

미나레트는 무에진(기도시간을 알리는 사람)이 올라가 하루 다섯 번 기도시간을 알리던 첨탑이고, 모스크 앞에 세워져 있으며 갯수는 두 개에서 일곱 개까지다. 불교나 기독교에서는 종을 쳐서 기도시간을 알렸지만 무슬림들은 첨탑에 올라가 소리를 질렀다.

"알라는 지극히 크시도다. 우리는 알라 외에 다른 신이 없음을 맹세하

다마스쿠스 우마이야모스크의 미흐라브 앞에서 기도하는 청년들.

노라. 예배하러 오너라. 구제하러 오너라. 알라는 지극히 크도다. 알라 외에 다른 신은 없느니라."

지금은 직접 올라가지 않고 스피커로 대신하는 곳이 대부분이다.

모스크 내부에는 메카 방향으로 미흐라브가 파져 있다. 메카를 향해 기도를 올려야 하기 때문이다. 미흐라브는 복잡한 아라베스크 문양으로 된 것부터 아무 장식 없이 우직하게 파진 것까지 다양하지만 어떤 형태로든 미흐라브가 없으면 모스크라고 부를 수 없다. 이슬람 전사들이 점령지의 교회를 모스크로 바꿀 때 가장 먼저 한 일도 미흐라브를 파는 일이었다.

민바르는 금요예배를 할 때 이맘이 올라가 설교하는 단이다. 계단형식으로 돼 있으며 보통 미흐라브 옆에 위치한다. 여기서 주의할 점은 이맘이 기독교에서의 신부, 목사와 다르다는 사실이다. 무슬림이라면 누구나 이맘이 될 수 있고 또 설교를 할 수 있다. 이슬람에서는 모든 인간이 알라 앞에서 평등하다고 가르치기 때문이다.

수도시설은 '우즈아' 라고 불리는 세정의식을 위해 필요하다. 무슬림들은 예배를 보기 전에 꼭 몸을 씻는다. 대부분 발과 팔꿈치, 얼굴 정도를 씻는데 이는 몸을 깨끗이 하고 예배에 임하라는 예언자의 가르침 때문이다.

모스크의 내부는 대체로 단순하다. 바닥에 카페트가 깔려 있고 기하학적 무늬가 새겨진 기둥과 천장이 지붕을 받치고 있다. 물론 양식에 따라 다른 특징들도 첨가된다. 이란식 모스크는 화려한 돔 천장으로, 터키식 모스크는 몇 개씩 겹쳐진 돔과 스테인드글라스로 유명하다.

조각이나 동상은 찾아볼 수 없다. 특정한 인물이나 사물을 묘사하는 벽화도 마찬가지다. 이는 형상을 가진 것을 숭배하지 않는다는 이슬람의 가르침과 일치한다. 대신 창살 속에 꾸란이 모셔져 있는 경우가 많다. 꾸란이야말로 무슬림들의 유일하고 영원한 신앙의 원천이기 때문이다.

모스크의 원형은 메디나에 있던 예언자 무함마드의 가옥이다. 하지만 이후 터키식 모스크, 이란식 모스크, 아랍식 모스크 등 각 지역마다 특색을 가지고 발전했다.

이스탄불은 '1천 개의 미나레트를 가진 도시'라는 별칭을 가지고 있다. 모스크 하나당 적게는 두 개에서 많게는 여섯 개까지의 미나레트를 가지고 있으니 줄잡아 수백 개의 모스크가 있다는 뜻이다.

실제로 이스탄불 시내 어디서도 모스크의 돔과 첨탑을 쉽게 볼 수 있었다. 푸른색 타일과 스테인드글라스로 환상적인 분위기를 연출하는 블루모스크, 천재 건축가 시난의 걸작인 술레이마니예 등은 잘 알려진 걸작들이다.

터키식 모스크의 특징은 비잔틴양식의 거대한 돔이다. 오스만 제국이 이스탄불을 함락시켰을 때 이들은 아야소피아의 거대한 돔에서 감명을 받았다. 돔을 세움으로써 내부 기둥 없이도 모스크를 세울 수 있고 공간을 최대한으로 활용할 수 있다는 사실을 알게 된 것이다. 투르크인들은 이를 자신들의 건축양식과 접목시켜 터키형 모스크를 만들어 냈다.

터키형 모스크는 중앙돔과 이에 덧붙여진 작은 돔을 활용해 최대한의 내부공간을 확보하는 데 성공했다. 이 양식을 완성한 이가 오스만 제국의 대표적인 건축가 시난이다. 그는 생전 130여 개의 모스크를 만들었고 그가 완성한 양식은 전형으로 후세 건축가들에게 계승됐다.

이란식 모스크는 '에이반'이라고 불리는 거대한 입구와 화려한 문양의 돔으로 명성이 높다. 정문을 대신하는 에이반의 양측에는 미나레트가 세워져 있다. 벌집형 천장을 지나 들어오면 안뜰에 넓은 광장이 나오고 이 광장을 둘러싼 사방에 다시 에이반이 있다. 이는 이란의 가옥구조에서 유래한 것으로 보이는 독특한 요소다.

이란형 모스크의 꽃봉오리식 돔은 그 아름다운 형태와 색으로 정평이 나 있다. 이를 대표하는 걸작이 에스파한에 있는 이맘모스크다. 복잡한

이란에서 가장 아름다운 모스크로 꼽히는 에스파한 이맘 모스크의 에이반(좌). 쉬라즈의 작은 모스크, 꽃봉오리 형 돔이 두드러진다(우).

카이로의 알 하킴 모스크, 정방형의 아치가 안뜰을 둘러싸고 있는 전형적인 아랍식 모스크다.

아라베스크 문양을 이루고 있는 푸른색과 황색 타일은 보는 이의 혼을 빼놓을 정도로 아름답다. 그 밖에도 다양한 형태의 모스크가 존재한다. 아랍식 모스크는 가장 기본적인 형태의 모스크로 이집트, 요르단 등지에서 볼 수 있다. 파키스탄과 인도에 남아 있는 무굴형 모스크는 붉은 사암과 대리석의 조화가 인상적이다.

또 지역과 장소에 따라 모스크의 역할도 조금씩 차이가 난다. 시리아의 우마이야모스크는 중앙시장 한가운데서 시민들의 사랑방 역할을 담당하고 있었다. 기도시간만 아니라면 아이들이 뛰어다니면서 장난을 쳐도 제지하는 이들이 없을 정도였다. 반면 이란의 모스크는 기도시간에는 발 디딜 틈이 없지만 평소에는 찾는 이들이 많지 않다.

모스크를 방문할 때는 몇 가지 유의할 점이 있다. 먼저 모든 모스크들이 비무슬림에게 개방되는 것은 아니라는 사실이다. 입장이 가능한지 여부를 확인하지 않으면 입구에서 쫓겨나는 일이 생긴다. 또 머리를 가리지 않은 여성은 극소수의 예외를 제외하곤 모두 입장이 허용되지 않는다. 사진은 찍어도 되는지, 여성은 어디에 앉아야 하는지 역시 모스크마다 다른 기준을 가지고 있기에 들어가기에 앞서 미리 확인하는 편이 좋다.

하지만 이슬람세계에서 모스크를 방문하는 것은 놓칠 수 없는 특별한 경험이다. 모스크야말로 이슬람 교리와 무슬림들의 신심이 반영된 문화의 총체이기 때문이다. 그 안에서 무슬림들이 기도를 올리는 모습을 보면 종교가 이들에게 어떤 의미를 갖는지 다시 한 번 생각하게 된다. 그것은 세속화된 터키에서도, 종교적인 이란에서도 마찬가지다.

4. 터키와 이란, 제국의 흔적

역사상 단 한 명의 사단장의 노력으로 전투의 흐름뿐
아니라 전쟁의 결과, 심지어는 한 국가의 운명까지도
이렇게 완전히 바뀐 사례는 매우 드물다.
— 한 영국 기자, 갈리폴리 해전에서 케말의
승리를 가리켜

터키
아타튀르크와 터키의 세속화 원칙

"우리는 세속적인 무슬림입니다."

터키에서 만난 무슬림들이 가장 많이 했던 말이다.

'세속성'과 '이슬람', 언뜻 이해할 수 없는 조합이다. 터키인들은 이 두
단어를 어떻게 융화시키고 있을까? 그들의 세속화는 진정한 신앙일까, 타
락일까?

터키는 중동에서 가장 이질적인 존재다. 마지막으로 이슬람세계를 지
배했던 오스만 제국의 후예면서도 엄격한 세속화 원칙을 고수하고 있기
때문이다. 대도시에서는 이슬람 분위기를 '전혀'라고 해도 좋을 만큼 찾
아볼 수 없었다. 인구의 99%가 무슬림으로 다른 어느 국가보다 무슬림 비
율이 높다는 사실 역시 믿기 어려울 정도였다.

특히 이스탄불은 여느 유럽도시와 다를 바 없었고, 모스크를 제외하면
건물도 대부분 유럽풍이었다. 여성들은 스카프 대신 염색한 머리에 미니

스커트를 입고 거리를 활보했다. 머리를 가린 여성은 거의 눈에 띄지 않았다. 법률상 공공장소에서 히잡을 착용하지 못하도록 돼 있기 때문이다.

무슬림국가에서 히잡을 금지하는 규정만 봐도 터키의 세속화 정도를 짐작할 수 있다. 히잡을 금지하는 법이 제정될 때 일부 무슬림들이 격렬하게 저항했으며, 일부 보수적인 여대생들은 히잡 위에 가발을 쓰고 수업을 듣기까지 했다. 물론 지금 그런 이들은 거의 없다.

슈퍼마켓에서는 다양한 종류의 주류를 쉽게 구할 수 있고, 밤에는 전통주 '라키'에 취한 터키인들이 러시아 나타샤(창녀)들을 찾아 뒷골목을 헤맨다. 휴일은 예배가 있는 금요일이 아니라 일요일이었다. 이런 자유분방함은 다른 이슬람국가에선 결코 느낄 수 없던 것이었다.

세속화, 이는 종교와 정치를 엄격하게 구분하며 서구화를 추진했던 터키공화국의 원칙이었다. 그리고 이 원칙은 적어도 이스탄불에서만은 전폭적으로 수용되고 있었다. 물론 아직까지 지방 중소도시들은 상대적으로 종교적인 편이지만 그 종교성 역시 인근 중동국가들에선 상상할 수 없을 정도로 느슨하다.

터키의 개혁이 한 사람만의 힘으로 이뤄지지 않았음은 물론이다. 하지만 한 사람이 없었으면 일어나지 못했으리라는 가정도 사실에 가깝다. 아니, 이렇게 말하는 게 낫겠다. '터키'라는 국가가 그 없이는 만들어질 수 없었을 거라고. 바로 '터키의 아버지' 아타튀르크 케말을 두고 하는 말이다.

오스만 제국은 1차 대전에서 독일 측에 참전했으나 쓰라린 패배를 당했다. 이후 체결된 세브르조약에서 오스만 제국은 사실상 해체를 선고받아 대부분의 영토를 빼앗겼고 이탈리아, 프랑스, 그리스의 신탁통치를 받게 될 처지에 놓였다. 6백여 년 동안 동쪽에서 유럽을 위협했던 것에 대한 가혹한 보복이었다. 하지만 여력을 소진한 오스만정부로선 다른 선택의 여지가 없었다.

이때 전쟁 영웅 케말파샤가 독립군을 조직해 항거에 나섰다. 그는 조약

을 거부하며 군대를 이끌고 연합군을 격파했고, 결국 2년 동안의 연전연
승 끝에 그리스군이 물러나고 세브르조약을 개정한 로잔조약이 체결됐
다. 터키와 연합국 사이에 체결된 이 조약에서 터키는 지금의 영토를 확
보하는 데 성공했다.

독립전쟁이 끝난 후 케말은 터키공화국을 선포했고 초대 대통령직에
선출됐다. 의회는 공을 기려 그에게 '아타튀르크(터키의 아버지)' 라는 성(姓)
을 바쳤다.

앙카라의 중심지에 서 있는 동상. 거리의 이름도
아타튀르크로(路)다.

그는 터키가 번영하기 위해서는 모든
면에서 유럽식으로 철저하게 개혁되어야
한다고 생각했고 이를 실천에 옮겼다. 왕
정을 폐지하고 공화국을 선포했으며, 정
교분리원칙에 따라 국교조항을 삭제했
다. 이슬람 교단을 폐쇄했으며 유럽식 의
복착용을 권장했다. 여성에게 참정권을
부여했고 현대화된 교육을 제공할 수 있
는 학교를 설립했다. 아랍문자 대신 로마
자로 표기한 새로운 문자 체계를 도입한
것도 그의 결단이었다.

일각에서는 지나치게 급진적인 개혁에
비판적인 목소리를 내기도 했다. 하지만 그는 전혀 개의치 않았고 결국
근대화된 터키를 만들어 냈다.

터키인들에게 그는 아직도 잊히지 않는 영웅이다. 주요 도시에는 그의
동상이 있고 그의 이름을 딴 거리가 있다. 이스탄불 국제공항도, 국립 축
구장도 '아타튀르크' 라는 이름으로 불린다. 모든 종류의 화폐에 아타튀
르크가 새겨져 있는가 하면 뛰어난 웅변가였던 그의 명언은 거리 곳곳을
장식하고 있다. 그의 모든 것을 다루는 박물관이 있을 정도다.

아타튀르크의 또 다른 지향점은 민족주의였다. 그는 '투르크인임을 자
랑스럽게 생각하라' 는 말로 투르크인의 정체성을 부각시켰다. 종교적 결

속력과 전통적 가치를 약화시키는 동시에 민족주의를 통해 국민들을 결집시키고자 했던 것이다.

새로운 정체성을 창조하려는 그의 시도는 어느 정도 성공한 듯하다. 영토의 대부분이 아시아 쪽에 있긴 하지만 터키의 풍경은 아시아의 그것이 아니다. 기본적인 의식주는 물론이고 신문, 잡지, 방송 할 것 없이 모두 유럽식이다. 지금은 EU(유럽공동체) 가입을 논할 단계까지 와 있다.

물론 반 세기 동안 진행된 급격한 변화에 불만을 가진 이들도 많다. 특히 신앙이 깊은 무슬림들은 교리를 부정하는 터키정부의 반종교적 태도에 불만을 토로하곤 한다. 공공장소에서 히잡을 금지하는 조치가 종교의 자유를 침해한다는 논란도 일고 있다. 게다가 도시와 농촌의 격차는 이제 더 이상 한 나라라고 보기 어려울 정도에 와 있다. 쿠르드족 문제는 해묵은 논쟁거리지만 이라크에 정부가 수립된 지금 다시 문제가 되고 있다. 유럽에서도 터키를 EU의 일원으로 받아들이는 것을 두고 의견이 분분한 상황이다. 하지만 EU가 터키의 가입을 언제까지나 거부하지는 않을 것이다. 그것은 터키의 지정학적 위치 때문이다. 터키는 유럽의 관문이며 유럽, 중동, 중앙아시아, 서아시아를 잇는 교통의 요지다. 로마, 페르시아, 알렉산더, 칭기스칸, 티무르 등 수많은 정복자들이 넘본 것도 그만큼 중요한 곳이기 때문이다. 터키가 불안해지는 것과 강해지는 것은 둘 다 유럽이 원치 않는 바다.

동양과 서양, 기독교와 이슬람이 만나는 경계로서 터키의 의미는 아직 유효하다. 어떻게 보면 이런 지리적 위치가 '세속화된 이슬람' 이라는 변이를 일으켰는지도 모른다.

경계에서 일어나는 변화는 항상 두 가지 결과를 내포한다. 양쪽에서 외면받을 수도 있고 양쪽을 융화시켜 새로운 가능성을 창조해 나갈 수도 있다. 여기서 터키의 역할이 제시된다. 터키가 이질적인 문화를 성공적으로 융합할 수 있다면 그 융합은 이슬람의 현대화라는 난제를 해결할 첫걸음이 될 수 있을 것이다. 그렇지 못한다면 더 큰 규모의 '문명의 충돌' 을 야기할 뿐이겠지만.

이스탄불 배회하기

　이스탄불은 지정학적으로 세계에서 가장 중요한 곳 중 하나다. 중동, 중앙아시아, 서남아시아, 유럽을 이어주는 가교 역할을 하기 때문이다. 세계에서 유일하게 두 대륙 사이에 놓여진 도시로 기독교적인 것과 이슬람적인 것, 아시아적인 것과 유럽적인 것이 그림처럼 어우러져 있는 아름다운 곳이다.

　이스탄불은 세 부분으로 나뉜다. 먼저 도시의 중앙을 관통하는 보스포러스 해협을 경계로 유럽과 아시아가 나뉜다. 유럽 쪽은 다시 골든 혼을 기준으로 구시가와 신시가로 나뉜다. 여행자들의 숙소와 관광지는 구시가에 몰려 있고, 신시가에는 쇼핑센터와 사무실이 밀집되어 있다. 아시아 쪽 볼거리는 거의 없다. 다만 버스터미널과 기차역이 있어서 터키 내륙지방으로 여행할 때 필수적으로 들러야 한다.

　배낭여행자들은 대부분 구시가의 술탄 아흐멧 거리부터 그들의 일정을 시작한다. 술탄 아흐멧 거리에는 저렴한 숙소와 음식점, 각국의 여행자들이 모이는 단골가게들이 있다. 유럽, 아시아, 중동, 중앙아시아 등 사방팔방에서 모인 이들이 대화하고 정보를 나누며 매일 밤 파티를 연다.

　술탄 아흐멧 거리에는 이스탄불에서 가장 유명한 관광지 세 곳이 몰려 있다. 아야소피아, 블루모스크, 톱카피 궁전이 그것이다.

　'신성한 지혜의 교회'라는 이름을 가진 아야소피아는 동로마 제국 시절 유스티니아누스 황제에 의해 세워진 것으로 현존하는 가장 오래된 성당이다. 1,500년이 지나면서 색이 약간 바래긴 했지만 그 풍치만은 아직도 당당하다. 지금은 박물관으로 쓰이고 있는데, 안에는 이슬람 세력에 의해 정복된 후 모스크로 바뀌었던 내부 모습이 그대로 남아 있다. 세월이 갈수록 더해가는 매력이란 바로 아야소피아를 두고 하그는 말이나.

　술탄아흐멧모스크는 아야소피아의 남서쪽 대각선상에 위치해 있으며 아야소피아와 필적할 작품을 남기겠다는 술탄 아흐멧의 야심찬 계획에서

여섯 개의 첨탑과 푸른 타일의 조화. 석양에 비친 블루모스크는 눈을 떼지 못하게 한다.

천장에 매달린 등과 자연 채광이 내부를 아름답게 밝혀준다.

만들어졌다. '블루모스크'라는 이름으로 불리는 것은 외부의 푸른색 타일 때문인데, 석양 무렵에 환상적인 풍경을 연출하는 것으로 유명하다. 이 모스크는 여섯 개의 첨탑을 가지고 있는데 이와 관련해 카바의 대성소와 같은 개수라는 문제가 제기되자 술탄이 카바에 하나의 첨탑을 더 세웠다는 일화가 전해진다.

블루모스크와 아야소피아 사이의 광장에서 양쪽의 야경을 감상하는 것은 이스탄불에서만 누릴 수 있는 사치다. 건축양식이나 건축물의 유래를 떠나 그 자체로 신비롭고 아름다운 두 걸작은 밤을, 그리고 여행자들의 감성을 충만하게 만든다.

톱카피 궁전은 아야소피아 뒤편에 위치해 있다. 이스탄불을 점령하고 2천 년 로마 역사에 종지부를 찍은 정복자 마흐멧은 오스만 제국의 심장부를 이스탄불로 옮기고 톱카피 궁전을 지었다. 이 궁전은 그 후 수백 년간 거대한 제국의 심장부가 되어 세상에 다시없을 영화를 누렸다.

톱카피 궁전은 돌아보는 데만 하루가 꼬박 걸릴 정도로 규모가 크다. 그중 하이라이트는 보석관과 성물관이다. 보석관은 10달러를 내고 별도의 티켓을 사야 하지만 그만한 가치가 있다는 게 여행자들의 공통된 의견이다. 세계에서 세 번째로 큰 다이아몬드, 주먹만한 보석이 박힌 단검 등 한번도 외부세계에 의해 침탈당한 적이 없는 톱카피 궁전의 전설적인 부를 직접 확인할 수 있다. 성물함에서는 예언자 무함마드의 깃발, 칼, 턱수염 등을 만날 수 있다.

지하 물저장고의 메두사. 머리가 거꾸로 세워진 이유는 아직까지 밝혀지지 않았다.

톱카피 궁전에서 구시가 안쪽으로 걷다 보면 '예레바탄 사라이'라고 불리는 지하 물 저장고의 입구가 있다. 간판도 작고 입구도 숨겨져 있어서 찾기 힘들기민 가 볼 만한 가치가 있다. 19세기 스위스 고고학자에 의해 재발견되기 전까지 누구도 도시의 지하에 이런 공간이 있는지 몰랐다는 일화가 전해진다. 지하로 내려가면 붉은 조명과 기둥 사이에 채워진 물들이 이색적인 분위기를 자아내는데 이런 분위기 덕분에 007 영화의 배경으로 쓰인 적도 있다. 이 지하물 저장소는 그리스 신전에서 가져왔다고 하는 메두사의 두상이 있는 곳으로도 유명하다.

지하 물 저장소를 지나 계속 올라오면 좌측에 재래시장 '그랜드 바자르'가 있다. 거대한 지붕으로 덮인 건물 안에는 5천 개에 달하는 상점에서 의류, 보석, 기념품, 향료 등을 판매한다. 세계적으로 유명한 곳이라 그런지 가격은 싸지 않다. 기념품을 산다면 그랜드 바자르보다 그 주변에서 구입하는 게 낫다. 그랜드 바자르 입구 근처에는 고등어 케밥을 싸게 파는 노점상이 있으니 요기를 간단히 하고 가는 것도 좋다.

그랜드 바자르를 통과하여 왼쪽으로 조금만 올라가면 슐레이마니예모스크가 나온다. 슐레이만 대제의 전승을 기념해서 천재 건축가 시난이 만든 이 모스크는 터키에서도 손꼽히는 걸작이다. 블루모스크보다 한결 한가한 편이므로 지친 다리를 쉬기에 알맞다. 모스크 옆에는 모스크를 세운 시난의 무덤이 있고, 뒤편에는 슐레이만 대제의 관이 있다. 명성에 비해 조촐한 관이 오히려 감동을 더한다.

술레이만 대제의 관. 바쳐진 꽃이 많다는 점을 빼면 옆의 관들과 다를 바 없다.

슐레이마니예모스크까지 보고 나면 구시가에서 가장 유명한 곳들은 어느 정도 관광을 끝낸 셈이다. 다음엔 이스탄불대학에 들어가 대학생들과 어울릴 수도 있고 옆에 있는 베야짓모스크를 방문할 수도 있다. 시간이 더 난다면 향신료로 유명한 이집션 바자르를 둘러보고 근처에 있는 예니모스크를 보는 것도 좋다.

지금까지 중동에서 찾아볼 수 없었던 유흥가를 보면서 도심의 활기를 느끼고 싶다면 신시가의 탁심광장에 가야 한다. 걸어간다면 갈라타 교(橋)를 건너 오른쪽으로 계속 올라가면 된다. 신시가의 랜드마크인 갈라타 타워와 수피댄스를 즐길 수 있는 수피 뮤지엄을 지나면 명동과 비슷한 이스티크랄 거리가 나온다. 밤이 되면 극장과 술집, 패션 상점들이 불야성을 이루는 이 거리는 이스탄불의 중심가인 탁심광장으로 이어진다. 밤에는 이스티크랄 거리로 가는 길에 호객행위를 하는 러시아 매춘부들의 표적이 될 수 있으니 주의해야 한다.

신시가에서 놓치지 말아야 할 유적은 돌마바흐체 궁전이다. 19세기 술탄 압둘 메지트에 의해 세워진 이 궁전은 베르사유 궁전에 필적하는 건축을 남기고자 했던 야심찬 계획으로 시작됐지만 막대한 건축비가 재정을 고갈시켜 오스만 제국의 몰락을 앞당기는 결과를 가져왔다.

터키공화국의 '건국의 아버지' 아타튀르크의 집무실도 이 궁전에 있다. 그는 1938년 11월 10일 9시 5분, 집무 중에 사망했는데 그를 기리기 위해 집무실의 시계는 항상 9시 5분을 가리키고 있다. 돌마바흐체의 마지막 관광코스는 거대한 샹들리에가 달린 거실인데 이곳에서 부시 미국 대통령, 헬무트 콜 독일 총리, 미테랑 대통령 등이 회의를 한 적도 있다고 한다.

마지막으로 이스탄불에서 꼭 해 보아야 할 경험은 보스포러스 해협 크루즈다. 배는 구시가에서 출발해 유럽과 아시아 사이를 항해하면서 양 해안의 풍경을 보여 준다. 신시가 쪽으로는 돌마바흐체 궁전과 옛 성곽이 한눈에 들어오고 아시아 쪽으로는 이스탄불 교외에 있는 별장들을 볼 수 있다. 승객들은 흑해가 보이는 작은 마을에서 내려 점심을 먹고 언덕을 올라가게 되는데, 마침 방문했던 날은 군사훈련 중이라 특수부대원들의 낙하산 강하 모습도 볼

보스포러스 크루즈에서 본 신시가의 옛 성곽.

천 개의 미나레트(첨탑)을 가진 도시, 이스탄불.

수 있었다.

　개인적으로 이스탄불은 이번 여행 중에서 가장 낭만적인 도시였다. 지금까지 언급한 내용 이외에도 이스탄불은 수많은 매력을 가진 곳이다. 열흘 동안 머물렀지만 매일 새로운 것을 보고 새로운 경험을 했으며 떠나는 발걸음에는 아쉬움이 남았다. 역사학자 토인비가 '인류문명의 살아 있는 옥외 박물관' 이라고 묘사한 이스탄불을 찾는 것은 누구에게나 잊을 수 없는 경험이 될 것이다.

술탄 아트멧의 여행자들

　이스탄불은 거주하는 이들보다 관광객들이 더 많은 세계적으로 몇 안 되는 도시 중 하나이기도 하다. 언제나 지구 방방곡곡에서 온 수많은 여행자들이 모여서 머리를 맞대고 서로의 이야기를 털어놓는다.

　다른 도시에서는 두세 명을 만나더라도 일정과 목적지가 같은 이들을 쉽게 만날 수 있었지만 이스탄불에서만은 한 번도 만날 수 없었다. 갈 곳 많은 터키를 어디부터 어떻게 돌아볼지, 후에 어디로 갈지에 대해 물어보면 약속이나 한 듯 대답이 각각이었다.

　공통적인 점은 다들 이스탄불을 하나의 분기점으로 생각한다는 것이다. 내 경우엔 지금까지 중동 이슬람권을 정리한다는 의미와 서남아시아로 내려가기 위해 이란, 파키스탄, 인도 비자를 받는다는 목적이 있었다. 다른 여행자들도 저마다의 여정과 사연을 간직한 채 이스탄불에 도착해 있었다.

　권현목 씨는 이집트 다합에서 만나 요르단까지 같이 다녔던 한국인 여행자였다. 암만에서 헤어져 이스라엘로 떠날 때 그는 시리아로 먼저 올라갔었는데, 헤어진지 한 달만에 이스탄불의 술탄 아흐멧 거리에서 다시 만났다. 그때를 제외하곤 한국 여행자와 동행을 이룬 적이 없는 터라 무척 반가웠다.

맥주라도 한 잔 마시고 싶었지만 터키의 살인적인 물가에 예산이 부족한 건 둘 다 마찬가지였다. 특히 현묵 씨는 앞으로 유럽을 여행할 차례라 한 푼이라도 아끼지 않으면 안 되는 처지였다.

그때부터 거지생활이 시작됐다. 아침은 3십만 리라(약 2백원)짜리 빵으로 때웠고, 저렴한 식당을 찾기 위해 2~3km를 걷는 일이 다반사였다. 그래서 5십만 리라(약 350원)라도 아끼고 나면 나름대로 뿌듯했다. 유료 화장실 요금을 깎고 있는 자신을 발견할 땐, 어이가 없어 웃음이 나왔다. 그래도 어찌어찌 맥주 한 캔 살 돈을 마련해 떠나기 전날 건배를 했다.

"나중에 돌아가면 같이 원 없이 먹읍시다!"

그렇게 비장하게 말하며 떠났었다.

쇼지는 카이로에서 만났던 서른여섯의 일본 여행자였다. 공장에서 일을 하다가 그만두고 여행을 왔다고 했다. 도쿄 출신으로 대도시를 좋아하는 게 특징이었다. 이집트에 가서도 카이로에서만 한 달 정도 있었고, 터키에서도 이스탄불에서만 네 달째라고 했다. 내가 카이로를 떠날 무렵 그도 이스탄불에 간 걸 기억하는 터라 다시 만났을 땐 놀라지 않을 수 없었다.

매일 아침 일어나 샤워를 하고, 산보를 즐기고, 축구시합을 보고 저녁엔 맥주 한 잔 하면서 여행자들과 이야기를 하다 잠자리에 드는 게 일과의 전부였다. 옆에서 보고 있으니 저렇게 태평한 생활이 있을까 싶을 정도였다. 장기체류자라 이스탄불에 대해서는 모르는 게 없었다. 저렴하고 맛있는 식당, 경치가 좋은 곳, 사진 찍기 좋은 장소. 같이 다니면 이것저것 열심히 설명해 줘 도움을 많이 받았다.

쇼지는 내가 도착하고 사흘 후 이스탄불을 떠났다. 그가 떠나는 날은 숙소 직원들까지 모두 나와 손을 흔들었다. 떠나면서 돌아가기 싫다고, 하지만 다시 올 거라고 하는 말에 가족처럼 지냈던 이들은 눈물을 짓기도 했다.

쿠보타는 서른한 살의 일본 청년이었는데 러시아의 블라디보스톡부터 터기의 이스탄불까지 오토바이를 타고 왔다고 했다. 러시아, 몽골, 중앙아시아, 이란을 거쳐 오는 데 석 달 반이 걸렸단다. 다음에는 남미로 갈 예정이었는데 오토바이가 문제였다. 이곳저곳 알아봤지만 결국 칠레의 산티아고까지 오토바이를 부치는 데 2,300달러(약 230만원)라는 어마어마한 금액을 지불해야만 했다. 개조한 오토바이라 돈이 더 들었다는 설명이었다.

체 게바라의 오토바이 여행을 다룬 영화 〈모터사이클 다이어리〉를 보고 남미에 갈 결심을 했다는데 용기가 놀라울 뿐이었다. 앞으로 남미를 종주하고 북미를 거쳐 알래스카까지 질주하는 게 목표라고 했다.

준이치는 쿠보타와 동갑인 일본 여행자였다. 캐나다에서 워킹홀리데이를 마치고 자전거로 유럽을 종단했다.

"석 달 동안 매일 다섯 시간씩 자전거를 탔어."

그의 설명이었다. 하지만 체력에도 한계가 있는 법, 결국 폴란드에서 포기할 수밖에 없었다. 준이치와는 같은 날 도착해 유적을 볼 때를 제외하고는 줄곧 함께 다녔다. 유적을 볼 돈이 있으면 맥주를 한 잔 더 하겠다는 것이 그의 신조였는데, 입장료가 아까워 프랑스에서도 루브르 박물관에 가지 않고, 로마에서도 콜로세움에 들어가지 않았다는 게 그의 자랑 아닌 자랑이었다. 물론 무대가 이스탄불로 넘어오면 그 말이 일리가 있긴 했다.

터키는 모두가 백만장자라는 말이 있을 정도로 액면화폐가치가 낮은 곳이었다. 방문할 당시 1달러가 140만 리라 정도였다. 맥도널드의 빅맥이 6백만 리라(약 4천원)였고, 한 사업가는 호텔에서 1억리라(약 7만원)짜리 밥을 먹었다고 자랑하기도 했다. 터키정부도 표기상의 어려움 때문에 2005년 1월부터 화폐를 바꾸기로 했다. 도안은 그대로 아타튀르크였지만 0이 여섯 개 빠져 1달러당 1.4리라로 바뀐다고 했다.

하지만 당시엔 어처구니없을 정도로 높은 화폐단위를 유지하고 있을 무렵이었다. 가뜩이나 물가가 비싼데다 화폐단위까지 높으니 지갑을 꺼낼 때마다 가슴이 콩닥거렸다. 게다가 입장료도 비싼 편이었다. 평균 유적 입장료가 천만 리라(약 7천원)였는데 맥주는 150만 리라(약 천원)에 불과했다. 유적 입장료는 아끼지 않는다는 원칙을 가진 나도 가슴이 타 들어갈

지경이었다.

준이치는 같은날 떠나 네팔행 비행기를 탔다. 처음 이스탄불에 도착했을 때만해도 최근 부쩍 기승을 부리는 마오이스트 반군 때문에 갈까 말까 걱정하고 있었다. 그러다 결국 운에 맡기는 쪽을 택했다. 거기에는 네팔을 다녀온 나와 쇼지상의 충동도 한몫했다. 그래도 막상 간다니 걱정이 됐는데, 다행히 잘 다녀와서 얼마 전에는 한국에도 다녀갔다.

숙소에는 일본인들이 많았는데 그중 가장 특이한 이는 마흔의 여성 여행자였다. 방값을 면제받는 조건으로 숙소에서 일하는 여성이었는데 가끔 '최후의 날에 예수가 블루모스크(이스탄불에 있는 모스크)에 나타난다'는 식의 엉뚱한 이야기를 늘어놓곤 했다. 예전에 라즈니쉬에게 사사를 받은 적이 있었다는데 자기 얘기를 잘 하지 않는 편이라 자세한 내용은 알 수 없었다.

이스탄불에서 있던 열흘 동안 개성 넘치는 일본 여행자들을 사귀었다. 특히 같은 방을 쓰던 준이치, 에이치, 노리코와는 매일 함께 산책을 하고 저녁에 파티를 했다. 에이치는 남미를 종주하고 중앙아시아로 떠난다는 남자 대학생이었고 노리코는 막 이스탄불에 도착했다는 시골 출신의 아가씨였다. 파티라고 해도 다들 예산이 부족해 맥주 한 잔에 과자가 고작이었지만 지금 생각해 보면 이상할 정도로 즐거웠다.

하루는 노리코가 팀을 만들자고 주장해서 '사바부'라는 팀명을 짓기도 했다. 자주 먹던 고등어 케밥을 일본식으로 발음한 것이었다. 사바부 팀원 중에서 내가 제일 먼저 떠났는데, 아침 이른 시간임에도 다들 일어나 환송을 해줬다. 사진을 찍고 손을 흔들자 같은 날 저녁에 네팔로 떠나는 준이치가 소리쳤다.

"사바부, 지금부터 개인활동 시작!"

당찬 여대생 에리프

이름은 에리프 아이테킨이에요. 나이는 스물셋이고 이스탄불대학 4학년에 재학 중이죠. 경영을 공부하고 있어요. 가족으로는 남동생과 부모님이 있어요. 다들 함께 술탄아흐멧 거리에서 팬션을 운영하고 있죠.

이스탄불 여성들은 대부분 스카프를 쓰지 않아요. 아마 그래서 조금 놀랐을지도 모르겠네요. 여기엔 몇 가지 이유가 있어요. 먼저 터키에는 누구나 자유롭게 생각하고 행동할 자유가 있어요. 머리를 가리지 않았다고 해서 왜 그러냐고 묻거나 비판하는 이들은 아무도 없어요. 그건 각자의 선택을 존중하기 때문이죠.

또 이스탄불 여성들은 대부분 직업을 가지고 있어요. 사회생활을 하다 보면 머리를 가리지 않는 편이 훨씬 편해요. 하지만 그렇다고 터키 사람들이 믿음이 약하다거나, 종교적이지 않다고는 말할 수 없어요.

터키에서 종교는 전적으로 개인의 선택에 달린 문제에요. 예를 들어 우리 아버지는 매주 금요일에 모스크에 가죠. 반면에 남자친구는 전혀 가지 않아요. 하지만 아버지가 그 점에 대해 불평한 적은 한 번도 없어요. 그리고 둘은 서로의 선택을 존중하죠. 터키인들은 진정한 이슬람은 강요하는 게 아니라고 생각하거든요. 내면으로부터 진정으로 원하는 일을 하는 것이 이슬람이라는 생각이죠.

예를 들어 다른 이슬람국가에서는 여성은 머리를 가리고 싶지 않은데 남편이나 부모가 이를 강요하는 경우가 있어요. 그렇게 할 수 없이 머리를 가린다고 좋은 무슬림이 되는 건 아니잖아요? 터키인들은 이런 사실을 알고 있어요. 그렇기 때문에 다른 이들에게 규율을 강요하지 않는 거죠.

무슬림으로서의 다섯 가지의 의무는 저를 포함해서 대부분 지키지 않아요.

사실 제게 기도는 그렇게 중요하지 않아요. 순례를 가는 것 역시 제게는 별로 의미 없는 일이죠. 하지만 기도와 순례를 제외한 다른 규칙들은 지키는 편이에요. 그건 형식적인 기도나 순례보다 내면에 선한 마음을 키우는 것이 더 중요하다고 생각하기 때문이에요. 그런 의미에서 자선을 베푸는 건 중요한 의무죠.

대신 라마단은 꼭 지켜요. 사실 전 라마단 기간을 좋아해요. 가족들이 한 자리에 모여서 식사를 하고 이야기를 나눌 수 있는 기회를 만들어 주기 때문이에요. 매일 저녁 집에 돌아와 서로 있었던 일을 이야기하는 동안 어머니는 배고픈 가족들을 위해 맛있는 음식을 만들죠. 그 향긋한 냄새! (웃음) 그럴 때마다 가족 구성원들이 서로 가까워지는 게 느껴져요.

또 라마단은 좋은 가르침을 주기도 해요. 굶는다는 게 어떤 기분인지 느끼게 해 주거든요. 그럴 때마다 세상의 다른 배고픈 이들을 생각하게 되죠. 그리고 자연스레 그들을 도와야겠다는 생각이 들죠. 우리 가족은 라마단이 끝날 때마다 매번 5백 달러(약 50만원) 정도를 가난한 이들을 위해 기부해요.

주변의 대학생들을 보면 한 절반 정도 라마단을 지키는 것 같아요. 하지만 지키는 이들이 지키지 않는 이들에게 뭐라고 하는 일은 없어요. 여전히 점심시간이 있고 많은 이들이 점심을 먹죠. 하지만 라마단을 지키는 이들의 선택 역시 존중받아요. 다섯시 수업은 보통 다섯시 반으로 미뤄져 그 사이에 식사를 할 수 있게 해 주죠.

술은 마시는 사람들이 그렇지 않은 이들보다 많은 것 같아요. '라키'는 술이기 이전에 오래 전부터 이어진 우리의 문화고 나이 든 분들이 좋아하시죠. 젊은이들은 주로 맥주를 마셔요. 우리 가족은 술을 마시지 않지만 꼭 종교적인 이유 때문은 아니에요. 부모님은 종교적인 이유 때문이지만, 전 건강을 위해서죠. 담배를 피우지 않는 것과 같은 이유에서에요.

어쨌든 무엇을 지키고, 무엇을 지키지 않을지는 개인에 달린 문제예요. 물론 최소한의 예의는 필요해요. 라마단을 지키는 이들 앞에서 대낮부터 술을 마신다면 예의에 어긋나는 행동으로 비춰질 수밖에 없죠.

이딘 세가 제대로 된 무슬림이 아니라고 생각될 수도 있을 거예요. 하지만 전 '알라 이외에 다른 신은 없고 예언자 무함마드는 알라의 사도'라고 믿어요. 이게 가장 중요한 거 아닌가요? 나머진 지키든 안 지키든 개인이 알아서 할 문제죠.

이런 말을 하면 다른 중동나라들은 터키가 지나치게 세속적이라고 비난하곤 해요. 하지만 전 그 비난에 동의할 수 없어요.

몇 년 전에 남자친구와 요르단, 시리아를 여행한 적이 있어요. 시리아는 그렇게 엄격한 곳은 아니었던 기억이 나요. 요르단은 내 관점에서 보면 약간 지나친 것 같구요. 또, 이란을 여행한 적도 있어요. 그때는 현지 여성들과 이야기를 나눌 기회가 많이 있었어요. 대부분의 여성들은 히잡을 싫어했고 머리를 가리고 싶지 않다고 털어놨어요.

한 여성은 "이건 공평하지 않아요. 왜 우리만 머리를 억지로 가려야 하는 거죠?"라고 질문하기도 했어요. 또 이란 방송을 봤는데 여성이 거의 등장하지 않았어요. 이것 역시 공평함과는 거리가 있는 일 아닌가요?

사실 이란 여성들도 이런 규칙들이 말도 안 된다는 사실을 알고 있어요. 또 진정한 이슬람과는 거리가 있다는 것도 말이에요. 제가 보기엔 정부가 국민을 통제하기 위해 종교를 이용하는 것처럼 보여요. 꾸란에는 '여성이 텔레비전에 나와서는 안 된다'는 구절 따위는 없죠. 정말 어이없는 짓이에요.

이란정부는 계속해서 새로운 규칙들을 만들어 내요. 그리고 반복해서 사람들을 세뇌시키죠. 이것은 이슬람이고 저것은 아니다, 이것은 진실이고 저것은 거짓이다, 뭐 이런 식으로 말이에요. 하지만 그건 사실이 아니에요. 이란만 그런 건 아니에요. 정도의 차이는 있지만 많은 이슬람국가들이 종교를 이용하고 있다고 생각해요.

오히려 제가 보기엔 가장 이슬람다운 국가는 터키에요. 사람들은 자유롭게 행동하고 아무도 종교적인 행동을 강요하지 않죠. 자유롭게 생각하고, 꾸란을 읽고, 스스로의 상황에 맞게 규율을 지켜요.

일부 무슬림들은 터키에 자유가 있다는 이유만으로 터키를 싫어해요. 이라크에서도 터키인들은 몇 명이나 죽음을 당했어요. 그건 그들이 우리가 미국을 지지하고, 좋아한다고 생각하기 때문이죠. 하지만 그건 사실이 아니에요. (약간 강하게) 우리는 미국의 돈을 좋아할 뿐이에요. 그리고 미국의 힘이 필요할 뿐이죠. 개인적으로 말하면 전 미국을 싫어해요.

하지만 알다시피 경제적인 이유 때문에라도 힘이 있는 국가를 따라야 하잖아요? 누가 뭐래도 지금은 미국이 제일 강해요. 터키는 미국에 대항해 '노'라고 말할 만큼의 힘 같은 건 가지고 있지 않아요.

이스라엘 문제도 마찬가지에요. 우린 이스라엘과 경제적 관계를 유지하고 있어요. 어쨌거나 그들은 돈이 많기 때문이죠. 정치를 싫어하긴 하지만 현실은 현실로 받아들여야 한다고 생각해요. 물론 팔레스타인에 대한 그들의 행동은 옳지 않다고 생각해요. 다른 터키인들도 대부분 심정적으로 팔레스타인에 동조하는 편이죠.

우리는 유럽 바로 옆에 위치해 있고 자연스럽게 많은 문화적 경제적 교류도 주고받고 있어요. 그리고 경제적인 이유 때문에라도 앞으로 더욱더 유럽을 따라야 한다고 봐요. EU는 대부분의 면에서 터키보다 나은 것이 사실이에요. 다들 일자리와 보험을 가지고 있고 정부는 바로 뒤에서 국민들을 보살펴줘요. 또, 그들은 돈을 가지고 터키로 여행을 오지만 대부분의 터키인들은 유럽을 여행할 만한 돈이 없는 게 현실이죠.

한 가지는 분명해요. 우리는 돈이 없고, 그들은 돈이 있어요. 우리는 돈을 벌고 싶고, 그래서 EU의 일원이 되고 싶은 거예요. 이제 좀 간단하게 정리되나요? (웃음)

그렇다고 터키의 전통을 포기할 생각은 없어요. 사실 전 터키의 전통이 유럽의 그것보다 더 훌륭하다고 생각해요. 예를 들어 터키인들에겐 가족이 아주 중요하죠. 그리고 젊은이들은 나이 든 이들을 공경해요. 하지만 유럽에 갔을 때 전 그런 모습을 전혀 발견할 수 없었어요. 그렇기 때문에 우리는 유럽의 좋은 점들만 받아들이면서 터키의 전통 역시 지켜나가려고 노력하고 있는 중이에요.

특히 여행을 좋아하는 나로서는 하루빨리 터키가 EU의 정식 일인이 되기만을 바라고 있어요. 지금 터키인이 유럽을 여행하려면 모든 국가의 비자를 받아야 해요. 게다가 비자 취득이 쉽지만은 않죠. 하지만 EU에 가입

하면 그럴 필요가 없어지잖아요? 생각만 해도 신나는 일이에요. (웃음)

하지만 현실적으로 보면 가까운 장래에는 힘들다는 게 개인적인 생각이에요. 한 20년 정도 걸리지 않을까 싶어요. 하지만 그때가 되면 EU에 들어갈 필요가 없어질지도 모르죠.

지금 유럽 인구는 점점 줄어들고 있잖아요? 그리고 노년층이 많아지는 추세고 말이에요. 하지만 터키에는 아직 일할 수 있는 젊은이들이 많을 뿐더러 점점 늘어나고 있죠. 지금 EU는 터키가 그들에게 필요 없다고 생각하고 있는 것 같아요. 하지만 10년, 20년이 지나면 상황은 바뀔 거예요. 우리가 오히려 EU를 필요로 하지 않는 상황이 올 수도 있죠.

전 터키에서 태어나서 행복하다고 늘 생각하고 있어요. 남녀평등적인 면에서 말하는 거예요. 적어도 이스탄불에서는 모든 조건에서 남녀가 동등하다고 볼 수 있어요. 지방에선 그렇지 않겠지만.

다른 이슬람국가에서는 상상할 수 없을 정도의 지위를 전 누리고 있어요. 남자친구도 마음대로 사귈 수 있고, 사랑하는 이와 결혼할 수도 있어요.

우리 대학에서도 애인이 없는 친구가 이상해 보일 정도로 대부분 남자친구가 있어요. 다른 중동국가에선 상상할 수 없는 일이에요. 저 역시 남자친구를 사귄 지 1년이 넘었어요. 그는 가끔 우리 집에 와서 같이 식사를 하죠. 부모님도 그에 대해 잘 알고 있어요.

처녀성이요? 원한다면 결혼 전이라도 애인과 관계를 가질 수 있어요. 물론 부모님이 모른다면 말이죠. (웃음) 젊은 세대들은 별로 신경 쓰지 않지만, 부모님들에게 순결은 아직 중요한 문제거든요. 사실 남자들도 신부가 처녀이길 바라는 이들이 많아요.

지금까지 제가 한 말이 어떻게 들렸는지 모르겠지만 물론 터키도 천국은 아니에요. 요즘 가장 중요한 문제는 실업이죠. 제 친구들도 다들 걱정하고 있어요. 젊은이들은 많은데 일자리는 많지 않죠. 경쟁도 치열하구요. 좋은 곳에 취직하려면 외국어도 많이 알아야 하고, 컴퓨터도 잘해야 해요. 이스탄불대학은 터키에서 가장 좋은 대학 중 하나지만 그래도 취직이 쉽지만은 않은 게 현실이죠.

사실 전 여행 저널리스트가 되고 싶어요. 사진 찍는 걸 좋아하고, 글 쓰는 것도 좋아하거든요. 몇 번 잡지에 제 기사가 난 적도 있어요. 터키인들이 가 보지 못한 곳에 가서 그들이 보지 못한 것들을 사진에 담아 보여 주는 게 제 꿈이에요. 그렇다고 졸업하고 바로 신문사나 잡지사에 들어갈 생각은 없어요. 회사보단 프리랜서로 활동하고 싶어요. (천정을 가리키며) 전 이미 여기에 제 일을 가지고 있잖아요? 앞으로 기회가 닿는 대로 호텔을 확장해 나갈 생각이에요.

또 여행사를 차려 호텔과 함께 운영할 생각도 가지고 있어요. 유럽 여행자들을 대상으로 등산만 전문적으로 취급하는 여행사를 차리고 싶어요. 아직 구체적인 단계까지 생각해 본 건 아니지만요.

결혼은 사업이 자리가 잡힌 다음에 하고 싶어요. 지금 남자친구는 가능한 한 빨리 하고 싶어해요. 그는 나보다 여덟 살이 많거든요. 서른한 살이니 결혼을 서두르는 것도 이해는 되죠. 하지만 전 졸업 후 시간을 좀 가질 생각이에요. 결혼을 한다면 최소한 졸업 후 2년은 지나야 되지 않을까 싶어요.

에리프는 이스탄불대학 경영학과 4학년 학생으로 내가 묵었던 여관 주인의 딸이기도 했다. 처음 숙소에 들어올 때 방을 안내했던 이가 바로 그녀였다. 처음에는 부모님을 도와주는 것으로 생각했는데 알고 보니 그게 아니었다. 영어를 잘 못하는 부모님을 대신해 손님을 맞는 것부터, 인터넷을 통한 숙소홍보, 예약체크까지 모두 에리프의 몫이었다. 청소와 건물 관리를 제외하면 다른 부수적인 일들도 대부분 그녀가 처리했다.

매일 저녁 내려와 여행자들과 대화를 나누는 이도 에리프였다. 남동생이 있었지만 마주칠 기회는 별로 없었고 그녀는 여관을 관리하는 일이 '자신의 직업'이라고 확실하게 생각하고 있었다. 앞으로 여관을 어떻게 확장해 나갈 것인지에 대해서도 나름의 계획을 가지고 있었다.

아들이 가업을 잇는 다른 중동국가에선 상상할 수 없는 일이었지만 그런 말을 당당하게 할 수 있을 정도로 그녀는 유능했다.

숙소의 주요 고객은 일본인 여행자들이었다. 일어와 영어를 자유롭게 구사하는 에리프는 여행자들 사이에도 인기가 높았다. 투숙객의 불만사항이 그녀를 통하면 지체 없이 시정되곤 했다. 그녀는 숙소의 가족적인 분위기를 강조하곤 했지만 그렇다고 대충 넘어가는 법은 없었다. 방은 언제나 깨끗했고 여행정보도 풍부하게 갖춰져 있었다.

또 그녀는 활동적인 신세대 여성이었다. 스쿠버다이빙, 스노보드, 암벽타기가 취미였고 사진과 여행을 좋아해 종종 여행잡지에 글을 투고할 정도로 적극적이었다. 인터뷰에서 보여 준 편향되지 않은 사고방식도 인상적이었다.

넓은 견식과 자유로운 생각, 확실한 주관을 겸비한 그녀가 터키에 태어난 것은 다행한 일이었다. 만약 중동에 태어났다면 지금보다 더 많은 장애물에 막혀 힘들어 하고 있었을 것이다. 하지만 지금도 이슬람세계의 많은 여성들은 차별에 힘들어 하고 있다. 그건 당장 이스탄불만 벗어나더라도 터키 전역에서 볼 수 있는 풍경이다.

에리프는 이슬람 사회에서의 일상화된 차별이 안타깝다고 했다. 하지만 그 태도는 전혀 관계없는 사람들에 대해 말하는 듯했다. 터키의 지식인인 그녀가 이들—고통받는 여성들—을 자신의 이웃으로 생각하지 않는다는 점은 좀 유감이었다. 자신이 축복받았다는 인식이 그렇지 못한 이들에 대한 연대감으로 이어질 정도의 여유가 아쉬웠다.

지구상에 다시없을 풍경, 카파도키아

고인돌 가족 플린스턴, 개구장이 스머프, 스타워즈…. 카파도키아(Cappadocia)는 이같은 만화나 영화 속 풍경을 실제로 만날 수 있는 곳이다. 화산 폭발로 분출된 용암은 식은 후 수백만 년 동안의 침식과 풍화를 거쳤고 그 결과로 지구상에 다시없을 풍경을 만들어 냈다. 카파도키아는 아름

괴뢰메 야외박물관의 전경. 상상을 넘어선 풍경에 처음에는 눈을 의심했다.

답다기보다는 독특하고, 낭만적이라기보다는 기괴하다. 그렇기 때문에
매년 수백만의 관광객들이 이곳을 찾고 마음속에 잊을 수 없는 인상을 새
겨 간다.

　카파도키아는 어느 한 도시가 아니라 지역을 일컫는 지명이다. 카파도
키아에는 네브세이르(Nevsehir), 월굽(Urgup), 데린큐유(Derinkuyu) 등의 도시
가 있지만 여행자들의 중심거점이 되는 곳은 그 중간에 위치한 '괴뢰메
(Goreme)' 라는 작은 도시다.

　괴뢰메의 풍경은 플린스턴의 그것과 비슷하다. 수 미터는 족히 되는 원
추형 암석들이 수없이 솟아 있는가 하면 어떤 암석에는 창문 비슷한 구멍
이 뚫려 있기도 하다. 그것은 초기 기독교인들이 이곳에 정착한 이래 수
천 년 동안 주민들이 응회암을 파고 거주해 왔기 때문이다. 지금 그 안에
서 서수하는 이들은 거의 없지만 대신 동굴호텔이 관광객들에게 인기를
끌고 있다.

프레스코 벽화 중에는 마치 어제 그린 것처럼 생생한 것도 있다. 그 중 가장 좋은 것을 보려면 별도의 입장권을 사서 들어가야 한다.

핑크빛 버섯 바위는 방금 동화 속에서 튀어나온 것 같은 인상을 준다.

괴뢰메에 숙소를 정한 관광객들은 대부분 투어를 통해 카파도키아지역을 여행한다. 투어에는 괴뢰메, 월굽, 우치사르 등을 돌아보는 A코스와 거기에 더해 데린큐우 지하도시와 이흐라라 계곡을 포함하는 B코스가 있다. 신체가 건강한 남녀라면 A코스 정도는 걸어 다닐 수 있으므로 대부분은 B코스를 선택한다. 투어를 싫어하는 사람이라면 자전거나 오토바이를 빌려서 혼자 다닐 수도 있다. 투어를 싫어하는데다 경비까지 부족한 사람이라면 나처럼 버스를 타고 다닐 수도 있는데 대신 시간이 많이 걸리는 건 각오해야 한다.

괴뢰메 근방에 있는 야외 박물관에서는 초기 기독교인들의 흔적을 찾아볼 수 있다. 로마 시절 박해를 피해 이곳에 정착한 기독교인들은 암석에 굴을 파고 집, 창고, 교회 등을 지었으며 그중 교회에는 프레스코 벽화들이 많이 남아 있다. 주제는 예수의 생애를 다룬 것이 대부분이며 사도들이나 성경의 한 장면을 다룬 그림도 있다. 그중에는 수천 년 전의 벽화라고 믿기지 않을 만큼 선명한 것도 있다.

괴뢰메에서 장미 계곡을 지나면 스머프의 버섯집 같은 핑크빛 암석들

젤브 야외박물관에는 몇십 년 전까지 사람이 거주했던 흔적을 찾아볼 수 있다.

이 도열해 있는 광경을 볼 수 있다. '요정의 굴뚝'이라는 별칭을 갖고 있는, 크게는 10m에 이르는 우산형 암석을 본 이들은 누구나 눈을 의심하면서 카메라를 꺼내게 된다. 거기서 조금 올라가면 젤브 야외 박물관이 나온다.

젤브 야외 박물관은 벽화도 없을 뿐더러 경관 자체도 괴뢰메 야외 박물관보다 더 인상적이지는 않다. 다만 관광객들이 잘 찾지 않는 곳이라 탐험하는 기분으로 둘러볼 수 있다는 점이 매력적이다. 여기서도 동굴교회, 동굴모스크 등을 둘러볼 수 있다.

괴뢰메에서 7km 떨어진 월굽은 카파도키아지역에서 그나마 큰 마을이며 와인으로 유명하다. 언덕을 올라가다 보면 수많은 굴들을 발견할 수 있는데 이 하나하나가 얼마 전까지만 해도 사람이 거주하던 곳이라고 한다. 언덕 정상에 오르면 카파도키아의 비경과 마을이 한눈에 들어온다.

그러나 카파도키아지역에서 가장 멋진 경치를 볼 수 있는 곳은 괴뢰메에서 3km 떨어진 우치사르다. 해발 1300m의 우치사르 중심에는 30m에 이르는 돌산이 있다. 이 돌산에는 벌집처럼 수많은 구멍이 뚫려 있는데 이 구멍들이 서로 연결되면서 정상으로 연결된다. 정상에 올라서면 카파도키아의 숨 막히는 경치를 만나게 된다. 압도적인 풍광에 사로잡혀 두어 시간 동안 옴짝달싹하지 못하고 정상에 서 있을 수밖에 없다.

지하도시 데린큐우에 가기 위해서는 먼저 모든 카파도키아 교통이 시작되는 네브세이르로 가야 한다. 네브세이르에서는 매 시각마다 데린큐우로 가는 버스가 떠나기 때문에 어렵지 않게 잡아탈 수 있다. 카파도키아에는 수십 개의 지하도시가 있지만 일반에게 공개되는 곳 중에서는 데린큐우가 가장 유명하다. 기독교인들에 의해 만들어진 지하도시 데리큐우는 8층의 규모에 4만 명이 거주할 수 있을 정도의 엄청난 규모를 자랑한다. 하지만 전부 공개되는 것은 아니며 전등과 화살표만 따라가면 가이드가 없어도 길을 잃을 염려는 없다.

괴뢰메 남동부에 위치한 이흐라라 계곡은 10km에 이르는 계곡에 석굴교회와 비둘기집이 남아 있어 카파도키아의 필수코스 중 하나로 꼽히는 곳이다. 하지만 결국 방문을 포기할 수밖에 없었는데 그 자세한 내용은 다음에 나온다.

카파도키아를 둘러볼 때 지도와 손전등은 필수다. 지도는 길을 잃을 수 있기 때문이고 손전등은 동굴 안을 자세히 살펴보기 위해서다. 자금에 여유가 있다면 열기구 투어도 추천할 만하다. 경험해 본 이들의 말에 따르면 열기구 속에서 카파도키아를 내려다보는 것은 마치 우주선을 타고 다른 행성에 착륙하는 느낌을 준다고 한다.

이흐라라 계곡 가기

악사라이 버스터미널에 도착한 것은 열시 반이 좀 지나서였다. 아침부터 하늘은 잔뜩 찌푸렸고 버스에서 내렸을 땐 간간이 빗방울이 날리고 있었다.

괴뢰메에서 바로 트라브존(Trabzon)으로 가지 않고 악사라이(Aksaray)로 되돌아온 건 이흐라라 계곡에 가기 위해서였다. 바위를 깎아 만든 교회와 암벽 사이로 흐르는 시냇물로 유명한 곳이었다. '터키에서 가장 기분 좋게 산책할 수 있는 곳'이라는 가이드북의 설명이 아니더라도 카파도키아 지역을 찾아온 이들의 필수코스였다.

다만 개별적으로 찾아가기 힘든 곳이라 투어에 참가하는 것이 일반적이었지만 투어를 좋아하는 편도 아니고 예산도 바닥을 보이던 나로서는 단돈 1달러도 허투루 쓸 수 없는 상황이었다.

터미널에선 여섯시 트라브존행 버스를 예약했다. 앞으로 일곱 시간, 이흐라라까지 갔다오기 충분한 시간이라고 판단했다. 하지만 계곡에 가는 버스는 시내 중심에 있는 돌무시(미을미스) 터미널에 가야 탈 수 있다고 했다. 별수 없이 비를 맞으며 기다리다 터미널행 버스를 잡아탔다. 그러나 현실은 계획처럼 매끄럽게 돌아가지 않았다. 이흐라라 계곡은 관광객들에게만 유명한 작은 마을이었다. 개별여행자가 찾아가는 일은 거의 없었고 게다가 그날은 일요일이었다. 하루에 버스가 단 두 대, 그것도 첫 번째 버스는 이미 출발했다는 것이 터미널 직원의 설명이었다. 두 번째 버스는 네시 반, 그걸 타면 예약한 버스를 포기해야 했다.

굳이 계곡에 가야 할 이유는 없었다. 사흘 동안 계속된 카파도키아 트레킹으로 심신이 지쳐 있었고 돈도 시간도 부족했으며 이슬비는 점점 굵어졌다. 잠깐 비를 피하며 다시 생각했다.

여행을 하면서 알게 된 건 세상엔 꼭 가야 할 곳도, 꼭 해야 할 것도 없다는 사실이었다. 문제는 선택이었다. 그리고 결국 이흐라라에 가는 쪽을 선택했다. 남은 시간 동안 마땅히 할 일이 없다는 게 이유라면 이유였다. 또 지금까지 중동지역을 여행하면서 안 된다는 말을 들었을 때마다 포기했다면 여기까지 오지도 못했을 것이었다.

방향만 물어보고 발을 옮겼다. 어느 정도 걷다가 히치하이킹을 할 생각이었다. 중심가에선 히치를 할 수 없었다. 차도 잘 서지 않았고, 선다 해도 시내를 이동하는 경우가 대부분이었다. 국도로 나갈 때까지 방향을 잡아 걷는 수밖에 없었다.

악사라이에서 이흐라라까지는 45km 정도인데, 방향을 물어볼 때마다 친절한 터키인들은 걸음을 만류했다. 아주 멀다, 걸어서는 갈 수 없다, 택시를 타는 게 어떠냐. 그런 말을 들을 때마다 고개를 흔들어야 했다.

샤와르마 샌드위치를 사 먹으면서 40분 정도 걷자 도시 외곽이었다. 어느새 자가용 한 대가 옆에 정지했다. 운전대를 잡고 있던 청년은 목적지를 물어보고 난감한 표정을 지었다. 그러다 좋은 생각이 있다는 듯 눈을 반짝이며 말을 쏟아냈다. 터키어로 한참 떠들어 댔지만 무슨 말을 하는지 전혀 알 수 없었다. 눈치를 챈 청년이 지갑을 꺼내 펼쳐 보였다.

"유로, 달러, 오케이?"

차비로 1달러 이상 쓸 생각이 없었던 터라 바로 와 문을 열고 내렸다. 행동을 보고 돈을 낼 생각이 없다는 걸 알아차린 청년이 다시 손짓을 했다. 짧은 거리라도 좋으면 태워 주겠다고. 1km 남짓 갔을까, 청년은 차를 갓길에 세웠고 미련 없이 내렸다. 고맙다고 말하기도 전에 차는 반대편으로 사라져 버렸다.

이제 본격적으로 히치를 시도할 때였다. 손을 들고 5분 정도 지났을까, 두 번째 차가 옆에 섰다. 중년 남자였는데 외곽에 있는 병원에 간다고 했다. 병원은 직선거리로 2km 정도였다. 곧 내리는 수밖에 없었다. 시계를 봤다. 아직 시간도, 차도 충분했다.

세 번째 차는 버스였는데 역시 2km 정도 가더니 간선도로변에 내려줬다. 간선도로에서는 차를 잡기 쉬울 거라고 생각했는데 그렇지도 않았다. 지나가는 차는 손꼽을 정도였는데 대부분 손짓을 무시하고 전속력으로 지나갔다.

10분 정도 있었을까, 이번에는 가스탱크를 실은 트럭이 손짓에 화답해 왔다. 방향은 하나밖에 없었다. 물어보지도 않고 차에 올랐다. 머리를 뒤로 묶은 운전수는 이흐라라 계곡이 갈라지는 교차로에서 내려 주겠다고 했다. 이흐라라 계곡은 간선으로 10km, 거기서 다시 갈라져서 33km 정도 가야 했다. 결국 계곡으로 가는 갈림길에 섰을 땐 네 번이나 히치를 한 다음이었고, 시계는 한시 반을 가리키고 있었다. 트럭이 시야에서 사라지자 적막이 드리워졌다. 눈이 닿는 어디서도 차 그림자조차 볼 수 없었고, 눈 덮인 벌판에는 민가 몇 채가 고작이었다. 잠시 멍하게 서 있다가 발을 움직였다. 가늠조차 할 수 없는 거리였지만 괜히 오기가 치솟았다. 지금까지 몇 번이나 이를 악물고 한 걸음만 더 가자고 생각했던가. 그러면 대부분 어디선가 누가 나타나 도와주곤 했다. 그때까지만 해도 그건 내가 쉽게 포기하지 않은 덕분이라고 생각하고 있었다.

생각이 조금씩 바뀌기 시작한 건 삼십분이나 걸어 언덕을 지났을 때였다. 간선도로의 소음이 아스라해질 때까지 차라곤 세 대가 나를 스쳤을 뿐이었다. 그들은 이흐라라에 간다는 말에 창문을 올리고, 고개를 돌리고, 액셀러레이터를 밟았다. 문득 먹먹함이 밀려왔다. 민가도 뒤로 사라졌고 눈에 보이는 거라곤 눈 덮인 대지와 전신주, 그리고 어디론가 뻗어 있는 길뿐이었다. 다시 오기가 치솟아 크게 노래를 불렀지만 그마저도 굵어진 빗방울에 흡수되어 버렸다.

두어 곡을 부르고 걸음을 멈췄다. 눈 속에서 희끗희끗한 무언가가 다가오고 있었다. 들개 두 마리였다. 한 마리는 눈처럼 하얀색이었고, 다른 한마리는 얼룩이었다. 갑자기 무서워졌다. 개가 무섭다고 생각한 건 유년기이후 처음이었다. 개들이 천천히 다가오는 모습을 보면서 침착하려고 애쓰며 돌을 주웠다. 위협용으로 하나를 던지자 개들이 움찔하며 조금 물러났다. 그러더니 이번에는 원을 그리며 주위를 돌기 시작했다. 가까이 다가오면 다시 던질 거야, 라고 중얼거리며 눈을 쏘아봤다. 흰색 들개는 제자리에서 꼼짝 않고 날 쳐다봤다. 지치고 배고픈 눈빛이었다. 눈밭에서먹이를 찾는 것도 쉬운 일만은 아니리라.

한참 바라보다 개가 먼저 방향을 돌렸다. 손에 쥔 돌을 내려놓으며 주저앉았다. 돌아가자. 머릿속에 든 생각이었다. 지금까지 하루에도 몇 번이나 길을 물어보고, 차를 얻어 마시고, 자동차를 얻어 타고 여기까지 왔다. 생각해 보면 사람들의 호의가 없었다면 하루, 한 걸음조차 불가능했을 거였다. 그랬다면 저 들개와 같은 눈빛을 하고 어딘가를 헤매고 있을뿐이겠지.

시계는 벌써 두시를 가리켰다. 지금 어떻게 간다고 해도 여섯시까지 돌아오는 건 불가능했다. 걸음을 돌리자 실에 풀린 풍선처럼 마음이 가벼워졌다. 뜻밖에 아쉬움도 거의 없었다.

돌아갈 자신은 있었다. 그건 나에 대한 믿음이라기보다, 이 땅에 살고있는 사람들에 대한 믿음이었다. 그 믿음을 저버리지 않겠다는 듯 어느새포드 자동차가 뒤에서 천천히 속도를 줄이고 있었다.

로마의 번영지, 에페스

에페스는 로마 제국 시절 소아시아 속주의 중심이었다. 전성기에 25만명의 인구가 거주해 로마와 알렉산드리아 다음으로 번성했던 에페스는 소아시아와 로마를 연결하는 무역의 중심지로서 독보적인 위치를 차지했다. 그런 만큼 갖가지 역사와 일화가 살아 숨 쉬는 곳이기도 하다.

에페스는 7대 불가사의 중 하나였던 아르테미스 신전이 있던 곳이다. 당시 아르테미스 신전의 규모는 파르테논 신전의 두 배에 달할 정도로 웅장했다고 한다. 그런가 하면 안토니우스와 클레오파트라가 옥타비아누스에게 결정적인 패배를 당하기 전 마지막으로 달콤한 밀회를 즐긴 곳도 바로 에페스다.

기독교와도 인연이 깊다. 복음서의 저자인 요한과 누가의 무덤은 각각 에페스 유적의 북쪽과 남쪽에 자리하고 있다. 일설에 따르면 예수가 어머니를 요한에게 부탁하자 요한이 마리아를 에페스에 모시고 와서 죽을 때까지 보살폈다고도 한다. 또, 성경에는 사도 바울이 에페스인들에게 보낸 편지가 수록돼 있다.

에페스 유적관광의 거점도시는 셀주크(Selcuk)다. 셀주크에서 숙소를 잡고 에페스까지 걸어오니 30분 정도가 걸렸다. 버스도 있다고 했지만 오렌지 농장의 평화로운 풍경에 취해 걷다 보니 그리 멀게 느껴지지 않았다. 중간에는 농장주가 오렌지 서너 개를 따서 내밀며 이방인을 격려하기도 했다. 에페스 유적의 시작을 알리는 간판을 따라 들어가면 비너스의 체육관이 나오고 길을 따라 조금 더 가다 보면 비잔틴시대의 공중목욕탕이 나온다. 하지만 말이 목욕탕이지 거의 폐허에 가까워 가이드북의 설명이 없으면 정체를 알 수 없을 정도다. 더 가면 기념품 상점과 매표소가 나온다.

표를 끊고 들어가면 본격적으로 에페스 유적이 시작된다. '아시아에서 가장 잘 보존된 로마 유적'이라는 명성에 걸맞게 건물들의 보존상태는 거의 완벽하다. 입구에는 선교단체에서 세운 한국어 간판이 있어 괜히 반갑다.

반쯤 무너진 체육관과 목욕탕을 지나면 원형극장이 나타난다. 원형극장은 지금 당장 공연을 열어도 부족함이 없을 정도로 잘 보존돼 있다. 실제로 단체관광객들은 돌아가면서 노래를 부르며 음향효과를 확인했다. 개중에는 전문 성악가를 뺨치는 아저씨도 있어서 귀가 즐거웠다.

아고라의 기둥은 대부분 소실됐지만 보도는 이천 년 전 그대로다. 천천히 길을 걸으면 로마 시대로 돌아온 듯한 착각에 빠져든다.

셀수스도서관은 에페스에서 가장 온전하고 아름다운 건물이다.

아고라는 당장이라도 로마인들이 토가를 입고 나타날 것 같은 분위기를 연출했다. 밑에는 상하수도가 그대로 보존돼 있다고 한다. 아고라를 건너면 '신성한 길'이 나오고 이 길은 아우구스투스의 문으로 통한다. 문을 지나면 바로 오른쪽에 에페스에서 가장 유명한 유적 셀수스도서관이 보인다.

서기 135년, 총독이 그의 아버지를 기리며 지었다는 도서관에 남아 있는 건 정문과 벽면뿐이지만 그 아름다움은 다른 건물들을 압도한다. 이층의 정문에는 지혜, 학문, 미덕, 사색을 상징하는 여신들이 새겨져 분위기를 환기시키고 있으며 기둥은 착시현상을 이용해 실제보다 더 넓은 것처럼 보이도록 설계됐다. 벽면에는 한창 때 12,000권의 두루마리가 꽂혔던 흔적을 그대로 엿볼 수 있다.

한동안 넋이 빠져서 도서관을 바라보는 나를 현실세계로 되돌린 건 터키 농아학교의 아이들이었다. 그들은 도서관만큼이나 혼자 다니는 동양인을 신기해하며 같이 사진을 찍자고 카메라를 내밀었다.

도서관을 나서면 로마시민들의 공동화장실이 방문객을 맞는다. 상수도가 완비되어 있지만 벽이 없다는 점이 특징적이다. 공동화장실 맞은편 건물의 용도에 대해서는 매춘이 행해지던 장소였다는 설과 귀족의 집이었

로마 시대의 공동화장실, 좌변기가 수도와 벽을 따라 일렬로 정렬해 있다.

누가의 무덤. 지금은 사도의 무덤이라는 사실이 믿기지 않을 정도로 방치돼 있다.

다는 설이 부딪치고 있는 중이다. 화장실을 지나면 하드리안 신전과 공중
목욕탕이 나온다. 탈의실, 온탕, 냉탕이 갖춰진 로마의 목욕탕은 지금과
비교해 봐도 전혀 뒤떨어지지 않는다. 목욕탕의 건너편에는 귀족들의 가
옥이 있고 바닥에는 모자이크가 남아 있다.

　길은 헤라클레스의 문으로 이어진다. 문에는 사자의 가죽을 덮어쓴 헤
라클레스가 새겨져 있어 이 같은 이름이 붙었다고 한다. 문을 나서면 소
형극장, 아고라로 이어지며 전보다 아기자기한 유적들이 나온다. 분위기
가 덜 귀족적이고 웅장하지 않은 대신 반쯤 무너진 폐허를 거닐며 호젓한
기분을 즐길 수 있다. 복음서를 지은 누가의 무덤은 출구 밖에 위치해 있
지만 미리 말하고 나가면 무덤을 본 후 돌아올 수 있다.

　누가의 무덤을 둘러보고 다시 에페스로 돌아와 소형극장에 앉았다. 가
져온 빵에 땅콩버터를 발라 먹을 셈이었다. 터키의 살인적인 유적 입장료

때문에 매일 파스타와 빵으로 끼니를 때우는 상황이었다. 그렇다고 '굶는 한이 있어도 유적은 꼭 본다' 는 원칙을 포기할 수도 없는 노릇이었다. 투덜거리면서 빵을 깨무는 내게 고양이 한 마리가 다가왔다. 빵을 건네는 순간 한 무리의 관광객들이 왁자지껄하게 떠들며 입장했고 고양이는 도망쳐 버렸다.

언제나 평화와 정적을 깨뜨리는 건 단체관광객들이었다. 괜히 부아가 나 입이 미어지게 빵을 밀어 넣고 자리를 떴다. 셀루크성에 있는 사도 요한의 무덤과 18세기 계시를 받고 발굴된 성모 마리아의 집에 갈 생각이었다.

테헤란의 첫날

테헤란에 내렸을 때는 새벽 다섯시 반이었다. 아직 캄캄한 밤중이었고 밤새 버스에서 시달린 터라 몸상태도 엉망이었다. 어디서 좀 쉬었으면 했지만 터미널의 혼란스러움은 상상을 초월했다. 찬 겨울바람도 재킷을 파고들었다.

지하철역까지 택시를 탈 생각에 호객을 하던 운전수를 따라갔다. 요금을 묻자 운전수는 '4천' 이라고 대답했다. 4천 리알(약 5백원)이라면 나쁘지 않은 가격이었다. 가이드북에는 2,500리알이 적정가라고 나와 있었지만 한시라도 빨리 숙소에 가고 싶었다. 어느새 다른 이란인 둘이 따라붙었지만 다른 손님이지 싶어 신경 쓰지 않았다. 운전수는 차가 출발하자마자 돈을 요구했다. 2,500리알로 깎을 셈을 하고 다른 이들이 먼저 돈을 내면 마지막으로 내겠다고 했다. 그러자 뒷자리의 청년이 아무 말 없이 돈을 내밀었다. 자세히 보자 4만 리알(약 5천원)이었다.

그때서야 실수했다는 걸 깨달았다. 이란인들은 돈을 셀 때 '리알' 과 '투만' 이라는 단위를 함께 사용한다. 물론 정식 명칭은 아니지만 단위가 크기 때문에 편의상 10리알을 1투만이라고 부르는 것이다. 운전수가 '4천' 이라고 했을 때, 그는 '4천 리알' 이 아니라 '4천 투만' 을 의미한 것이었다. 물론 터무니없는 가격이었다. 뒤에서 돈을 내민 청년도 한 패거리임에 틀림없었다.

당장 내려 달라고 소리치자 돈을 내기 전에는 그럴 수 없다는 대답이 돌아왔다. 경찰서로 가자고 하니 자기가 경찰이라며 가짜 신분증을 보여 줬다. 이란에 가짜 경찰이 많다는 얘기는 익히 들었지만 실제로 위조된 신분증을 보니 할 말이 없었다. 못 내겠다고 버티니 지하철역을 지나 어딘가로 달려가기 시작했다. 아직 밖은 어두웠다. 창밖으로 희미하게 제복을 입은 경관이 보였다. 기회를 엿보다 잽싸게 창문을 열고 도와 달라고 소리쳤다. 하지만 상황은 더 악화됐다. 운전수는 차를 중심 차선으로 옮기고 속도를 내기 시작했다.

다시 난리를 피울까봐 걱정이 됐는지 한 손으로 어깨를 떠밀며 '돈을 내라'고 억지를 부렸다. 계속 버티자 운전대를 잡지 않은 손으로 떠밀고, 내려치고, 찔러 댔다. 동시에 고함을 질러대기 시작했다.

"내 돈, 빨리 내 돈 내놔!"

어떻게 보면 발작을 하는 것 같기도 했고, 어떻게 보면 위협하는 것 같기도 했고, 또 어떻게 보면 울부짖는 것 같기도 했다. 어이가 없기도 하고, 분하기도 하고, 두렵기도 했지만 상황이 불리하다는 걸 인정할 수밖에 없었다. 인적이 드문 곳에 차를 세우고 덤벼들면 돈 5천원이 문제가 아니었다. 돈을 줄 수밖에 없었다.

내려준 곳은 황량한 도로변이었다. 희미한 새벽빛에 둔덕이 아스라했다. 어떻게 돌아가야 할지 막막하기만 했다. 가슴이 답답해져 바닥에 주저앉았다. 한참 앉아 있는데 빈 버스가 앞에 와 섰다. 버스를 운전하는 청년은 태워 주겠다며 손짓을 했다. 이번에도 돈을 터무니없이 요구하면 어떡하나 싶었지만 다른 방법이 있는 것도 아니었다. 또 운전수 혼자라 문제가 생겨도 도망칠 수 있을 것 같았다.

버스는 조금 가다가 정지했고 청년이 차에서 내렸다. 어디론가 가기에 유심히 지켜봤더니 잠시 후 빵을 들고 돌아왔다. 아침이라며 빵을 건네주며 웃는 모습을 보니 악인은 아닌 것 같았다. 버스는 도심으로 들어갔고 날도 조금씩 밝아졌다. 그는 '한국을 좋아한다'며 엄지손가락을 치켜 올렸고 긴장이 풀린 나도 이란을 좋아한다며 맞장구를 쳤다.

이윽고 버스에 손님이 밀려들기 시작했다. 양복을 입은 중년 신사, 차도르를 쓴 여학생들, 머리에 젤을 바른 청년. 아침을 시작하는 테헤란의 풍경은 여느 도시와 다를 바 없었다. 승객들은

테헤란의 출근길.

267

묵묵히 버스에 오르다 외국인이 자기 키만 한 배낭을 들고 서 있는 모습을 보고 놀란 표정을 지었다. 그러다가도 눈을 마주치면 미소를 지었다.

지하철역에 도착하자 운전수는 종이에 전화번호를 적어서 내밀었다. 버스요금은 무료이며 도움이 필요하면 언제든 연락하라는 말을 덧붙였다. 손을 흔들어 버스를 보내자 피곤이 몰려왔다. 하지만 배낭을 메고 발을 돌렸다. 테헤란에 도착한 첫날, 그것도 몇 시간이 지났을 뿐이었다.

변화의 기로에 선 이란 여성

이란에 도착해서 가장 먼저 눈에 띈 것은 차도르를 쓴 여성들의 모습이었다. 여성의 복장에 관한 이란의 정책은 지금까지 여행했던 어떤 곳보다도 강경했다. (물론 사우디를 비롯한 걸프 연안의 국가들은 더하다)

이란에 도착해 떠날 때까지 머리를 가리지 않은 여성은 단 한 명도 볼 수 없었다. 영화, 텔레비전에서도 마찬가지였고, 외국인도 예외가 아니어서 머리를 가리지 않고는 입국이 불가능할 정도다. 지금은 바뀌었지만 예전엔 혼자 여행하는 여성은 비자를 받을 수조차 없었다. 아직도 머리를 가린 사진이 있어야 비자를 받을 수 있다. 이 같은 사실이 말해 주듯 이란의 여성인권은 말 그대로 열악한 수준이다.

2004년 현재까지 여성이 남편, 친척이 아닌 남성과 공공장소에 있는 것은 불법이다. 물론 지금은 단속이 거의 사라졌지만 아직도 많은 커플들이 남의 눈을 의식하며 데이트를 하는 형편이다. 간통한 여성이나 매춘부는 사형에 처해질 수도 있다. 또 여성은 남편이나 부모의 허락 없이 혼자서 여행을 할 수 없다. 몇 년 전까진 혼자서 유학 가는 것도 허용되지 않았다. 미혼 남녀가 함께 호텔에 투숙하는 것도 엄격하게 금지되어 있다. 호텔에서 신분증을 검사하기 때문에 속이는 것도 불가능하다.

예전엔 외국인에게도 이 규정이 엄격하게 적용됐다. 결혼증명서가 없으면 일행이라도 방을 따로 써야 했다. 아직 이 규정을 들이대는 곳도 적

지 않지만 아예 물어보지 않거나, 적당히 대
답해도 넘어가주는 호텔이 늘어나는 추세
다. 그래도 대부분의 남녀 여행자들은 사실
과 상관없이 현지인들에게 부부행세를 한
다. 그래야 의심의 눈길도 피할 수 있고 여
러모로 편리하기 때문이다. 이렇게 규정이
엄격하다 보니 가끔 웃지 못할 광경도 보인
다. 이란 여성도 집에선 차도르를 쓰지 않지
만 영화에선 머리를 가리지 않으면 안 된다.
결국 영화에서 집 내부장면이 나올 때는 손
수건 비슷한 천으로 윗부분만 살짝 가리는
편법이 동원된다.

에스파한에서는 차도르 대신 스카프를 쓰
고, 부분적으로 염색한 앞머리를 내보이는
것이 유행이다.

악명 높은 종교경찰이 없어진 지금 에스파한과 테헤란의 여성들 사이
에선 조금이라도 앞머리를 더 드러내기 위한 노력이 한창이다. 염색한 머
리를 절반이나 드러낸 대담한 차림으로 거리를 활보하는 모습도 심심찮
게 볼 수 있다. 상의로 허벅지를 가려야 하는 규정도 마찬가지다. 사이즈
가 큰 점퍼를 입는 것으로 대신하기도 하고, 앞을 트고 엉덩이만 살짝 가
리기도 한다.

옷차림만큼이나 의식이 자유로워지는 모습도 곳곳에서 볼 수 있었는
데, 쉬라즈(Shiraz)에서 만난 여대생은 옆에 있는 남학생을 '남자친구' 라
고 소개해 날 놀라게 했다. 페르세폴리스에서 노래를 부르던 여대생들은
일행을 둘러싸고 질문을 퍼붓더니 사진을 찍자며 먼저 손을 잡아끌었다.
그러나 이런 변화가 제도개혁으로 이어질지는 아직 미지수다. 개혁을 외
치며 여성과 학생의 지지를 받아 당선된 하타미 대통령이 실망만 남긴
다음 그 반작용으로 보수 강경파 아마디네자드 대통령이 당선되었기 때
문이다.

하지만 한 가지는 분명해 보인다. 이란 여성의 의식은 급속도로 자유로
워지고 있으며, 이제 이란을 혁명 직후의 엄격한 분위기로 되돌리는 것은

불가능하다는 사실이다. 그것은 차도르 사이로 드러난 눈들이 용납하지 않을 것이다.

세계에서 가장 많은 보석을 볼 수 있는 박물관

가이드북에는 간단하게 다음과 같이 서술되어 있었다.

'세계에서 가장 많은 보석을 볼 수 있는 곳'

테헤란에 위치한 국립 보석 박물관은 수백 년 동안 수집된 희귀한 보석으로 가득 찬 보고다. 또 '페르시아'라는 이름에 깃든 전설적인 풍요와 신비로움, '왕 중의 왕'이었던 샤(황제)의 끝없는 욕망과 사치를 그대로 느낄 수 있는 곳이기도 하다.

철저한 보안검색을 마치고 계단을 내려가면 가장 유명한 보물 중 하나인 '공작의 왕좌'가 눈에 들어온다. 19세기 샤 파스알리 치하에서 만들어진 이 옥좌는 수많은 보석으로 치장돼 있으며 머리 부분에 태양 모양의 장식이 있어 '태양의 왕좌'라는 별칭을 가지고 있다. 지금의 명칭은 당시 황후의 이름에서 유래했다고 한다.

공작의 왕좌. 사진 촬영이 금지돼 있어 안내 책자를 스캔했다.

왕좌를 지나 오른쪽으로 들어가면 길이 30m, 폭 10m 정도의 작은 전시실이 나온다. 대부분의 보물이 전시된 곳이다. 처음엔 전시실의 면적에 실망하겠지만 그 실망은 오래가지 않는다. 사십여 개의 케이스에 전시된 수천 개의 보물은 보는 이로 하여금 숨조차 제대로 쉴 수 없게 한다.

2백여 개의 루비가 박힌 찻잔, 수백 개의 루비와 터키석을 촘촘히 박아 넣고 사이사이를 금으로 채운 물담배

병, 무게가 16kg에 이르는 진주 커튼장식, 살마다 진주와 사파이어가 촘촘히 박힌 우산, 150캐럿짜리 에메랄드와 2백여 개의 다이아몬드로 장식된 허리띠, 2천여 개의 다이아몬드로 뒤덮인 장검 등등 호화로움의 극단을 보여 주는 전시물들이 줄을 잇는다.

'지상 최대'라는 호칭을 가진 보석도 여럿 만날 수 있다. 세계에서 가장 큰 첨정석(5백 캐럿)과 역시 지구상에서 가장 큰 루비(1백 캐럿)를 지나면 유명한 핑크 다이아몬드가 나온다. '빛의 바다'라는 이름을 가진 이 다이아몬드는 182캐럿으로 지상 최대의 핑크 다이아몬드다.

전시실의 중앙에는 사치의 한계를 넘어선 물품들이 전시돼 있다. 그중 총합이 1천 캐럿을 넘는 3천 개의 다이아몬드로 장식된 '팔라비의 관'은 이란 혁명이 성공할 수밖에 없었던 이유를 말없이 설명해 준다.

전시실에서 가장 유명한 전시물은 '보석의 지구'라는 이름의 지구본이다. 받침대까지 1m가 넘는 이 거대한 지구본은 1869년 샤 나세르 에딘의 명령에 의해 만들어졌다. 바다는 에메랄드, 육지는 루비로 만들어졌으며 위도와 경도는 다이아몬드와 루비로 표시돼 있다. 육지 중 이란, 프랑스, 영국, 동남아시아만 다이아몬드로 장식된 것도 특이하다.

이 지구본에 사용된 보석은 5만여 개, 테두리와 받침대를 이루고 있는 금의 무게만 34kg에 달한다고 한다. 탐욕이 광기로 치달을 때만 만들어질 수 있는 걸작이다.

안내책자를 사서 문을 닫을 때까지 박물관을 돌아봤지만 떠나는 발걸음에는 아쉬움이 남았다.

보석에는 사람을 홀리는 마력이 있다. 그 투명한 결정 속에서 현실의 비루한 삶은 증발해 버리고 영원에 대한 헛된 희망만 남는다. 몰락해가는 제국의 황제들은 그 매력에 저항할 수 없었을 것이다. 그리고 현실감각을 잃은 마지막 황제는 결국 혁명에 의해 축출되고 말았다. 샤는 쫓기듯 제국을 떠나면서도 보석들을 생각했을지 모를 일이다.

보석은 결국 돌일 뿐이다. 하지만 욕망에 눈이 먼 이들은 그 돌에 엄청난 가치를 부여한다. 결국 문제는 '가치가 얼마나 되는가?'라는 질문으로 귀결되는데 그에 대해서는 다른 어떤 말보다 안내책자에 나와 있는 말을 인용하는 편이 나을 것 같다.

'지구상에 비교할 수 있는 대상이 없으므로, 이 보석들이 얼마의 가치를 가지고 있는지 아무도 계산할 수 없다.'

이란 제일의 성지, 마샤드

마샤드는 수니 무슬림들에게는 그렇고 그런 도시에 불과할지 모른다. 하지만 이란 인구의 대부분을 차지하는 시아파들에게는 이란에서 가장 신성한 장소다. 여덟 번째 이맘인 이맘 레자의 무덤이 있기 때문이다.

수니에서 이맘은 기도를 주재하고, 기도시간을 알리는 종교지도자지만 지위상으로는 평신도와 다를 바 없다. 예언자 무함마드조차도 몇 번이나 말한 바 있듯 이슬람에선 알라 앞에서 누구나 동등한 지위를 가진 것으로 간주되기 때문이다. 하지만 시아 무슬림들은 다르다. 페르시아 제왕의 전통을 가진 이들은 이맘의 권위를 존중하고 따르는 시아파를 발전시켰다. 이란 혁명 후 이맘 호메이니가 권력을 장악한 것도 종교지도자에 대한 대중의 존경이 있기 때문이었다. 특히 무함마드의 혈통을 잇는 열두 이맘에 대한 시아의 감정은 각별하다. 마샤드가 이란 제일의 성지인 것도 이 때문이다. 그런 만큼 경비도 삼엄하고 입장 절차도 까다롭다. 카메라는 보관소에 맡겨야 하고 소지품 검사도 철저하다. 비무슬림은 모스크와 사원에 들어가는 것도 허용되지 않는다. 여성 여행자들은 스카프를 두르고 몰래 들어가기도 하지만 남자들에게는 이도 여의치 않다.

우물쭈물하다 정문에서 잡히면 의무적으로 가이드의 안내를 받아야 한다. 물론 안내를 받는다고 해서 해로울 건 없었다. 다만 가이드가 몇 번이나 되풀이해 경고를 하기 때문에 모스크에 들어갔을 때 변명할 여지가 사라진다는 게 문제였다.

나도 결국 정문에서 잡히고 말았는데 이때 안내를 맡은 이가 파르사였

이맘 레자 사원. 마샤드의 밤을 아름답게 밝히는 돔에는 결국 들어갈 수 없었다.

다. 키가 작은 스물셋의 젊은이였는데 군 복무 대신 외국인 가이드를 맡고 있다고 했다. 그는 안내 사무실로 향하며 모스크와 사원에 대해 간략히 설명했다.

"이맘 레자는 이란에 묻힌 유일한 이맘이야. 그래서 이곳이 시아들에게 가장 신성한 장소가 된 거지."

엄격한 입장 절차에 대해 불평하자 그것도 이유가 있다고 했다.

"몇 년 전 정부에 불만을 가진 이들이 사원 옆에 폭발물을 설치한 적이 있었어. 그때 전국이 발칵 뒤집히고 나서 경비가 강화된 거야. 저길 봐."

손가락으로 가리키는 곳에는 보수공사가 한창이었다. 폭발사고를 계기로 대대적인 보수공사를 하는 중이라고 했다. 동시에 금지구역에 들어가지 말라고 되풀이해 경고했다.

"그래도 들어가면 본인 책임이야. 어떤 일이 생기든 말이야. 알았지?"

냉정한 말투였다. 어떻게든 들어가 볼까 하던 생각이 단숨에 사라졌다.

사무실은 사원 내부와 비슷하게 꾸며져 있었다. 사원에 들어가지 못하는 외국인을 위한 배려였다. 모스크에 대한 설명을 듣고 화질이 떨어지는 비디오를 시청했다. 비디오가 끝나고 왜 이맘이 열두 명이냐고 묻자 파르사는 곰곰이 생각하다가 엉뚱한 비유를 들며 반문했다.

"그럼 왜 손가락은 열 개인 걸까? 왜 눈은 두 개인 걸까?"

옆에서 지켜보던 직원이 참견했다. 무함마드가 생전에 열두 이맘의 존재를 예언했다는 것이었다. 대답이 막힌 파르사가 웃었다.

"이맘은 시아에게 완벽한 존재야. 질문을 품는 것 자체가 허용되지 않을 정도로."

이란 혁명의 주역이었던 이맘 호메이니에 대해 묻자 망설이다가 입을 열었다.

"그에게는 존경의 표시로 이맘이라는 이름을 주었을 뿐이야. 열두 이맘과 비교할 수 있는 존재는 아니지. 그럼에도 불구하고 그는 자신의 이름을 따서 거리와 모스크 이름을 바꿔 버렸어." (이란 어느 도시에 가든 중심 거리는 이맘 호메이니 거리다)

274

조심스럽게 비판하더니 어느새 말을 돌렸다.

"여기 이 벽에 새겨진 모자이크를 봐. 어떻게 보면 말 모양이지만, 또 어떻게 보면 새 모양이기도 하지. 이처럼 보이는 것은 하나가 아니야. 하지만 진리의 내용까지 변하지는 않아."

세상의 이치를 깨달은 도인처럼 천천히 말을 이었다.

문까지 바래다주면서 이런저런 얘길 나누다가 한국 얘기가 나왔다. 파르사는 텔레비전에서 시위를 봤는데 한국인들의 반미감정이 그렇게 심한 줄 몰랐다며 놀라움을 표했다. 당시 이란 언론에선 미국에 대항하는 나라가 적지 않다는 것을 보여 주기 위해 남한의 핵개발 의혹과 반미시위를 대대적으로 보도하는 모양이었다. 어떻게 설명할까 하다가 말을 받았다.

"보는 사람에 따라서 보이는 것은 하나가 아닐 수도 있지. 하지만 진리는 보이는 것과 다를 수도 있다는 거, 알잖아?"

파르사는 웃으며 손을 잡았다.

마샤드의 이맘 레자모스크 뒤편에는 부속 박물관이 있다. 규모는 크지 않지만 지금까지 본 박물관 중 가장 특이한 곳이었다.

1층 성물실에서는 이맘 레자사원의 부장품을 만날 수 있다. 전시된 품목은 열쇠, 자물쇠, 향로, 유골함, 꾸란 등이다. 그 옆에는 이란인들이 모스크에 기증한 메달들이 전시돼 있다. 올림픽 메달부터 국제우표전시회 메달, 수학경시대회 상장까지 있어 이란인들의 신심을 짐작할 수 있게 해 준다.

2층부터는 테마가 없는 전시품들이 이어진다. 도자기, 중세시대의 시계, 암모나이트 화석, 종교화, 비행기 모형 등등. 언뜻 보면 과학관 같기도, 자연사 박물관 같기도 하고, 미술관 같기도 했다. 설명도 전혀 없어서 어떤 의도로 가져다 놓은 것인지 짐작조차 할 수 없었다. 박물관 직원에게 물어봤지만 잘 모르겠다는 대답이 돌아올 뿐이었다.

나가기 전 지하에 들렀더니 그곳에서는 우표전시회가 한창이었다. 들이가사사사 전시회 관계자가 다가왔다. 전시회에 외국인이 찾아왔다는 사실에 기분이 좋은 모양이었다. 그는 한국의 우표를 사고 싶다며 이메일주소를 적어줬다. 그리고 몇번이나 신신당부했다.

"여기에 전시해 놓을테니 꼭 보내 주세요!"

우표 수집가의 태도 앞에서 박물관의 테마를 깨달을 수 있었다. 그것은 바로 신에게 자신의 것을 바치려는 '열정'이었다.

이슬람 속의 한국

이슬람권에서 한국의 인지도는 그다지 높지 않았다. 위치도 제대로 모르는 이들이 대부분이었다. 한국의 위치에 대해 물어보면 말레이시아 옆에 있다, 태국 근처에 있다, 섬나라다 등 의견이 분분했다. 정확하게 말한 이는 손꼽을 정도였다. 그에 비해 한국기업의 인지도는 매우 높았다. 현대와 삼성, LG를 모르는 이들은 거의 없었다. 현대자동차, 삼성휴대폰, LG가전제품은 어디서도 쉽게 찾아볼 수 있었다. 그런가 하면 이란에선 기아 프라이드가 엄청난 인기를 끌고 있었다.

약간 과장하면 거리를 달리는 자동차 세 대 중 한 대가 프라이드였다. 모델도 하나뿐이었다. 하얀색이나 짙은색 프라이드 베타. 에스파한의 한 주차장에선 열 대 중 여섯 대가 같은 모델인 걸 본 적이 있을 정도였다. 이란의 전 대통령이 대우 차를 탄 이후로 대우가 각광받기도 했지만 최근의 대세는 역시 프라이드였다.

파키스탄에서 가장 빠르고 비싼 버스회사는 '대우 익스프레스'였다. 현지인들은 '대보'라고 불렀는데 요금이 다른 버스회사의 두 배에 달했다. 그래도 철저하게 시간을 지키는 덕분에 중상류층에게 인기가 높았다. 차량은 구형 대우 버스였지만 서비스가 일품이었다. 점심 도시락이 나왔고 여승무원이 주스와 차를 내왔다. 베개와 이어폰도 함께 제공됐다.

방문할 당시엔 한국 축구에 대한 관심도 높았다. 많은 이들이 한국 축구를 말하며 엄지손가락을 들어올렸다. 독일 월드컵 예선이 한창인 덕분이었다. 김남일의 팬인 이집트 대학생을 만나기도 했고 월드컵에서 한국경기를 빠지지 않고 챙겨봤다는 터키 청년과도 이야기를 나눴다. 오스만이라는 터키 청년은 국가대표팀 선수 이름을 줄줄 읊어 놀라게 하기도 했다.

한국문화에 대한 관심도 조금씩 높아지고 있었다. 카이로에 가는 비행기에선 우즈베키스탄 성우를 만났는데 드라마 〈겨울연가〉에서 상혁의 목소리를 더빙했다며 자랑했다. 이집트에선 드라마 〈가을동화〉의 인기가 상당했고, 〈겨울연가〉도 곧 방영할 예정이었다. 한 이집트 여대생은 원빈을 좋아한다고 털어놓기도 했다.

이스탄불의 한 영화관에서는 영화 〈장화홍련〉을 상영하고 있었다. 시리아에서는 영화 〈무사〉의 복제 CD가 유통되는 중이었다. 중국에서 불법복제된 CD였다. 표지도 자막도 중국어로 써져 있어 한국영화라는 사실을 모를 정도였다. 팔던 청년도 중국영화인 줄 알았다며 놀란 표정을 지었다. 이란에서는 〈무사〉와 함께 영화 〈조폭마누라2〉 CD도 볼 수 있었다.

한국기업들이 세계에서 그 상품성을 인정받는 건 좋은 일이었지만 그보다 하나 둘 지명도를 높여가는 문화상품들을 볼 때 더 기분이 좋았다.

김구 선생이 말한 '문화의 힘'은 커져갈수록 세상을 아름답게 만드는 힘이다. 무력의 힘은 세계에 불행한 결과를 가져오고, 경제의 힘은 해당 국에만 부를 안겨준다. 하지만 '문화의 힘'은 그렇지 않다. 문화의 힘은 사람들을 감동시키는 힘이고, 세계에 평화를 가져오는 힘이다.

영화나 드라마에 담긴 한국의 마음이 더 많은 이들을 감동시킬수록 세상은 조금씩이나마 더 살 만한 곳이 되어갈 것이다. 그리고 그런 문화를 계속해서 만들어 나가는 것이 우리가 할 일일 것이다.

천국의 도시, 에스파한

에스파한은 누구나 손꼽는 이란 최고의 도시다. 아름다운 모스크가 있고 신록의 공원이 있다. 황무지로 가득한 이란에서 강을 가지고 있는 몇 안 되는 도시 중 하나이기도 하다.

호메이니 광장 남쪽에 자리 잡은 이맘모스크는 이란에서 가장 아름다운 모스크라고 불리기에 손색이 없다. 돔만 놓고 보자면 전 세계에서 가장 아름답다고 해도 과언이 아니다. 복잡한 아랍 문양을 이루고 있는 푸른색과 황색 타일의 조화는 보는 이의 혼을 빼놓을 정도다. 이 모스크를 세운 사파위왕조의 샤 아바스 1세는 '에스파한은 세상의 반' 이라는 동전을 발행할 정도로 도시를 사랑했다고 전해진다.

모스크의 중앙에는 검은 돌이 있는데 이곳에서 소리를 내면 일곱 개의 메아리로 돌아온다고 해서 유명하다. 메아리는 소문대로 청아했지만 반시간 동안이나 소리쳤음에도 메아리가 정확하게 몇 개인지 알아내는 데는 실패했다.

돌아오는 길에 들른 에스파한 공원에선 책 장터가 한창이었다. 수십 개의 가판이 벌어졌고 전공서적부터 그림책에 이르기까지 다양한 책을 팔고 있었다. 그중 한 가판에서 '알리' 라는 이란 대학생을 만날 수 있었다. 그는 에스파한에서 조금 떨어진 호라스간 대학에 다닌다고 했다. 전공은 동물학이었다. 금요일마다 장터에 나와서 잡지와 참고서를 팔아 용돈을 마련한다고 했다. 그는 심심하던 차에 잘됐다는 듯 자리를 권했다. 우리는 차를 마시며 대화를 나눴다.

에스파한 공원에서 체스를 두는 이들. 금요일의 에스파한 공원은 산책나온 이들로 북적였다.

그가 파는 것은 영어잡지와 고교 참고서 등이었다. 영어문법이나 수학공식이 정리된 포스터 크기의 종이는 한화로 백원 정도에 팔린다고 했다. 이란에서만 공부한 것치고는 영어가 상당 수준이었다. 그런 만큼 상당히 국제적인 감각도 지니고 있었다. 위성TV에서는 BBC월드를 즐겨보며 변화의 필요성엔 공감하면서도 정치적 자유보다 경제회복이 더 중요하다는 생각을 갖고 있

었다. 금요일에 예배를 보지 않고 장사를 하는 이유를 묻자 그는 웃으며
대답했다.

"기도는 나중에 해도 되지만 돈은 나중에 벌 수 없는 거 아냐?"

게다가 생각해 보면 어차피 장사도 모두 이맘(이란의 종교지도자)을 위한
것이라고 농담을 했다. 돈에 이맘이 새겨져 있는 만큼 돈을 버는 것도 이
맘을 위해서 그러는 거라는 좀 이상한(?) 논리였다. 그러면서 어깨를 치며
동의를 구했다.

"모스크에 안 가는 이유로는 그럴싸하지 않나?"

그러나 여자친구에 대해 물어보자 풀이 죽었다. 돈도 없고, 일자리도
없는 주제에 무슨 여자친구냐는 것이었다. 그리고 앞으로 불확실한 미래
에 대한 불안을 토로했다. 이란에는 직업이 절대적으로 부족할 뿐더러 임
금도 얼마 안된다는 것이었다. 그래서 알리의 소원은 미국에 유학을 가는
것이었다. 헤어질 때는 선물이라며 영어잡지 한 권을 건넸다.

다음날 에스파한 버스정류장에 앉아 쉬고 있을 때였다. 아미르와 사자
드라고 자신을 소개한 고등학생 두 명이 말을 걸었다. 우리는 곧 마음이
통해 같이 강변을 거닐게 됐다.

그게 가능했던 것은 둘 다 고등학생이라고 생각할 수 없을 정도로 영어
가 유창했기 때문인데, 외국에 나가 본 적이 없으며 학교와 학원에서 공
부했을 뿐이라는 말에 놀라지 않을 수 없었다. 게다가 아미르와 사자드는
사회문제에 대해서도 상당히 깨어 있는 똑똑한 친구들이었다. 우리는 이
란의 학교생활, 대학시험, 여자친구 등에 대해 많은 얘기를 나눴다.

아미르와 사자드는 6개월 후 대학입시를 앞두고 있었다. 반에서 1, 2등
을 다투는 우등생이었지만 에스파한대학이나 테헤란대학 같은 명문대학
에 진학하기 위해서는 더 열심히 공부하지 않으면 안 된다고 했다. 사자
드의 꿈은 에스파한대학에 들어가 치과의사가 되는 것이고 아미르의 꿈
은 영어를 전공해서 학자가 되는 것이었다. 둘 다 여자친구가 있으며 이
시실은 집이나 학교에서는 모르는 일이라고 했다.

"이란에서 연애를 하려면 몰래몰래 해야 돼, 아직까지 사회의 시선이

곱지 않거든."

아미르의 말이었다. 여자친구와 전화는 매일 하며, 데이트 빈도는 일주일에 한두 번, 만나면 같이 영화를 보거나 밥을 먹는다고 했다. 키스도 해봤다고 했다.

"키스는 가끔 해. 주로 집에서 하는데, 부모님이 맞벌이를 하시거든."

말하면서도 쑥스러운지 얼굴이 벌겋게 물들었다.

이란의 현실에 대해서는 둘 다 비관적이었다. 사자드는 이란에는 자유가 없다고 말할 자유조차 없다며 투덜거렸고 아미르도 동의했다.

"정말이야. 이슬람국가 중에서 이란이 최악이라니까! 가장 엄격하고 가장 자유가 없는 곳이거든."

위험 수위의 발언이 계속됐다.

헤어질 때가 되자 아미르와 사자드는 다음날이라도 집에 초대하고 싶다고 했지만 일정상 다음날은 에스파한을 떠나는 날이었다. 우리는 사진을 찍고, 서로 볼에 키스를 하고, 손을 흔들었다. 그런데 갑자기 아미르가 손에 끼고 있던 은반지를 건넸다. 이란에서는 헤어질 때 상대방을 기억할 수 있도록 선물을 주는 것이 전통이라는 설명과 함께. 어느 때보다 더 강하게 거절했지만 역시나 받을 수밖에 없었다.

실제로 끼고 다니지는 않았지만 그 반지는 여행하는 동안 힘들 때마다 위안이 됐다. 지칠 때 반지를 꺼내 들고 아마르와 사자드를 생각하다 보면 결국 세상은 아직 살 만한 곳이라는 결론에 이르게 됐고 그럴 때마다 다시 힘을 낼 수 있었다.

페르세폴리스, 만국의 중심

베히스톤의 암벽에 새겨진 비문에는 다음과 같은 글귀가 새겨져 있다.

'나는 위대한 왕, 왕 중의 왕, 페르시아의 제왕, 다리우스이다. 우리 종족은 오래 전부터 제왕이었고 지금까지 그것을 계승하고 있다.'

만국의 문. 2500년 전에는 세상의 중심이었지만 지금은 형체를 알아보기 힘들 정도다.

100개의 기둥을 가진 궁전. 페르시아 시대를 통틀어 가장 거대한 건축물의 하나였다.

　기원전 6세기 지금의 인도에서 리비아에 이를 정도로 광범위한 영토를 정복한 다리우스 대제는 당시까지 가장 거대한 제국을 건설했다. 그는 페르세폴리스에 화려함의 극치를 달리는 궁전을 건설했고 23개의 속국에서 조공을 받았다. 하지만 그가 세운 페르시아 제국은 200년을 채 버티지 못하고 알렉산더에 의해 멸망하게 된다. 당시 페르세폴리스를 점령한 알렉산더 대왕은 페르페폴리스를 불태웠는데 페르시아인들의 마음에서 이 도시를 지우게 하기 위해서였다고도 하고, 부하들이 페르세폴리스의 전설적인 부에 마음이 팔려 원정이 중단될 것을 우려했기 때문이라고도 한다. 알렉산더는 페르세폴리스 정복 후 보화를 약탈해 그리스로 가져갔는데

'자비의 산'에서 내려다 본 페르세폴리스. 제국의 영화는 사라진 지 오래지만 페르시아 제국의 자부심은 이란인들의 가슴 속에 그대로 남아있다.

당시 노새 만 마리와 낙타 5천 마리가 운송에 동원됐다고 한다.

　페르세폴리스의 입구에는 기단이 세워져 있다. 건설 당시 모든 건물이 이 기단 위에 세워졌는데 그 넓이는 가로 500m, 세로 300m에 달한다. 계단은 '만국의 문'으로 이어진다. 문 위에는 엘람어, 아시리아어, 페르시아어로 '만국의 문'이라는 글귀가 새겨져 있어 당시 세계의 중심으로 자처했던 페르세폴리스의 위상을 짐작하게 한다. 그 주변에는 '아파다나 궁전', '100개의 기둥을 가진 궁전' 등 그 규모만으로도 놀랄 수밖에 없는 유적들이 자리 잡고 있다.

　아파다나 궁전은 왕이 조공사절을 접견하던 곳이었다. 원래 중앙홀에는 20m의 기둥 36개가 서 있었다고 하지만 지금은 흔적뿐이다. 궁전의 기단과 벽에는 각국의 사신들이 조공을 바치는 장면을 담은 부조가 새겨져 있다. 금과 은으로 만들어진 병, 무기, 보석, 동물 등을 들고 제왕을 알현하는 이들의 행렬은 끝이 보이지 않는다. 또, 조공을 바치는 이들의 외양 역시 지역에 따라 옷, 헤어스타일, 턱수염 등이 서로 다르게 묘사돼 있다. 제국을 건설했다는 자부심과 세계의 중심을 자처하는 오만함이 강하게 느껴졌다.

'100개의 기둥을 가진 궁전' 은 사신들을 위한 만찬을 열던 장소이며, 그 뒤에는 페르시아의 전설적인 부를 상징하는 '다리우스의 보석관' 이 있다. 물론 지금은 기둥 몇 개가 고작이라 예전 모습을 상상하긴 어렵다.

페르세폴리스는 그 명성만큼 인상적이긴 했지만 대부분의 유적이 폐허로 남아 있는 경우가 많아 아쉬움을 더했다. 사라지지 않을 것 같던 제국도 결국 2세기를 버티지 못하고 무너졌고 위대한 역사는 전설이 되어 구전됐다. 20세기 들어 본격적으로 발굴이 이뤄지기 전까지는 지금 서 있는 유적들도 대부분 땅속에 묻혀 있었다. 지금은 일부만 간신히 복원해 놓은 형국이었는데 그런 모습이 무상함을 더했다.

페르세폴리스 뒤편에는 '자비의 산' 이라고 불리는 바위산이 있고 그 중턱에는 아타르크세르크세스 2세와 3세의 무덤이 있다. 같이 다니던 네덜란드 여행자 요스와 함께 무덤에 올랐을 때 뜻하지 않은 광경을 볼 수 있었다.

과자를 놓고 둘러서서 노래를 부르던 여학생 예닐곱 명이 우리를 보고 환영의 손짓을 했다. 우리는 같이 둘러앉아 과자를 먹고 담소를 나눴다. 근교 대학에 다니는 대학생들이었다. 어디서 왔나, 이름은 뭔가, 종교는 있나 등 질문이 끊이지 않았다. 말을 걸면 도망치거나 고개를 숙인 채 대답만 하고 사라져 버리는 보통의 이란 여성들과는 사뭇 다른 활달함을 엿볼 수 있었다. 그것도 지켜보는 이가 아무도 없었기에 가능한 일이었는지도 모를 일이지만….

돌아오는 길에는 또 다른 권력의 무상함을 엿볼 수 있었다. 페르세폴리스 앞에는 팔라비왕조가 세운 거대한 텐트들이 폐허로 남아 있었다. 1971년, 페르시아 제국 창건 2500주년을 축하하고자 했던 팔라비왕은 이란의 부와 영향력을 과시하고자 페르세폴리스에 거대한 텐트들을 설치했다. 오 대륙을 상징하는 오십 개의 초호화 텐트에는 화장실과 샤워실을 비롯해 고급호텔이 부럽지 않을 정도의 설비가 들어갔다. 그리고 그 중앙에는 연회용 텐트를 설치해 세계 주요 인사들이 참가한 파티를 열었다. 세계의 중심이었던 페르세폴리스의 영화를 재현하고자 한 것이다.

30개국의 정상이 참가한 이 행사는 성황리에 끝났지만 이 행사가 하나의 원인이 돼 팔라비왕조는 결국 무너지고 말았다. 민생을 돌보지 않고 과다한 재정지출을 감행한 정부에 국민들이 등을 돌린 것이다. 결국 1979년 이란 혁명이 일어나고 팔라비는 추방됐다. 그를 대신한 종교지도자 아야톨라 호메이니는 정권을 잡고 이란에 신정체제를 도입했다. 페르세폴리스는 이렇듯 절정의 영화를 누리던 권력이 어떻게 무너져 가는지를 2500년의 간극을 두고 극명하게 보여 주고 있었다.

열여덟 살의 포목상 에브라힘

이란에서 파키스탄으로 넘어가는 국경은 하나뿐이다. 그리고 국경을 건너기 위해선 자혜단(Zahedan)을 지나지 않으면 안 된다. 자혜단은 국경에서 이란 쪽으로 약 100km 떨어진 사막도시다.

원래 산적들의 본거지였다는 자혜단은 아직까지 밀수의 본거지로 악명을 떨치고 있다. 자혜단인들은 2년 전 밤(Bam)에서 지진이 일어났을 때 구호물품을 훔쳐 팔아먹은 것으로도 유명하다. 또 아프가니스탄 남부와 파키스탄 서부와 함께 전 세계 아편의 78%를 생산하는 '황금의 초승달' 근방이기도 하다.

네덜란드 여행사 요스와 자혜단에 도착한 것은 새벽 네시경이었다. 버스에서 밤을 지샌 터라 피곤이 밀려왔지만 소문을 들은 터라 긴장하지 않을 수 없었다. 서로 정신을 차리자고 격려하며 도심으로 향했다.

일단 급선무는 환전이었다. 남은 이란 리알을 파키스탄 루피로 바꿔야
했다. 마침 금요일이라 은행은 문을 닫은 상황이었다. 설상가상으로 시장
에서 환전상을 찾기도 쉽지 않았다. 그때 도움의 손길을 내민 이가 에브
라힘이었다. 그는 사정을 듣고 아는 환전상을 소개해줬다. 무사히 환전을
마친 후에는 자신의 포목점으로 우리를 초대했다. 영어를 완벽에 가깝게
구사하는 이 포목상은 놀랍게도 고등학교를 막 졸업한 열여덟의 청년이
었다.

"이곳에서 열여덟이면 뭔가 하지 않으면 안 돼요. 이 나이에 장사를 하
거나, 결혼을 하는 것도 일반적입니다."

그의 설명이었다. 영어실력에 찬사를 보내자 자신 넘치는 대답이 돌아
왔다.

"말하는 데는 별 문제가 없어요. 영어방송을 보고, 꿈도 영어로 꾸죠.
학교 토론시간에도 항상 제가 가장 먼저 질문하고, 공격하고, 토론을 이끌
어갑니다. 아직 작문에는 약간 어려움을 겪고 있지만 시험에는 통과할 수
있을 겁니다."

지금은 내년에 있는 유학시험을 준비하는 중이라고 했다. 시험에 통과
하면 영국으로 유학을 떠날 생각이란다.

"가족들은 모두 아랍에미리트로 이민을 갈 계획이에요. 저 때문에 늦어
지고 있는 중이죠. 시험에 통과하면 함께 여기를 떠날 겁니다."

대학에서는 영문학이나 회계를 공부하고 싶다고 했다. 가능하면 졸업
하고도 영국에서 일하는 것이 그의 계획이었다.

"이란에는 돌아오지 않을 생각이에요. 여기선 할 수 있는 게 아무것도
없어요. 금지된 일들이 너무 많기 때문이죠."

군대도 가능하면 빠질 생각이라고 했다.

자혜단에 대해 묻자 역시 부정적인 대답이 돌아왔다.

"소문대로 위험한 곳입니다. 현지인들도 밤에는 잘 나다니지 않을 정도
죠."

이곳에서 태어나고 자랐지만 가능한 한 빨리 떠나고 싶을 뿐이라는 게 솔직한 대답이었다. 종교에 대해서도 그다지 신경 쓰지 않는다고 했다.

"제가 이슬람이라는 자각을 해 본 적이 별로 없어요. 기도도, 다른 규정도 거의 지키지 않죠."

런던에서 몇 년 지낸 적이 있다는 요스의 말에 그의 눈이 반짝였다.

"예전부터 런던에 가는 게 꿈이었어요. 친척 중에도 그곳에 사는 이가 있죠. 그곳은 어떤가요? 물가는 비싼가요? 사람들은 어떤가요?"

하루빨리 모국을 떠나고 싶어 하는 젊은이의 열망이 조금은 씁쓸했다. 여자친구를 사귀지 않는 것도 마찬가지 이유 때문이었다.

"곧 떠날 텐데 문제를 만들고 싶지 않아요."

결국 에브라힘의 모든 생활은 이란을 떠나는 날을 위해 준비되고 있는 셈이었다. 그가 이란에서 만난 이들 중 가장 장래가 촉망되는 이였다는 사실도 가슴을 아프게 했다. 이들이 모두 떠나고 나면 이란은 발전을 위한 기회마저 박탈당하게 될 것이다. 하지만 이런 환경을 만든 것 역시 이란정부의 책임이니 자업자득이랄까.

돌아오는 길에 멀리 '검은 산'이 눈에 들어왔다. 이 이름이 산의 색깔 때문에 붙은 것만은 아니라는 소문이었다. 지금도 어딘가에 마약과 무기가 숨겨져 있을 산을 바라보며 요스가 말했다.

"그는 대단한 인물이 될 거야."

그 점에 있어선 나도 동감이었다. 다만 언젠가 그가 자신의 모국과 화해할 수 있길, 그래서 그의 재능이 이란의 고통받는 이들을 위해 쓰이길 바랄 뿐이었다.

5. 인도권의 무슬림

파키스탄에서의 연말연시
문화권 가로지르기

이란에서 파키스탄으로 넘어가는 것은 단순히 국경을 가로지르는 것 이상의 의미를 가진다. 파키스탄부터 인도문화권이 시작되기 때문이다.

하나의 문화권에서 다른 문화권으로 건너가면 의식주를 포함한 사람들의 생활양식과 사고방식이 현격하게 달라진다. 백 일 넘게 아랍문화권을 여행했던 내게 파키스탄은 상당한 충격이었다.

물론 문화권의 변화가 철조망 사이에서 일어나는 건 아니다. 문화는 국경을 넘어 교류하기 때문에 어느 정도 두 문화가 혼재된 지역이 존재한다. 파키스탄은 인도문화권의 시작이면서 문화의 혼재가 극명하게 드러나는 곳이기도 했다.

가장 먼저 달라진 것은 음식이었다. 이집트에서 이란까지는 우유를 넣지 않은 홍차를 마셨지만 파키스탄부터는 인도식 밀크티 '짜이'를 마셨다. 물담배도 파키스탄 서부에서 사라졌고, 음식의 종류도 늘어났다. 이집트부터 주식이었던 케밥과 샤와르마 요리가 사라지고 거리에선 카레의 강한 향이 입맛을 돋웠다. 대표적 인도음식인 탄두리 치킨, 난, 짜파띠, 사모사 등을 쉽게 발견할 수 있었다.

사실 아랍권을 여행하면서 가장 힘든 것 중 하나가 음식문제였다. 음식 가짓수가 워낙 제한돼 있는 터라 석 달 동안 샤와르마 샌드위치나 그릴에 구운 치킨으로 연명해야 했지만 파키스탄부터는 그런 걱정을 접어두고 다양한 향신료를 즐길 수 있어서 감사할 따름이었다. 사실 파키스탄은 무굴 제국 시절부터 인도와 하나의 국가를 형성했다. 영국의 식민지 지배를 받던 시기에도 마찬가지였다. 두 나라가 분리된 건 식민지 지배에서 벗어난 다음이다. 이 때문에 아직도 파키스탄과 인도의 거리에선 영국식 건물들을 쉽게 볼 수 있다. 영어도 영국식 영어가 일반적으로 통용된다.

파키스탄과 인도에서 크리켓이 국민 스포츠로 인기를 끄는 것도 영국 식민지 시절의 유품이다. 카슈미르를 두고 분쟁을 벌이던 파키스탄과 인도가 우호적 관계의 첫 걸음을 내딛을 때도 친선 크리켓 경기가 열렸다. 아직 분쟁의 불씨는 그대로 남아 있지만 크리켓 경기 덕분에 양국의 분위기는 상당히 누그러진 상태다.

아직까지 인도인들에 대한 반감을 숨기지 않는 파키스탄인들도 인도문화에 대해서는 놀랄 정도로 우호적이었다. 거리 곳곳에선 힌디 영화스타의 포스터를 팔았고 영화관에서도 대부분 볼리우드 무비(인도 상업영화)를 상영했다. 가요도 인도 가수들이 부른 노래들이 인기를 끌었다. 여성의 옷차림은 문화적 다양성을 그대로 드러냈다. 파키스탄 동부에서는 대부분의 여성들이 눈까지 가리고 다녔고, 이는 여성에 대한 억압으로 유명한 이란보다 더 보수적으로 보일 정도였다. 하지만 서부의 대도시에서는 사리(인도의 전통의상)를 입은 여성들이 머리를 드러내고 돌아다녔다. 물어보면 무슬림이라고 대답하면서도 의상은 인도 여성과 별반 차이가 없었다.

언어도 마찬가지였다. 파키스탄의 우르두어는 언어의 가교라고 할 수 있을 정도였다. '안녕하세요'는 다른 이슬람국가들과 마찬가지로 '알람쌀라이꿈'이었는데 '안녕히 계세요'는 이란어, 뱅갈어(인도 동부와 방글라데시의 언어)와 비슷한 '호다하피즈' 였다. '감사합니다' 는 '슈크리아' 로 아랍어의 '슈크람' 과 비슷했지만 '조금' 은 '토라토라' 로 힌디어와 동일했다. 이러한 파키스탄의 경계성은 새로운 문화창조의 단초가 될 수도 있겠지만 아직까지는 이질적인 문화로 인한 혼란이 더 강하게 느껴졌다. 그건 중앙정부의 취약성 때문이기도 했다.

서부 파키스탄은 아프가니스탄 남부, 이란 동부와 함께 황금의 초승달 지역을 형성하고 있는데, 마약과 무기가 아무런 규제 없이 거래되는 무법천지였다. 서부 파키스탄의 중심지 퀘타에선 아프가니스탄에서 넘어온 탈레반의 모습을 심심찮게 볼 수 있었다.

여행할 당시에도 정부군이 부족 처녀를 강간한 것에 대한 보복으로 부족 청년들이 도심을 로켓포로 공격하는 소동이 있었다. 그런가 하면 서북쪽의 페샤와르에는 무기와 위조지폐가 거래되는 공개시장이 있었다.

남부 파키스탄은 문명의 발상지인 모헨조다로와 하라파가 있는 곳이다. 방문을 희망했지만 치안이 불안정한 관계로 성사되지 못했다. 이슬람 급진주의자들이 독립을 선포하고 정부기관에 테러를 저지르는 상황이었는데, 다녀온 여행자들은 24시간 경찰의 경호를 받아야 했다고 털어놨다.

반정부 세력들은 주로 아프가니스탄과 이란의 영향을 받은 이슬람 원리주의자들이다. 쿠데타로 정권을 잡은 무샤라프 대통령이 정당성 확보를 위해 친미로 기울면서 이들의 반발이 거세게 터져 나오는 형국이었다.

동부에 위치한 파키스탄 최대의 도시 라호르는 그나마 치안 상황이 나은 편이었지만 여행자들 사이에선 도난 주의보가 내려져 있었다. 호텔 주인들이 여행자의 소지품을 훔쳐가는 일이 비일비재하다는 소문이었다.

북부는 카라코롬 하이웨이로 중국과 이어지는 고산지역이었다. 중국문화, 인도문화, 이슬람문화가 뒤섞인 이 지역의 경치는 말로 표현할 수 없을 정도로 아름다웠다.

다만 내겐 겨울에 도착한 게 불행이라 계속해서 바위가 무너지고 길이 막히는 통에 만 이틀 동안 버스를 타야 했다. 경치도 결코 잊지 못할 장관이었지만, 그 고생 또한 쉽게 잊히지 않을 경험이었다.

버스가 멈추고 하루의 마지막 기도가 시작됐다. 황무지에서 노을을 바라보며 기도하는 모습은 장엄하기까지 했다.

치안이 극도로 불안정한 상황에서 신문을 보면 온통 죽고 다치는 뉴스뿐이었다. 처음 파키스탄에 도착해 영자신문을 읽을 때 남부에서 경찰이 세 명을 사살했다는 기사가 사회면에 간단하게 나온 걸 보고 어처구니없어 하던 내게 한 파키스탄인이 말했다.

"여기서는 사람이 서너 명 죽는다고 뉴스가 되진 않아. 그건 매일 되풀이되는 일상이니까."

더 큰 문제는 이런 혼란이 수습될 기미를 보이지 않는다는 것이다. 이는 파키스탄이 하나의 정체성을 가지지 못하는 동안 계속될 과제다. 그리고 그 정체성의 기미는 아직 어디서도 보이지 않았다.

국경에서의 크리스마스

처음부터 크리스마스를 꼭 어디서 보내겠다는 생각은 없었다. 발길이 닿는 대로 움직이다 때가 되면 여행자들과 맥주나 한 잔 하면서 조촐하게 축하할 생각이었다. 하지만 일정은 이마저도 허락하지 않았다.

네덜란드 여행자 요스와 에스파한을 떠난 건 20일이었다. 둘 다 여행 막바지에 날짜를 세는 처지였다. 그리고 이란을 빠져나가기까지 험난한 여정이 기다리고 있는 것도 마찬가지였다. 혼자 다니길 선호하는 나로서도 이번만은 요스의 제안을 받아들이기로 했다.

우리는 야간버스를 타고 쉬라즈로 이동했고, 페르세폴리스를 돌아본 후 다시 야간버스에 올랐다. 목적지는 조로아스터교의 성지 야즈드였다. 야즈드에 도착해선 둘 다 녹초가 되어 침대에 쓰러졌다. 하지만 그것도 하룻밤이었고, 다음날은 다시 야간버스로 자헤단까지 이동해 국경을 건넜다. 그렇게 해서 파키스탄에 도착했을 때는 나흘 중 사흘 밤을 버스에서 보낸 후였고 크리스마스 이브였다.

세관검사를 마치고 나왔지만 국경은 황량하기만 했다. 식당 두어 개와 버스정류장 하나가 고작이었다. 더구나 우리를 기다리고 있는 것은 퀘타까지 열네 시간의 버스 이동이었다. 점심을 먹을 시간도 없이 버스에 올랐다.

네시, 버스가 출발하자 몸을 기댔다. 일본어 가이드북에는 이 구간을 세계 최악의 버스 구간 중 하나라고 서술하고 있었다. 도로 사정도 나쁘려니와 도중에 산적을 만나는 일이 잦기 때문이었다.

도로는 여전했지만 산적은 예전처럼 자주 출몰하지 않는다고 하니 그나마 다행이었다. 그러거나 말거나 눈꺼풀이 무겁게 내려앉았다. 무성의하게 닦여진 도로도, 마차처럼 덜컹거리는 버스도 피곤에 지친 여행자를 방해할 순 없었다.

몇 시간이나 잤을까? 어쩌다 눈을 뜨면 나무 한 그루 없는 황무지가 눈에 들어왔다. 파키스탄의 서부는 아직 전기도, 수도도 들어오지 않는 오지였다. 가끔 토담벽의 집과 유목 부족이 보일 뿐이었다. 단조로운 풍경은 다시 눈을 감기게 했다. 몇 번인가 잠을 깨서 시계를 보니 열한시 반이었다. 주위를 둘러보자 옆자리의 요스도, 다른 파키스탄인들도 깊은 잠에 빠져 있었다. 눈을 감고 기억을 헤집었다.

몇 년 전까진 성당에서, 성당에 나가지 않게 된 후부터는 친구들과 함께 크리스마스를 축하하곤 했다. 여자친구와 파티를 하기도 하고 놀이공원에서 밤늦도록 놀기도 했다. 관습적인 의미 이상은 없었지만 구실을 만들기엔 그 정도로도 충분했다. 어쩌면 혼자 있기를 두려워했는지도 모르겠다. 지금도 한국에서는 겨울방학을 맞은 학생들과 기분을 내려는 직장인들이 거리를 메우고 있을 것이었다. 케이크 앞에서 정담을 속삭이고 있을 연인들이 떠올랐다. 하지만 난 그로부터 몇 천 킬로미터나 떨어져 있었다. 낯선 사람들로 가득 찬 버스 안에서 불빛 한 점 보이지 않는 사막을 바라다보니 못 견디게 외로워졌다. 이토록 막막할 수 있다는 사실이 믿어지지 않을 정도였다.

열두시가 가까워오면서 낯선 추억들이 서둘러 나타났고, 또 사라졌다. 저음에 불편했던 마음도 조금씩 가라앉았다. 크리스마스란 건 결국 구실이었다. 매년 반복되는 의례적인 축하와 인사에서 벗어났다는 생각에 마음이 가벼워졌다. 이걸 바라고 떠났던 것 아니었던가.

생각만큼 나쁘지 않다는 결론을 내리고 몸을 파묻었다. 때론 의지할 게 없다는 사실이 힘이 되기도 하는 것이다.

고산마을 훈자에서의 새해

원래 계획은 한 해의 마지막 날을 훈자의 카리마바드에서 보내는 것이었다. 훈자는 만년설이 쌓인 봉우리와 복숭아꽃이 피는 계곡이 절묘한 조화를 이루고 있어 세계에서 가장 멋진 경치를 가지고 있다고 일컬어지는 곳이었다. 세계에서 두 번째로 높은 K2가 부근에 있었고 일본 애니메이션 〈바람계곡의 나우시카〉의 배경으로도 유명했다.

카리마바드(Karimabad)는 고도 2,500m의 고산마을이었다. 훈자지역에서도 아름답기로 손꼽히는 곳이었다. 그 절경 속에서 다른 여행자들과 같이 음식도 해 먹고, 저무는 해를 보며 나름대로 한 해를 반성할 생각도 갖고 있었다.

12월 30일, 라왈핀디(Rawal pindi)에서 카리마바드로 가는 버스티켓을 살 때까지만 해도 모든 일이 계획대로 진행되는 것처럼 보였다.

"버스는 세시에 출발합니다. 늦어도 내일 열시엔 목적지에 도착할 거예요."

터미널 직원은 자신 있게 말했다. 이마를 스치는 빗방울이 조금 불안하긴 했지만 문제가 될 정도는 아니었다.

버스에선 파키스탄인들이 이방인을 친절하게 맞아줬다. 옆자리에 앉은 이는 사프가드라는 스무 살 청년이었는데, 짧은 영어로도 자꾸 대화를 걸어와 심심하지 않았다. 승객들은 이방인에게 주전부리를 건넸고 다들 함께 먹으며 우르두 노래를 불렀다. 버스는 빗길 속에서 흥겨운 노래를 싣고 신나게 달렸다. 그런데 자정이 조금 지날 무렵부터 뭔가 잘못되고 있다는 것이 느껴졌다. 사람들이 조금씩 웅성거리기 시작했고 곧 버스가 멈

바위가 무너진 자리에서 발이 묶인 차들. 파키스탄 중부와 북부 사이에는 다른 길이 없어 돌아갈 수도 없는 상황이었다.

쳐 섰다. 무슨 일이냐고 묻자 사프가드는 제스처를 섞어 '도로가 막혔다'
고 대답했다. 비가 오는 바람에 바위가 무너져 길이 막혔다는 것이었다.
하지만 그 말에 놀란 이는 나뿐이었다. 다들 겨울철이면 흔히 일어나는
일이니 걱정할 필요 없다며 나를 안심시켰다. 그 말을 듣고 마음이 놓여
잠을 청했지만 자고 일어난 새벽 여섯시까지도 버스는 정차한 상태였다.

일곱시가 돼서야 버스는 다시 움직이기 시작했다. 하지만 그것도 잠시
곧 다시 멈춰 섰다. 이번에는 무슨 일인지 나도 분명히 알 수 있었다. 도로
오른쪽 암벽이 무너진 상태였고 자동차만 한 바위들이 길을 막고 있었다.

곧 연락을 받고 소형 지게차가 도착했다. 지게차와 사람들이 달라붙었
지만 바위는 꿈쩍도 하지 않았다. 다른 승객들의 얼굴에도 그림자가 드리
워졌다.

열시, 지게차 한 대로는 속수무책인 상황에서 운전기사가 아이디어를
냈다. 바위 건너편에 같은 회사의 버스가 있으니 버스를 바꾸자는 것이었
다. 곧 지붕에 있는 짐들이 내려졌고 다들 가방을 짊어졌다. 비를 맞으며
바위를 기어올랐다. 예정대로라면 목적지에 도착해야 할 시간인데… 한
숨이 나왔다.

버스가 다시 출발한 건 두시가 지나서였고, 날은 곧 어두워져 나무들이
그늘 속으로 사라졌다. 보이는 것이라곤 희끗희끗한 절벽뿐이었다. 음악
소리는 그친 지 오래였고 머리 위에는 짐이 위태하게 매달려 있었다. 바
닥은 귤과 땅콩껍질 따위로 어지러웠고 버스 안은 적막이 감돌았다. 가끔
누군가 침을 뱉는 소리가 메아리를 일으킬 뿐이었다. 동시에 구조신호라
도 보내듯 어딘가에서 담배연기가 피어오르곤 했다.

다들 언제 도착하리라는 희망조차 사라진 표정으로 눈을 감았다. 네 끼
를 굶은 다음이었지만 배가 고프다는 생각조차 들지 않았다. 비포장도로
는 끝없이 이어졌고 따뜻한 새해는 결코 오지 않을 것만 같았다.

지금 어디로 가고 있는 것이고, 왜 그곳에 가야만 하는지…. 머릿속에
선 질문이 꼬리를 물었다. 이유를 대라면 몇 가지라도 댈 수 있었다. 하지
만 어떤 것도 본질적인 대답은 되지 못했다. 결국 혼자든, 버스 안이든, 서

울이든 장소가 중요한 건 아니었다. 이렇게 마음을 고쳐먹자 조금 편안해졌다.

버스가 기르기트(Girgit)에 도착한 것은 밤 아홉시 무렵이었다. 원래라면 훈자까지 가야 할 버스였지만 방향등이 고장나 더 이상 갈 수 없다고 했다. 나야 아무래도 좋다는 생각이었지만 다른 승객들은 그렇지 않았다. 어쨌든 한 해의 마지막 날이었고, 다들 선물을 사 들고 집으로 돌아가는 중이었다. 이런 사정을 참작해선지 사무실에서는 급히 다른 버스 한 대를 수배해 왔다. 그 버스에 탄 사람은 나를 포함해 다섯 명뿐이었다. 운전기사는 불만에 가득한 표정으로 하시시(대마초의 일종)를 피워 댔다. 운전 중에 피우지 말아 달라고 부탁했지만 소용없었다.

"하시시를 피우지 않으면 운전을 할 수 없어요. 이건 파키스탄의 전통이라구요!"

말도 안 되는 변명이었다. 버스는 수상쩍은 연기와 함께 굽이굽이 펼쳐진 산길을 위태하게 달렸다. 사실 약간 미안하긴 했다. 아무리 버스운전이 직업이라고 해도 새해를 버스에서 맞이하고 싶진 않을 터였다. 이렇게 달리다가 사고가 나는 것도 운명이라고 생각하며 눈을 감았다. 안 보는 편이 나을 것 같았다.

버스는 세 시간을 더 달려 카리마바드에 도착했다. 텅 빈 거리가 을씨년스러웠다. 손전등으로 길을 비추며 호텔을 찾았다. 무너지려는 몸과 마음을 추스르며 호텔 앞에 섰을 때 멀리서 누군가 소리를 질렀다.

"해피 뉴이어!"

이를 시작으로 폭죽 소리가 요란하게 울려 퍼지기 시작했다. 벌써 새해였다. 음악소리가 뒤를 이었고 마을 여기저기서 환호가 터져 나왔다. 나도 배고픔을 잊고 가방을 던지며 있는 힘껏 외쳤다.

"해피 뉴이어! 에브리바디!"

어둠에 싸인 마을 곳곳에서 메아리가 화답했다. 이제 고생은 끝일 것만 간았다. 그러나 사흘 후 돌아오는 길은 더 지독했다. 버스가 한 번 고장 나고, 도로 세 곳이 막혔다. 막힌 길을 바라보는데 멀리서 천에 싸인 물체가

간이침대에 들려왔다. 바위를 뚫는 과정에서 파편을 맞아 사망한 이의 시신이었다. 사람들은 말이 없었고, 나 역시 묵묵히 사진을 찍었다. 돌아오는 발걸음이 후들거렸다. 산은 아름답지만 그 속의 삶은 잔혹하다. 결국 라왈핀디에 도착한 건 버스에서 사십 시간을 보낸 다음이었다.

신비주의자들의 접신의식, 수피댄스

수피란 이슬람의 신비주의자들을 말한다. '수피' 는 '모직옷을 입은 사람' 이라는 의미의 아랍어에서 파생된 단어다. 이는 초기 신비주의자들이 자신을 낮추는 의미로 거친 모직옷을 입었던 것에서 유래한다.

수피들은 이슬람 교리에 따라 알라의 속성을 아는 것에 만족하지 않고 직접 신을 체험하려 했다. 무아지경의 황홀경에서 신과의 일체감을 이루는 신비주의적 체험을 하는 것이 그들의 목표였다. 이를 위해 여러 방법들이 사용됐다.

가장 대표적인 방법은 원을 그리면서 도는 것과 주문을 외우는 것이다. 이는 아직까지 널리 사용되고 있다. 원을 그리며 도는 '수피댄스' 의식은 이슬람지역 곳곳에서 찾아볼 수 있었다.

몸을 회전시키는 이유에 대해선 메블레비안 박물관에서 받은 안내책자에 자세하게 설명돼 있었는데, '회전은 만물의 속성' 이라는 것이 그들의 주장이었다. 이어 지구의 자전, 달의 공전, 은하계의 공전, 혈액순환 등이 예로 제시됐다. 그렇기 때문에 사람도 회전을 통해 우주와 일체감을 느낄 수 있다는 설명이었다. 알듯 말듯한 논리였다.

수피즘은 20세기에 들어오면서 주류 이슬람 세력과 합리주의자들에게 공격을 받았다. 터키의 메블리나 교단은 가장 유명한 수피 교단이었지만 아타튀르크의 정책에 따라 문을 닫아야 했다. 합리주의자였던 아타튀르크에게 신비주의는 용납될 수 없었다. 그러나 시간이 지나면서 상황이 달라졌다. 이슬람 국가들이 수피댄스가 관광객을 끌어오는데 도움이 된다는 사실을 깨달은 덕분에 요즘에는 관광용 수피댄스가 여기저기서 성행하는 추세다. 메블리나 교단도 다시 문을 열었고 매년 12월에 콘야에서 수피 축제를 개최하는데 이 축제는 터키 대통령이 참석할 정도로 규모가 크다고 한다.

수피댄스를 처음 본 것은 카이로에서였다. 카이로의 수피댄스는 가이드북에서 '중동에서 가장 볼 만한 공연' 중 하나로 꼽힐 만큼 유명했다. 매주 두 번 카이로의 고성에서 관광객들을 대상으로 공연되는데 인기가 많아 일찍 가지 않으면 자리를 잡기 힘들 정도였다.

카이로 수피댄스의 가장 큰 특징은 그것이 '프로들의 공연'이라는 점이다. 실제 수피가 아니라 훈련된 프로 댄서들이 무대에 올랐다. 댄서들은 관광객들의 박수에 맞춰 원색의 옷을 던지면서 제자리를 돌았다. 반시간 동안 수천 바퀴를 돌았는데 인간이 과연 저렇게 돌 수 있을까 싶을 정도였다. 기술적인 면에서는 완벽할 정도였고 볼거리도 화려했지만 종교적인 의미를 느낄 수 없어 약간 아쉬웠다.

종교적인 의식으로서 수피댄스를 볼 수 있었던 곳은 이스탄불의 메블레비안 박물관이다. 메블레비안 박물관은 메블리나 교단에서 운영하는 수피 박물관으로 교주들의 유품과 의식에 사용되는 악기, 도구들이 전시돼 있었다. 의식은 일요일마다 입장료를 받고 일반에게 공개됐다.

의식이니만큼 절차도 까다로웠다. 금속탐지기를 거쳐 들어와야 했고 사진은 허용됐지만 플래시 사용은 금지됐다. 카이로처럼 박수를 치는 건 상상도 하지 못할 정도로 엄숙한 분위기였다. 악기연주가 끝나면 수피들이 줄을 지어 들어왔고 정해진 절차에 따라 몸을 돌리기 시작했다. 한 손은 위로 한 손은 아래로 향하고 돌았는데 이는 하늘과 땅과 하나가 된다는 의미를 가진다고 했다.

엄격하게 의식이 정해진 것은 정신의 여정을 통제하기 위함이라는데 정식 교단인 만큼 마약 등의 비정상적인 방법을 제외하고 보다 표준화된 순서에 따라 신과의 일체감을 느낄 수 있도록 하는 것이 목표였다.

"고기가 물 안에서 살듯이, 인간은 신 안에서 존재한다."

카이로의 수피댄스.
회전이 빨라지면서 댄
서들은 각각 한 송이
의 꽃으로 화(化)했다.

수피댄스를 시연할 이들
은 수피음악에 맞춰 모직
옷을 입은 채로 나타났다.
회전 동작 하나뿐이었지
만 전혀 지루하지 않았다.
신을 경험하겠다는 의지
가 보는 이들을 압도했다.

악기를 연주하는 사람과 춤을 추는 사람 모두 열정과 광기를 넘나드는 동안 밤은 뜨겁게 달아올랐다.

회전은 빠르지도 느리지도 않게 진행됐다. 조금 위험하다 싶으면 감독
자가 다가가 주의를 줬다. 그러면 주의를 받은 이는 실눈을 뜨고 속도를
줄였다.

"영광스럽게 자신을 소멸시켜라."

행사가 막바지에 이르자 시나브로 수피들의 눈이 풀리기 시작했다. 그
들은 입가에 애매한 미소를 머금고 계속해서 다리를 움직였다. 무아지경
에서 접신을 시도하는 이들이 얼마큼 신에게 다가갔는지는 신과 그들만
알 일이었다.

마지막으로 수피댄스를 본 것은 파키스탄의 라호르에서였다. 그곳에선
이스탄불이나 카이로와 또 다른 분위기를 느낄 수 있었다.

이스탄불의 수피댄스가 종교적이고 엄숙했다면 카이로의 그것은 외국
인을 대상으로 한 공연의 성격이 짙었다. 반면 라호르의 수피댄스는 서민
적이고 무질서했다. 매주 주말마다 자발적으로 모인 주민들 가운데서 공

연이 행해졌는데 주말을 즐기는 지역 고유의 행사였다. 장소는 사당이었고 대부분이 현지인으로 절대다수가 남성이었다.

공연이 시작되자 세 명의 연주자가 나와 장구 비슷한 타악기를 연주하기 시작했다. 금시 분위기가 달아올랐다. 자정이 되자 사당은 발 디딜 틈 없이 가득 찼다. 이윽고 관객들 중 몇몇이 앞으로 나가 몸을 흔들기 시작했다. 여기저기서 하시시 연기가 피어올랐고 다들 광란의 분위기로 빠져들었다. 춤을 추는 이들은 눈이 풀린 채 광란의 몸짓을 해 댔다. 동작도 각각이었다. 팽이처럼 몸을 돌리다 펄쩍펄쩍 뛰는가 하면 침을 흘리며 고개를 돌려 댔다. 반쯤 정신이 나간 상태로 몸을 움직이는 이들을 보면서 약간 무서워졌다. 이들은 교리도, 교단도 없고 단지 무아지경에 빠지기 위해 몸을 움직일 뿐이었다. 메블라나 교단처럼 엄격한 가이드라인 없이 접신을 시도한다면 스스로 자신을 간수할 수 있어야 했다. 그렇지 않은 이들을 보며 정신의 여정을 너무 가볍게 받아들이는 게 아닌가 하는 생각이 들었다.

한국에서 무당이 그렇듯이 수피들은 신과의 신비로운 합일을 경험하고 있었다. 현실을 초월하려는 노력이 잘못하면 광기로 치달을 수 있겠다는 걱정이 들면서 한편으로는 부럽기도 했다. 아직까지 자의식에 사로잡힌 내게 자신을 소멸시키는 일은 꿈도 꿀 수 없는 일이었다.

라호르와 무굴제국

파키스탄 동부에 위치한 라호르는 파키스탄 최대의 도시면서 한때 무굴 제국의 수도였던 곳이다.

이슬람 전사들이 인도아대륙(印度亞大陸)에 침입한 것은 8세기부터였다. 하지만 당시의 공격은 인도를 점령하기 위해서라기보다 인도가 가진 부른 야탈헤기기 위해 이뤄진 것이었다. 가즈나왕조의 마흐무드는 인도를 열일곱 차례나 유린했고 막대한 전리품을 챙겨갔다.

바드샤히모스크의 미나레트 너머로 해가 질 때, 노을을 가르며 비둘기들이 날아올랐다.

라호르 포트의 정면. 붉은 사암으로 이뤄진 거대한 성벽이 위압적이다.

본격적인 인도 점령이 이뤄진 건 12세기 현 수도인 델리에 이슬람왕조가 들어선 다음부터였다. 이후 몇 세기 동안 왕조의 분열과 다툼이 계속됐다. 그 갈등을 끝내고 인도아대륙의 지배자로 등극한 세력이 무굴 제국이다.

3대 황제인 악바르는 관료제를 정비하고 힌두에 대한 포용정책과 정복전쟁을 병행하면서 무굴 제국을 반석에 올려놓았다. 그는 아그라(Agra)와 라호르를 오가며 거대한 제국을 통치했다. 라호르의 구시가 중심에 위치한 라호르 포트는 이때 건축된 거대한 문화유산이다. 라호르 포트와 비견되는 유적으로 맞은편에 위치한 바드샤히모스크가 있다. 17세기에 아우랑제브에 의해 건립되고 수차례 증축된 이 모스크는 10만 명을 수용할 수 있어 아시아에서도 손꼽히는 규모의 모스크다.

코끼리가 오갈 정도로 거대한 성채와 대리석 돔과 붉은 사암으로 이뤄진 멋진 모스크. 당시 라호르는 '라호르를 보지 않으면 이 세상에 태어난 것이 아니다.'는 말이 있을 만큼 아름다운 곳이었다고 한다.

유감스럽게도 지금의 라호르는 그렇게 아름답다고 단언하기에는 무리

대리석과 붉은 사암의 조화가 인상적인 바드샤히모스크.

가 따른다. 마차, 오토바이, 릭샤, 택시들이 길을 가득 메운 모습을 보고 있으면 한숨이 나온다. 지저분한 거리에 탁한 공기. 게다가 호텔 주인이 도둑으로 돌변하는 일도 비일비재라 경계를 게을리 해선 안 된다.

그래도 볼거리만은 아직도 풍성하다. 구시가에서는 인도와 이슬람문화가 어떻게 접목되었는지 살펴볼 수 있다. 이란의 영향을 받았지만 아라베스크 문양 대신 사암과 대리석으로 독특성을 가미한 모스크들, 사리 위에 히잡을 뒤집어쓴 여성들, 카레향을 가미한 샤와르마 샌드위치 등.

바드샤히모스크와 라호르 포트는 일찍 둘러보는 편이 좋다. 바로 앞에 수백 년의 역사를 가진 홍등가가 있기 때문이다. 그렇다고 라호르 포트의 해넘이를 놓칠 수는 없다. 성곽의 테라스에서는 바드샤히모스크 너머로 해가 질 때 숨 막히는 아름다움을 목격할 수 있다.

라호르 박물관은 한때 세계 10대 박물관에 들어갔을 정도로 규모가 크고 중요한 유물들도 많이 소장하고 있다, 이 박물관에서 가장 중요한 전시물은 간다라 미술의 걸작인 '부처의 고행상'이다. 피골이 상접한 이 좌상을 보기 위해 일부러 라호르를 찾는 스님들이 있을 정도로 불가에서는 유

장미를 목에 건 수행자가 장미수를 뿌리며 돌아다녔고 다음에는 달콤한 캔디가 이어졌
다. '달콤한 인생'이란 이런 것일까.

명한 조각이다. 다른 전시물들도 시간을 내 천천히 둘러볼 가치가 있다. 반면 그렇지 않은 전시물도 눈에 띄었는데 세계 각국의 고대 동전이 소장돼 있는 동전 전시실 한편에는 큰 액자 속에 현재 사용 중인 일본 동전들이 전시돼 있었다. 박물관 관장이 일본에 갔을 때 가져온 동전이라는 이유만으로 몇 백 년 전의 동전들보다 더 귀중한 취급을 받는 모습에 실소가 나왔다.

라호르 수피 콘서트와 수피댄스는 놓칠 수 없는 볼거리다. 수피 콘서트에서는 장미꽃을 목에 걸고 뿌리는 장미수(水)를 맞으며 달콤한 간식을 먹는다. 전통음악은 인상적이었지만 무엇이든 아름다운 것, 달콤한 것, 좋은 것을 추구하려는 수피들의 집념이 조금은 지나치다 싶을 정도였다.

수피댄스는 주말마다 이슬람사원에서 열리는 서민들의 놀이마당이었다. 사람들은 하시시를 피우고 무아지경에 빠진 채로 몸을 움직였다. 지금까지 가 본 어떤 콘서트나 클럽보다도 무질서했으며 분위기는 오히려 사이비 종교의 집회와 비슷했다. 수피댄스는 새벽녘에 사람들이 지쳐 쓰러질 때까지 계속된다고 하는데, 라호르의 밤거리는 그다지 안전하다고 할 수 없으므로 댄스를 보기 위해서는 다른 여행자들과 함께 움직이는 편이 좋다.

유적도 인상적이었지만 더 감동적이었던 것은 라호르의 먹을거리였다. 음식의 불모지라고 부를 수 있는 중동을 지나온 내게 패스트푸드부터 인도음식, 영국음식까지 다양한 종류의 먹거리가 혼재하는 라호르는 말 그대로 천국이었다. 식탐이 별로 없는 나도 그때만큼은 매 끼마다 배가 터질 정도로 먹었다. 숨을 좀 돌리게 되면 길거리의 간식도 빼놓지 않았다. 그러다 결국 배탈이 나고 사흘 동안 고생해야 했지만, 그래도 하루하루가 즐겁기만 했다.

인도 입성
인도에는 뭔가 특별한 것이 있다

역사 속의 많은 이들이 '인도, 앞으로!'를 외치며 이 거대한 땅으로 입성하는 날을 꿈꿨다. 알렉산더, 나폴레옹, 콜럼버스가 그랬고, 그건 이슬람 정복자들도 마찬가지였다. 하지만 정복자들은 인도의 중요한 그 무엇도 바꾸지 못했다.

이슬람 정복자들이 인도아대륙에 진출한 것은 천 년 전이었다. 그 후 이슬람 세력은 끊임없이 인도를 침략했다. 무굴 제국은 15세기부터 300년 동안 인도의 대부분을 지배하기도 했지만 어느 시기에도 무슬림 인구가 전체 주민의 10%를 넘은 적은 없었다. 인도는 이란처럼 언어가 바뀌지도, 종교가 바뀌지도 않은 채로 지금까지 이어져왔다. 오히려 인도가 정복자들을 변화시켰다. 알렉산더의 침공은 간다라 예술을 탄생시켰고, 무굴 제국은 시간이 갈수록 힌디화되어 갔다. 무굴형 모스크는 그 전형적인 예다. 이처럼 인도의 깊은 문화는 모든 것을 자신의 품 안에서 용해시켜 버리는 특징을 보여 준다.

다른 예로 영화가 있다. 20세기 예술인 영화는 인도에서 볼리우드 뮤지컬 무비를 탄생시켰다. 시도 때도 없이 집단 군무가 나와 언뜻 보기엔 유치하기 그지없는 영화지만 인도에서는 폭발적인 인기를 끌고 있다. 영화의 종주국으로 자처하는 헐리우드영화도 인도에서는 전혀 맥을 못출 정도다. 사실 인도는 지금 세계에서 가장 많은 영화를 만드는 나라다. 또 인도영화는 파키스탄, 방글라데시 등의 인도문화권 국가와 시리아, 이집트 같은 3세계 국가에서 헐리우드영화 못지않은 인기를 누리고 있다.

인도는 종교와 사상의 요람이기도 하다. 수많은 철학자들과 종교지도자들이 인도를 터전으로 자신의 사상을 펼쳤다. 불교, 힌두교, 자이나교, 시크교 등 많은 종교들이 이 땅에서 발흥했고 외부로 세력을 넓혔다. 세

인도 델리의 자메 모스크. 이슬람 문화와 인도 문화가 융합된 모습을 보여준다.

계에서 이와 비견될 만큼 인류에게 영적인 영감을 불어넣은 곳이라면 오직 한 곳, 예루살렘을 꼽을 수 있을 뿐이다.

깊은 문화의 힘과 명상적인 토양을 간직한 인도는 과거 서구 문명의 대안으로 꼽혔다. 1960, 70년대 비틀즈를 비롯한 서양의 청년들이 인도를 찾은 것도 다른 세계를 찾기 위해서였다. 그들은 서구 자본주의 사회의 병폐를 치유할 동력을 얻고자 영적인 스승을 찾았고 아쉬람(명상센터)에서 명상을 통해 자신을 성찰했다.

그로부터 30년이 흐른 지금 인도를 찾는 이들의 절대다수는 한국인들이다. 주요 도시에선 쉽게 한국식당을 찾아볼 수 있다. 배낭을 메고 주위를 두리번거리는 한국인들을 보는 것도 그리 어려운 일이 아니다. 한 기차역 대합실에서는 대기하는 여행자 중 절반 가량이 한국 여행자인 적도 있었다. 그건 우리가 그만큼 절실하게 대안을 찾고 있다는 반증이다.

아직 인도는 현대사회의 병폐를 치유할 에너지를 가지고 있으며 인도를 찾은 이들은 자신들이 원했던 해답을 찾아 돌아가는 걸까? 쉽게 대답하긴 어려운 문제다. 그것은 인도가 수많은 얼굴을 가지고 있기 때문이다. 서울을 뺨칠 정도의 대도시가 있는가 하면, 영적인 분위기로 충만한 성지도 있다. 초고속 인터넷망이 구축된 지역이 있는가 하면 아직도 죽은 남편을 따라 부인이 불 속으로 뛰어드는 마을도 있다. 이렇게 다양한 얼굴 중 어떤 얼굴을 보는가 하는 건 전적으로 여행자 자신에게 달린 문제다.

4년 전, 처음 인도를 찾았을 때 이 거대한 땅은 하나의 충격으로 다가왔다. 길가의 거지들, 역한 카레 향, 악다구니를 쓰는 릭샤꾼. 두 달 동안 갖은 고생을 하고 떠나면서 인도에 다시 올 일은 아마 없을 거라고 생각했지만 결국은 다시 이곳을 찾게 됐다. 인도는 그런 곳이니까. 그러나 이번에 눈에 들어온 것은 조금 다른 모습들이었다. 파키스탄에서 넘어오면서 푸른 초목과 황토의 강, 비옥한 토지를 보는 순간 왜 인도가 그토록 이상화되었는지 조금은 알 수 있을 것 같았다. 지금까지 사막을 달려온 내게 하나의 안식인 만큼 알렉산더에게도, 이슬람 정복자들에게도 마찬가지였으리라.

사막의 밤, 초승달의 진리 속에서 말을 타고 달려온 무슬림들은 인도의 풍요에 감동했고 결국 조금씩 인도를 닮아가게 됐다. 그리고 천 년이 흐른 지금 인도의 무슬림들은 힌두와의 투쟁 속에서 자신들의 정체성을 지키기 위해 노력해야만 하는 처지에 놓이게 됐다. 이번 여행에서 보고 싶었던 부분은 바로 이런 인도 무슬림들의 모습이었다.

칸 박사와의 인터뷰

자파룰 이슬람 칸(Zafarul-Islam Khan) 박사는 올해 57세인 인도 태생의 이슬람학자로 1978년 이집트 카이로대학에서 이슬람 역사 연구로 석사학위를, 1987년 영국 맨체스터대학에서 중동/이슬람 역사 연구로 박사학위를 받았다. 이집트 카이로 방송, 리비아 외무부에서 통역사로 일했고 런던 무슬림 기구에서 선임연구원을 지냈다. 리야드의 이맘대학의 교환 교수, 뉴델리의 자미야 밀리아 이슬람대학 전문강사를 지냈다. 카이로의 이슬람 백과사전위원회의 편찬위원을 거쳐 지금은 이슬람 영자신문 밀리 가제트의 편집장으로 재직 중이다.

칸 교수는 주류 언론에서 소외감을 느끼는 이들을 위해 밀리 가제트를 만들었다고 말했다.

BBC와 알자지라를 비롯하여 다양한 매체에 출연한 바 있으며 영어, 우르두어, 아랍어로 40여 권의 번역서와 다수의 저서를 펴낸 바 있다. 칸 박사와의 인터뷰는 2004년 1월 10일 밀리 가제트 사무실에서 행해졌다.

— 이집트에서 요르단, 팔레스타인, 시리아, 터키, 이란, 파키스탄을 거쳐 인도에 왔습니다. 여행을 통해 그 전까지 단일하다고 생각했던 이슬람권이 사실 굉장히 다양하다는 사실에 놀랐습니다.

그렇습니다. 이슬람세계에는 수많은 다양함이 존재합니다. 하지만 종교적인 믿음이 다른 건 아닙니다. 단지 지역의 전통과 문화가 다를 뿐이죠. 모든 지역은 나름대로의 역사와 전통을 가지고 있기 때문입니다. 하지만 우리 모두는 알라와 무함마드를 믿고 꾸란을 따릅니다. 이 점에서는 이슬람권 어디서도 차이가 없다고 봐도 좋습니다.

— 지역에 따라 이슬람의 정통성을 주장하거나, 자신들이 다른 이들보다 더 신실한 무슬림이라는 주장을 들었습니다. 이집트인들은 자신들이 이슬람의 정통성을 계승하고 있다고 생각하더군요. 그것은 우미야드왕조

의 후예인 시리아인들이나 급속도로 세속화된 터키의 무슬림조차도 마찬
가지였습니다.

(웃으며) 사실 인도에서조차 자신들이 다른 이들보다 더 나은 무슬림이
라는 주장을 하는 이들이 있습니다. 사실 무슬림들 중에는 그들이 지니고
있는 문화가 바로 진정한 이슬람이라는 착각을 하는 이들이 많아요. 그것
은 이슬람의 가르침이 지역적 문화의 육성을 장려하고 있기 때문입니다.
자신들의 방식으로 이슬람을 받아들이다 보니 그것이 정통성을 가지고
있는 것처럼 생각하게 된 거죠.

— 다섯 기둥은 무슬림의 기본적인 의무입니다. 하지만 이를 다 행하지
않는 이들도 자신들이 무슬림이라고 말하는 것을 보고 놀랐습니다. 예를
들어 터키에서는 머리를 가리지 않고, 기도도 잘 안 하는 이들이 많더군
요.

그들은 무슬림입니다. 하지만 그들은 자신들을 신실한 무슬림이라고
말할 자격은 없습니다. 다섯 기둥은 모든 무슬림들이 따라야 할 기본적인
규칙입니다. 하나의 신을 믿고 하지(순례)를 가고, 라마단을 지키고, 자카
트(희사)를 베풀고 하루에 다섯 번씩 기도를 하는 것 말입니다. 이 점에 있
어서는 사우디아라비아에서 방글라데시에 이르기까지 어떠한 차이점도
없어요. 다섯 의무를 완수하지 않는다면 완전한 무슬림이라고 볼 수 없습
니다. 만약 소홀히 하는 정도가 아니라 하나라도 전적으로 거부한다면 그
를 무슬림이라고 부를 수 없죠.

— 터키 무슬림 중에서는 술을 마시는 이들이 많습니다. '라키'라는 전
통주가 있을 정도죠. 어떤 이는 라키를 '전통'이라고 부르더군요. 그런
지역적인 전통은 어떤가요, 받아들여질 수 있나요?

그렇지 않습니다. 술을 마시는 것은 이슬람에서 금지돼 있죠. 술을 입에 대는 순간 그는 죄를 짓는 겁니다. 이슬람국가라면 그런 죄를 지은 이는 규정에 따라 심판을 받게 될 것입니다. 죄에 따라 열 대나 스무 대 정도의 태형을 당하게 되겠죠. 그리고 계속해서 술을 마신다면 감옥이나 병원에 보내질 겁니다. 하지만 사실 '터키'라는 국가는 이슬람국가가 아닙니다. 1924년 아타튀르크가 "터키는 전적으로 세속적인 국가"라고 말한 사실이 이를 증명하지요. 하지만 터키에도 아주 신실한 무슬림들이 많습니다. 저도 몇몇 훌륭한 터키 무슬림들을 알고 있어요.

— 그럼 전통과 고유성은 어느 정도까지 받아들여질 수 있습니까?

이렇게만 말하지요. '이슬람의 규정에 반하지 않는다면' 이슬람은 어떠한 지역적 고유성이라도 포용할 수 있는 종교입니다.

— 여행을 하면서 또 다른 점에서 놀란 부분이 있습니다. 생각 외로 많은 이슬람국가들이 서로 반목하고 있다는 사실이죠. 사실 여행 전에는 공통의 형제애랄까, 정체성이랄까 이런 것들을 기대했었거든요.

보통사람들에게는 같은 무슬림에 대한 형제애가 있습니다. 예를 들어 제게는 형제 사이로 지내는 이집트인이 있죠. 우리는 아주 친밀한 사이라서 서로 모든 것을 공유합니다. 하지만 인도와 이집트는 정치적, 경제적, 위치적인 갈등으로 인해 어느 날 갑자기 싸우게 될지도 모릅니다.
그건 한국도 마찬가지라고 알고 있는데, 아닌가요? 남한과 북한은 형제국가지만 아직도 서로 싸우고 있습니다. 누군가가 휴전선을 넘어오면 그는 총을 맞게 되겠죠? 이런 갈등은 정치적인 갈등이지, 종교적인 갈등이 아닙니다. 그런 갈등은 국기 사이에 일어나는 일입니다. 일찌언정 국가 간에선 1인치의 영토도 아주 중요하고, 그것 때문에 전쟁까지 일어나기도 합니다.

— 하지만 정치적인 갈등은 구성원들 사이에도 적대적인 감정을 유발합니다. 요르단과 시리아를 예로 들어 보죠. 요르단인과 시리아인들이 서로 싫어한다고 말할 순 없지만 심정적인 거리가 있는 건 사실 아닙니까?

그건 국가의 정책 때문입니다. 요르단은 미국과 우호적인 관계를 유지하고 있지만 시리아는 그렇지 않습니다. 시리아인들은 스스로를 민족주의자들이라고 부르고, 자국의 일을 스스로 처리하고 싶어 하죠. 동시에 요르단인들이 그렇게 하지 않는 것에 대해 반감을 가지고 있습니다.

또, 구성원들은 미디어에 의해 영향을 받습니다. 요르단 신문에서는 시리아인들은 나쁘다, 시리아인들은 우리를 좋아하지 않는다, 이런 식으로 보도 합니다. 시리아 미디어도 마찬가지죠. 그러다 보니 아무 이해관계가 없는 국민들도 서로에 대해 좋지 않은 감정을 갖게 되는 겁니다.

— 그렇다면 무슬림으로서 공통의 정체성이나, 형제애 같은 것들은 어디서 발견할 수 있습니까?

그런 형제애는 이미 존재합니다. 사우디아라비아에 가면 눈으로 확인할 수 있을 겁니다. 하지(순례) 기간에 메카에 가면 전 세계가 그곳에 와 있는 것을 보게 될 것입니다. 알래스카, 뉴질랜드, 한국, 일본 등등 세계 구석구석에서 온 이들이 마치 형제처럼 지냅니다. 수백만의 사람들이 한 장소에 모이지만 싸우는 일도, 논쟁도 없죠. 동시에 내 것 네 것 없이 모든 것을 공유합니다. 이것이 바로 진정한 이슬람의 정신입니다.

— 그래선지 모르지만 여행 중에 만난 무슬림들은 거의 예외 없이 친절하고 베푸는 것을 좋아했습니다. 지금까지 만난 어떤 이들보다도 좋은 이들이었지요.

이슬람에선 낯선 이에게 친절을 베푸는 것을 장려하고 있습니다. 하지만 동시에 '베풂'은 오랜 전부터 내려온 동방전통의 일부이기도 합니다. 이집트인들도, 시리아인들도 다들 동방의 전통을 가진 이들입니다.

— 사실 떠나기 전 많은 이들이 여행을 만류했습니다. 이슬람국가들이 위험하다고 생각해서였죠. 그런데 여행을 하면서 중동지역도 한국만큼이나 안전한 곳이라는 걸 알게 됐습니다. 하지만 그러는 와중에도 신문에서는 이슬람지역이 위험하다는 보도들이 나오더군요. 이렇듯 현실에서 마주치는 '선한 무슬림'과 미디어에서 접하는 '나쁜 무슬림'의 간극을 어떻게 생각하십니까?

범죄자들, 살인자들, 악한들은 어디나 있습니다. 한국에도, 런던에도, 뉴욕에도 있죠. 무슬림 사회도 마찬가집니다. 하지만 수백만의 그렇지 않은 이들이 있습니다. 여행자들에게 해를 끼치지 않고 도와주려는 무슬림들이 훨씬 더 많습니다. 그것이 우리의 전통이니까요. 하지만 미디어에 언제나 나쁜 내용에 초점을 맞춰 보도합니다. 살인사건은 1면에 나오지만 선행은 그렇지 않죠. 언론은 좋지 않은 소식만 뉴스라고 생각하는 경향이 있는 것 같습니다.

또 다른 문제도 있습니다. 서구 언론은 해외보도를 할 때 지나치게 편향적입니다. 이건 인도만의 문제가 아닙니다. 이집트, 한국을 보도할 때도 마찬가지죠. 그들은 다른 국가의 나쁜 점만을 보도합니다. 우리가 아무리 좋은 일을 해도 그건 보도되지 않아요.

— 무슬림들에 대한 고정관념이 편향된 보도 때문에 만들어졌다는 말입니까?

그렇습니다. 무슬림에 대한 많은 고정관념이 있는 게 사실이죠. 많은 이들이 무슬림이라면 누구나 오사마 빈 라덴이고, 사담 후세인인 줄 압니다. 하지만 이건 사실이 아니에요.

물론 우리는 미국의 정책을 좋아하지 않습니다. 그건 사실이죠. 하지만 그렇다고 미국과 싸우고 싶어 하는 것은 아닙니다. 대부분은 테러가 옳지 않다고 생각합니다. 아주 적은 수의 이들—많아 봐야 천 명 정도—이 그런 일들을 저지르고 있을 뿐입니다. 12억 무슬림 인구 중 고작 천 명입니다. 이걸 가지고 모든 무슬림들이 테러리스트라고 말하는 것은 잘못이죠.

— 하지만 그 테러리스트들은 자신들이 이슬람정신에 입각해 무슬림세계를 위해 싸우고 있다고 주장합니다. 그들이 정말 그렇다고 생각하십니까?

스리랑카에서는 일부 불교 신자들이 타밀인들을 학살하고 있습니다. 그렇다고 해서 불교가 테러리스트들의 종교라고 말할 수 있습니까? 또, IRA는 가톨릭들을 보호하기 위해서라고 하며 테러를 저지릅니다. 그러면 가톨릭도 테러리스트들의 종교입니까? 하지만 실제로 그 속에 있는 것은 다른 것입니다. 사람들이 무언가를 위해 싸울 때 그들은 다른 이들이 그들 편에 가담하길 바랍니다. 세력을 키우고 싶어 하는 거죠. 그래서 거창한 명분을 만들곤 합니다. 물론 그 명분은 사실이 아니에요. 그들은 단지 단어들을 빌려와서 사용하는 것뿐이죠.

— 미국에 대항하는 무슬림들의 테러에 반대한다는 뜻인가요?

저 역시 팔레스타인과 이라크에 대한 미국의 정책에 대해 분노합니다. 어떤 국가도 다른 국가를 침략할 권리는 없죠. 또, 시리아와 이란에서 벌어지고 있는 일에 대해서도 미국이 잘못하고 있다고 생각합니다. 하지만 모든 무슬림들이 미국에 대항해 싸워야 한다고는 생각하지 않습니다.

— 이슬람 가르침에 비춰 보면 어떤가요? 테러가 정당화될 수 있나요?

이슬람에서는 '모국이 침략을 당할 때는 맞서 싸워야 한다'고 가르치고 있습니다. 따라서 미국과 싸우는 것은 이라크인들에게는 일종의 의무인 셈입니다. 그건 누구나 마찬가지죠. 만약 일본이 한국을 침략한다면 어떻게 할 겁니까? 가만히 있을 건가요? 어느 국가라도 다른 나라가 침공해 온다면 마땅히 맞서 싸울 것입니다. 특별히 종교와 상관있는 일은 아닙니다.

─ 하지만 테러는 많은 무고한 시민들을 살상합니다. 기억하시겠지만 이미 한국인도 한 명 참수당한 적이 있습니다.

기억합니다. 그것은 여지없이 잘못된 일이었습니다. 그들은 그러지 말았어야 했어요. 하지만 생각해 보십시오. 얼마나 많은 이라크인들이 죽었습니까? 미군은 이라크에서 지금까지 최소한 10만 명을 죽였습니다. 얼마 전에 일어났던 쓰나미를 기억하시죠? 그때의 사망자와 비슷한 수치입니다. 쓰나미는 큰 뉴스가 됐습니다. 많은 이들이 돈을 기부했고, 세계 각지에서 구호팀이 도착했죠. 하지만 이라크에서 일어난 일에 대해서는 아무도 이야기하지 않습니다. 이것이 공평하다고 생각합니까?

─ 화제를 바꿔 보죠. 여행 중 무슬림 여성들이 다양한 방법으로 머리를 가리는 것을 봤습니다. 어떤 이들은 얼굴을 내놓는 반면에, 다른 이들 중에는 눈만 내놓거나 얇은 천으로 눈까지 가린 이들도 있더군요. 이런 차이는 어디서 생긴다고 보십니까?

이슬람교는 여성에게 얼굴과 손 이외의 부분을 가릴 것을 권고하고 있습니다. 다른 말로 하면 맨 얼굴과 손은 드러내도 괜찮다는 말입니다. 하지만 어느 종교나 지나치게 나가는 이늘이 있습니다. 이슬람도 마찬가지죠. 또, 여성에 따라 얼굴을 더 가려야 편안함을 느끼는 이들도 있습니다. 아니면 지역에 따라 여성에게 눈만 드러내는 것을 강요하는 곳도 있구요.

그곳에서는 그것이 그 지역의 문화가 되어 버린 셈이죠.

― 가장 인상 깊었던 곳은 파키스탄이었습니다. 서부에서는 부르카를 쓰고 눈만 내놓은 여성들이 많았지만, 동부도시에선 사리(인도의 전통의상)나 진을 입고 머리를 드러낸 이들이 많더군요.

의복의 서구화는 세계 어디서나 일어나는 일입니다. 인도에서도 점점 더 많은 젊은이들이 진을 입고 서양식으로 치장을 하고 있죠. 인도 무슬림 중에서도 진을 입고 머리를 드러내는 이들이 많습니다. 하지만 인도는 민주주의, 자유주의 사회입니다. 누구도 강요할 수 없고, 다들 원하는 옷을 입을 권리가 있어요.

하지만 개인적으로 진은 좋지 않다고 생각합니다. 그리고 무슬림이라면 이슬람 규정에 따라 머리도 가려야 한다고 봅니다. 하지만 제가 뭘 할수 있겠습니까? 제가 할 수 있는 것은 오직 충고하는 일뿐입니다. 그리고제 충고를 듣는 이들은 많지 않죠. (웃음)

― 많은 인도 무슬림들이 빈곤에 시달린다고 들었습니다. 이유가 무엇이라고 생각하시는지 듣고 싶습니다.

빈곤은 인도 전역의 문제입니다. 무슬림만의 문제가 아니에요. 인도에서는 인구의 80%가 가난하다고 볼 수 있을 정도로 빈곤이 일상화되어 있습니다. 무슬림 중에 빈곤한 이들이 있는 것처럼 힌두 중에서도 마찬가집니다. 이들의 비율은 힌두나 무슬림이나 별 차이가 없어요. 하지만 우리가 차별에 직면하고 있는 것 역시 사실입니다. 무슬림들은 은행에서 대출을 받는 것도 쉽지 않아요. 공무원 채용에서도 무슬림이라는 이유만으로 탈락하는 경우가 많습니다.

― 힌두와 무슬림 사이에는 아직도 종교적인 갈등이 발생하고 있습니

다. 1992년에 아요디아(Ayodhya)에서도 그랬고, 얼마 전에는 구자라트(Gujarat)에서도 폭동이 일어나 많은 사상자가 났다고 들었습니다.

인도에는 정치적 목적을 위해 종교를 이용하는 정치 세력들이 있습니다. BJP(인도국민당) 같은 정당들 말이죠. 그들은 민중들 사이에 유언비어를 퍼뜨립니다. 무슬림 인구가 급속도로 늘어나고 있다, 조만간 무슬림이 힌두보다 많아질 것이다, 뭐 이렇게 말이죠. 물론 말도 안 되는 얘기입니다. 하지만 인도 인구의 60%가 문맹입니다. 글을 모르는 이들은 그런 말에 쉽게 넘어갑니다. 일부 정치 세력들이 바라는 대로 말입니다. 사실 교리상으로 봐도 힌두교와 이슬람교가 싸울 이유는 어디에도 없습니다. 힌두와 무슬림의 갈등은 전적으로 정치적인 문제일 뿐이죠.

— 인도 무슬림과 파키스탄의 관계는 어떻습니까?

아시다시피 파키스탄과 인도는 원래 한 나라였습니다. 1947년 파키스탄이 독립하면서 8백만의 인도 무슬림들이 파키스탄으로 이주했죠. 지금 그들은 카라치를 중심으로 한 남부지역에 거주하고 있습니다. 인도 무슬림 중에는 파키스탄에 친척이 있는 이들이 많아요. 남북한의 관계도 비슷하다고 들었습니다. 최근에는 파키스탄인과 인도 무슬림이 혼인하는 경우도 많고 여러 사회적 교류가 이어지고 있습니다.

— 파키스탄과 인도의 관계가 악화되면 무슬림의 입장에서 곤란하지 않나요?

그렇지는 않습니다. 파키스탄과 인도의 관계는 정치적이고 국가적인 문제입니다. 인도 무슬림은 무슬림이기 이전에 인도 국민이죠. 우리 인도 무슬림들은 문제가 생길 때 전적으로 인도의 입장을 지지합니다.

— 그럴 리는 없겠지만, 만약 전쟁이 일어난다면 어떻습니까?

(잠깐 생각하다가) 물론 예외가 있을 수는 있습니다. 하지만 대부분은 인도를 위해서 기꺼이 총을 들 겁니다. 50년 전에 파키스탄으로 이주하지 않은 이들은 인도를 자신의 국가로 받아들인 이들입니다. 더 이상의 이민은 없습니다. 인도는 우리 나라입니다. 우리는 진심으로 그렇게 믿고 있습니다.

— 마지막 질문입니다. 인도 무슬림의 미래에 대해 어떻게 보십니까?

2001년 통계로 인도에는 1억 3천 8백만의 무슬림들이 있습니다. 지금은 1억 4천 5백만 정도 되겠지요. 힌두에 비하면 소수지만 결코 적은 수가 아닙니다. 물론 이러저런 일들이 생길 겁니다. 갈등은 계속될 거고 폭동이 다시 일어날지도 모릅니다. 정권이 바뀌면 차별이 심해질 수도 있겠죠. 하지만 우리는 지금까지 이 땅에서 생존해 왔고 앞으로도 그렇게 살아나갈 겁니다. 언제까지나 말입니다.

인도가 영국식민지로 편입된 것은 19세기였다. 총을 닦을 때 소기름과 돼지기름을 사용한다는 것에 반발해 일어난 세포이 항쟁에서 무슬림과 힌두 세력은 영국을 몰아내기 위해 손을 잡았다. 하지만 이 시도가 좌절된 직후 영국은 힌두와 무슬림이 결합하는 것을 막기 위해 분리정책을 펴기 시작했다.

이 과정에서 힌두들은 영국식민지 체제에 적응하며 관직에 등용되는 등 적극적으로 행동해 나갔지만 무슬림들은 상대적으로 소외되어 갔다. 1885년 인도인들의 정치조직인 국민회의가 힌두들의 주도로 발족되면서 무슬림의 소외감은 더욱 깊어졌다. 무슬림들은 그 대안으로 1906년 전인도이슬람동맹을 결성했다.

이후 힌두와 무슬림 간의 갈등은 점점 심화됐다. 전인도이슬람동맹은 이크발의 제의에 따라 이슬람지역을 따로 분리시킬 것을 요구하기 시작했다. 그리고 1946년 파키스탄의 국부 진나의 의지가 관철되어 파키스탄이라는 국가가 탄생했다.

당시 파키스탄지역에 거주했던 힌두들과 인도에 거주했던 무슬림들이 서로 자리를 바꾸는 과정에서 50만 명에 이르는 이들이 목숨을 잃었다. 이 사건은 무슬림과 힌두 사이에 깊은 감정의 골을 형성했다.

또 다른 문제는 카슈미르(Kashmir)지역이었다. 인구의 절반 이상이 무슬림이었지만 이 지역의 영주는 힌두였다. 영주가 독단적으로 인도에 편입하기로 결정하자 주민들이 반대하고 나섰고 파키스탄정부가 이들을 지원했다. 결국 몇 번의 국지적인 전쟁이 일어났고 많은 사상자를 낸 후에야 지금의 국경선이 정해졌다. 하지만 아직까지 언제 폭발할지 모르는 뇌관이 잠재해 있는 상태다.

이 과정에서 무슬림에 대한 힌두의 감정이 더 악화됐다. 여기에 갈등을 증폭시키려는 극우 정당들이 나타나면서 몇 번이나 갈등이 폭발했다.

1992년에는 극우 정치인의 선동에 휩쓸린 힌두들이 아요디아의 모스크를 파괴하면서 폭동이 일어났다. 폭동은 다른 지역에까지 퍼져 2만 5천 명의 사상자를 내고서야 잦아들었다. 2000년에는 구자라트에서 이슬람 무장단체가 열차에 불을 질러 힌두 59명이 사망한 사건이 있었다. 이에 격분한 힌두들이 무슬림들을 습격하면서 또 다시 1천 명에 이르는 사망자가 발생했다.

구자라트 폭동 이후 힌두와 무슬림 간의 갈등은 조금씩 줄어드는 양상을 보이고 있다. 극우 정당에 대한 일반인들의 지지도 낮아지고 있으며 파키스탄과 인도도 관계개선에 앞장서고 있다. 두말할 나위 없이 다행한 일이다. 하지만 오랜 역사를 가진 힌두와 무슬림의 갈등이 하루 이틀에 해결될 수는 없는 노릇이다. 긍정적인 미래를 점치기엔 아직은 장애물이 너무 많은 것도 사실이다. 정권은 바뀔 것이고, 테러와 갈등은 상당기간 지속될 것이다. 하지만 칸 교수가 말한 것처럼 무슬림들은 지금까지와 마찬가지로 계속 살아나갈 것이나. 천 년 동안 살아온 삶의 터전에서 어떤 것도 이들을 몰아낼 수는 없을 테니까.

다카 방문기

마흐무드는 일본 교환학생 시절에 만난 방글라데시 학생이었다. 성격이 맞아 반 년 동안 형제처럼 지냈었다. 매일 만나 함께 식사도 하고 도서관에서 과제를 했다. 그는 미국에 교환학생으로 떠날 예정이었는데 경비를 벌기 위해 학기 내내 아르바이트로 바빴지만 줄곧 좋은 성적을 유지할 정도로 머리도 좋았다. 미국으로 먼저 떠나는 날 마흐무드는 내게 눈물을 보였다.

"겨울에 방글라데시에 올 거지? 약속하는 거지?"

마흐무드도 겨울방학엔 고향에 돌아올 거라며 그때 함께 회포를 풀자고 약속했다.

방글라데시 방문을 결정한 것은 그 약속 때문이었다. 한편으론 테마가 이슬람국가인 만큼 동쪽 끝까지 가 본다는 생각도 있었다. 그런데 방글라데시로 떠나기 며칠 전 한 통의 메일이 왔다. 부득이하게 3년 만의 고국 방문을 취소하게 됐다는 내용이었다. 이유는 경제적인 것이었다. 당장 아르바이트를 하지 않으면 안 될 정도인 모양이었다.

결국 방글라데시를 찾았을 때 나를 맞아준 이는 마흐무드가 아니라 그의 형 자포르였다. 콜카타를 떠난 날은 휴일이 끝난 월요일이라 차가 몹시 밀렸다. 그는 버스정류장에서 세 시간 넘게 기다려야 했음에도 미소를 잃지 않고 동생의 친구를 따뜻하게 맞아줬다.

마흐무드의 가족은 부모님과 큰 형 자포르, 큰 누나 뷰티, 작은 누나 파라, 그리고 막내가 마흐무드, 이렇게 여섯 명이었다.

올해 예순다섯인 아버지는 도매상인이었지만 지금은 퇴직하고 집에서 지내셨고, 어머니는 쉰둘이었는데 전화라도 온 날이면 마흐무드 얘기를 하며 눈물을 보이시곤 했다. 막내라서 정이 더 깊은 모양이었다.

장남 자포르는 인도에서 석사학위를 마치고 인력수출과 무역업을 하는 중인데 작년에는 한국에도 다섯 명을 보냈다고 했다.

"방글라데시에는 일자리가 없어서 다른 나라에 가길 바라는 이들이 많아요. 합법적인 절차를 밟아 나가려면 동남아시아는 천 달러, 중동은 2천 달러, 한국이나 일본은 5천 달러, 유럽이나 오세아니아는 8천 달러의 수수료가 들죠."

자포르는 상담하러 온 이들을 외국회사, 법률전문가와 연결시켜 주는 역할을 했는데, 10%를 수수료로 받았다. 소규모 무역보다 벌이가 좋아 앞으로는 이쪽에 집중할 계획이라고 덧붙였다. 지금은 일거리가 없어 휴가를 즐기는 중이었다.

시내관광은 주로 자포르와 함께였지만 가끔 다른 자매들과 나가기도 했다. 다른 무슬림국가라면 상상할 수 없는 일이겠지만 방글라데시는 이슬람국가치고 자유로운 편이었다. 길가에선 머리를 가린 여성을 찾아보기 힘들었고, 커플들은 자유롭게 데이트를 즐겼다. 30년 역사 동안 두 번이나 여성 수상을 가졌던 방글라데시였다. 적어도 이 점에선 한국보다 앞선 셈이었다.

또 세계 최대 인구밀집국, 최빈국이라는 소리를 여러 번 들었지만 적어도 수도 다카에선 그런 모습을 실감할 수 없었다. 고층빌딩과 쇼핑센터가 도시를 장식하고 있었고, 공원은 여유로움이 넘쳐났다. 아시아에서 가장 큰 국회의사당, 외국의 국가원수들을 위한 호화 게스트하우스 등 기대를 뛰어넘는 건물들을 볼 수 있었다.

방글라데시에는 인도의 영향이 절대적이었다. 그것은 방글라데시가 파키스탄으로부터 독립할 당시 인도가 무기와 군대를 원조해 주며 독립을 지원했기 때문이다. 물론 정치적 고려 때문이었지만 아직도 많은 방글라데시인들은 인도에 고마움을 느끼고 있다.

반면 같은 이슬람국가면서도 파키스탄에 대한 감정은 좋지 않았다. 독립할 당시 파키스탄군이 수백만 명에 이르는 방글라데시인들을 학살했기 때문이었다. 자포르와 함께 학살기념비를 찾았을 때 그는 떨리는 음성으로 말했다.

"우리는 언제까지나 파키스탄의 만행을 기억하고 있어요. 정부 각료가 취임할 때 그들은 가장 먼저 이곳을 참배하고 그때의 아픔을 되새기죠."

마흐무드의 두 자매는 대학교육을 마친 이들답게 영어가 유창했고, 태도도 적극적이었다. 큰 누나 뷰티는 이름처럼 상당한 미인이었다. 대학에서 패션을 전공했는데 치장하는 걸 좋아해서 귀, 손가락, 팔목, 발목에 장신구를 주렁주렁 매달고 다녔다. 지금은 대학을 졸업하고 쉬면서 의상실을 알아보는 중이라고 했다.

마지막 날에는 같이 저녁을 먹고 자신이 디자인한 옷을 들고 나와 보여줬다. 마침 집에는 마흐무드의 소개로 방문한 일본 의사 다하라 씨가 와 있어 함께 박수를 치며 간이 패션쇼를 지켜봤다. 뷰티는 방글라데시와 인도의 옷 종류와 입는 법, 장신구의 이름 등을 가르쳐 주며 어린애처럼 즐거워했다. 그리고 마지막에는 선물이라며 몇 가지 장신구를 건넸다.

마흐무드의 둘째 누나 파라는 인턴을 마친 산부인과 의사로 일주일 중 나흘 동안 병원에서 일했는데 대신 한번 일할 때마다 24시간 동안 일해야 했다. 그렇게 해서 버는 돈이 하루에 20달러, 한 달에 350달러 정도였다. 나중에 영국이나 호주로 유학 갈 계획이었지만 지금 버는 돈으로는 불가능했다. 결국 장학금을 받는 수밖에 없기 때문에 이번에 영어시험을 보고 장학금도 신청할 생각이라고 했다. 정신없이 바쁘면서도 다카에 있는 궁전을 안내할 때는 친구까지 불러와 함께 안내시켜줬고, 함께 다카대학 교정을 거닐기도 했다.

나흘 동안 다카에 있었지만 돈을 쓸 기회는 거의 없었다. 자포르와 자매들은 내게 단돈 1타카(방글라데시의 화폐)도 쓰게 해서는 안 된다고 생각하는 것처럼 보였다. 항상 한 발 앞서서 돈을 지불했고 어쩌다 내가 내는 일이 생기면 정색을 하곤 했다. 식사부터 잠자리까지 어쩌나 챙겨 주는지 부담스러울 정도였다. 떠나는 날도 마찬가지로 내가 버스에 탈 때까지 지켜보던 자포르는 다시 신신당부를 했다.

"우리는 당신을 기다릴 거예요. 언젠가 다시 찾아와 주길 바래요. 그땐 방글라데시의 아름다움을 더 많이 보여 드리죠."

언제나 미소를 짓던 마흐무드 가족들의 가정형편을 알게 된 것은 한참 후였다. 여행에서 돌아오고 나서 마흐무드의 메일을 받았는데 그 메일에는 그가 방글라데시에 돌아가지 않은 진짜 이유가 나와 있었다.

사실 마흐무드는 무리를 해서라도 집에 돌아가고 싶어 했다. 3년 동안이나 가족들을 만나지 못한 처지였기 때문이었다. 하지만 돌아가기 얼마 전 마흐무드의 아버지는 직장에서 해고를 당했고, 형 자포르의 사업도 부진을 면치 못하는 상황이었다. 그럼에도 가족들은 마흐무드에게 돈 걱정하지 말고 돌아오라고 편지를 보냈다. 가족들이 무리를 해서라도 돈을 모아 마흐무드에게 건넬 계획이었고, 마흐무드는 그걸 견딜 수 없어서 고향 방문을 포기한 것이었다. 이런 상황에서의 내 방문은 그들에게 적잖은 부담이었을 것이다. 그런데 가족들은 그런 내색은 커녕 오히려 더 잘해 주지 못한 것에 대해 항상 미안하다고 말하곤 했다. 식탁에는 항상 고기와 해산물 요리가 올라왔고, 후식으로는 어디서 났는지 모를 고급과자를 내오곤 했다. 그러면서도 한 번도 얼굴을 찡그린 적이 없었다.

지금도 마흐무드의 가족을 떠올리면 항상 웃음이 가득한 얼굴만 생각난다. 개인적인 불행에도 불구하고 짧은 시간 동안 나를 감동시켰던 그들의 친절은 아직도 마음속에서 지워지지 않는다.

다시 만난 인도
갠지스 강가의 노인

하릴없이 갠지스강변을 걷고 있었다. 생각들은 엇갈리고, 감정들은 뒤엉켰다. 이유 없이 발걸음을 멈췄다. 강 너머로 노을이 내리고 있었다.

멀리 화장터에선 시체를 태우는 연기가 올라왔고, 강에는 관광객을 실은 나룻배가 그 모습을 지켜보고 있었다. 사리를 입은 여인이 이쪽을 바라보며 킬킬거렸고 목욕을 마친 사두가 조심스럽게 성기 주변에 천을 둘렀다.

모든 게 너무 지나칠 정도로 과잉상태였다. 나도, 세계도, 이곳 바라나시도.

결국 달뜬 걸음을 멈추고 길가에 되는 대로 주저앉아 버렸다. 강가에서 빨래를 하던 아낙이 한 번 뒤를 돌아보고 다시 자기 일로 돌아갔다. 소들은 느릿느릿 활보했고, 호객꾼들은 호텔 이름을 외치면서 지나갔다.

눈에 물이 고였다. 풍경 하나하나가 화살처럼 마음에 박혔다. 지금까지 얼마나 헤맸던가. 언제까지 기약도 없이 떠돌 것만 같아 불안하기만 했다. 세계의 지층은 부글부글 끓고 있는데 난 아직 도피 중이었다. 그때 누군가 말을 걸었다.

"혼자인가?"

고개도 돌리지 않고 대답했다.

"예, 전 혼자지요. 언제나 그렇죠. 누구나 그렇지 않나요? 혼자 태어나고, 여행하고, 죽어가죠. 그런 거 아닌가요?"

따지는 말투에도 상대는 당황하지 않았다.

"좋은 철학이로군."

그제야 질문을 던진 쪽을 바라봤다. 예순은 되었을 법한 노인이었다. 마침 목욕을 끝내고 올라가던 터라 초라했지만 깨끗한 차림이었다.

그는 가트 위에 마련된 그늘에 도착하자 돌아서서 손짓했다.

"잠깐 올라와 보게나."

갠지스 강가의 가트들. 업보를 씻어내려는 이들로 항상 북적인다.

"무엇을 믿나?"

수백 번도 넘게 들어온 질문이었다.

"지금까지 많은 것을 봤습니다. 이슬람교, 불교, 기독교, 힌두교의 성지를 지났고 성물들을 만났지요. 동시에 그 모든 것들이 일으키는 문제들을 목격했습니다. 지금은 아무것도 믿지 않아요."

그는 몸을 말리면서 대화를 이었다.

"신을 믿지 않나? 누군가 저 위에 있다는 걸 믿지 않나?"

신을 믿지 않는 건 아니었다. 다만 신을 믿는다고 말하는 사람들을 믿지 않을 뿐이었다. 그들이 얼마나 잔혹해질 수 있는지 지금까지 충분히 목격했기 때문이었다. 시니컬한 답변을 듣던 그의 얼굴에 미소가 떠올랐다.

"종교는 중요한 게 아니야. 중요한 건 지고의 기쁨에 도달하는 거지. 인간은 누구나 행복해질 수 있다네. 세계를 인식하는 경지에 도달하면 말이야. 그땐 나를 버리고 세계 자아에 동화될 수 있지."

"좋은 철학이네요."

심드렁하게 받아넘겼다. 그러자 그의 표정이 심각해졌다.

"이건 내 구루(스승)에게 배운 최고의 철학이라네. 진리라고 할 수 있지. 항상 미소를 짓고 행복해지게나. 적어도 그러려고 노력하게나. 그게 진리로 가는 길이야."

가끔 도인 같은 소릴 하는 이들을 만나왔고, 그때마다 비웃음을 한 가득 안겨줬다. 하지만 이 노인은 왠지 다른 것 같았다. 물론 그건 내 기분 때문일 수도 있었다. 그러거나 말거나 그는 말을 이었다.

"현실을 초월해 세계의 인식에 도달한 이들만이 윤회의 사슬에서 벗어날 수 있네. 하지만 동시에 다시 세계에 태어날 수도 있지. 자네라면 어느 쪽을 택하겠나?"

생이 한 번 뿐이라는 건 내가 가진 유일한 위안이었다. 다시 태어날 생각은 추호도 없었다. 내세도 웬만하면 존재하지 말았으면 하는 생각이었다. 질문을 되돌려줬다.

"당신은 어떻게 할 겁니까?"

그는 유쾌하게 웃었다.

"난 그 순간에 결정할 거라네. 내게 망고를 먹고, 짜이를 마시고, 맛있는 음식을 먹고 싶은 생각이 남아 있다면 세상에 돌아올 거야."

어린애 같은 대답에 웃음이 나왔다.

"세상이 그렇게 즐겁습니까?"

그는 대답 대신 갠지스강을 가리켰다. 해는 뉘엿뉘엿해진 채 사선으로 빛을 드리우고 있었다. 어디선가 기도를 하는 소리가 들렸다.

"난 내 구루가 죽었을 때도 슬퍼하지 않았다네. 세계인식에 도달한 이는 어디서든 행복해질 수 있기 때문이지. 나 역시 언제 죽어도 행복하게 죽을 자신이 있다네."

한마디 한마디가 가슴을 울렸다.

노인은 진정으로 행복해 보였다. 그 미소를 간직할 수 있다면 여기서 사는 것도 나쁘지 않으리라. 하지만 아직은 그 미소를 간직할 자신이 없었다.

갠지스강이 어느 때보다 아름답게 다가왔다. 여기가 내가 찾던 곳일지도 모른다는 생각이 들었다. 하지만 내겐 아직 가야 할 길이 있었다. 어디로 갈지 모르는 여정이 남아 있었고, 눈은 그 너머를 바라보고 있었다.

"지금은 아주 좋습니다. 앞으로 어떤 일이 생길지 모르지만 지금으로선 충분히 만족하고 있습니다. 그리고 계속 머물고 싶지만 가야 합니다. 이유를 설명할 순 없지만 아직은 계속해서 떠나야 한다는 걸 알고 있어요. 나중에 언제일지 모르지만 다시 돌아오게 되겠지요. 이곳이 제게 맞는 곳이라면 말입니다."

그는 내 이마에 분을 발라주며 충고를 반복했다.

"항상 미소를 짓게나. 지금 천국에 있다는 사실을 잊어버리지 말게."

그 충고를 지킬 자신은 없었다. 하지만 그의 손가락이 이마를 스치고 다시 강으로 고개를 돌렸을 때, 그 순간만은 정말 천국의 순간이었다.

부다가야의 보리수 잎

부다가야는 부다가 깨달음을 얻은 곳이다. 도를 깨달았다는 보리수 옆에 마하보디 사원이 조성돼 있었다. 사원에는 사람들이 그득했다. 열흘간의 특별기도 기간을 맞은 티벳승 수백 명이 몰려 앉아 염불을 외워 댔다. 보리수 옆은 명상을 하는 사람, 염불을 외는 사람, 떨어지는 보리수 잎을 얻으려는 이들로 북적였다.

보리수 잎을 주워 불자인 어머니나 큰이모님께 가져다 드리고 싶었지만 쉽지 않았다. 떨어지기가 무섭게 몇 사람이나 달려들었다. 동작이 여간 잽싸지 않고서는 힘들어 보였다. 결국 포기하고 정좌를 했다. 명상을 하겠다기 보다는 생각을 해 보고 싶었을 뿐이었다.

염불이 귓가로 스치는 것이 느껴졌다. 정신을 집중하자 주위의 잡음들이 아스라히 멀어졌다. 머릿속에서 주위의 사물들을 하나하나 지우기 시

부처가 깨달음을 얻었다는
보리수. 잎을 얻기가 쉽지
않다.

작했다. 결국 남은 것은 생각을 하고 있는 나 자신이었다. 그것까지 소멸
시키고 싶었지만 쉽지 않았다. 아직 아집에 붙잡혀 발버둥치는 자신이 안
쓰러웠다.

모든 것이 없어지고, 자아까지 지워지고 그것이 다시 모든 사물에 이입
되는 순간에 대해 읽은 바 있었다. 그리고 나면 아무것도 없는 공허 속에
서도 두렵지 않을지 나로서는 아직 모를 일이었다.

정좌를 끝내고 일어섰을 때 한 탁발승이 미소를 지으며 잎사귀 하나를
내밀었다. 얻길 원하던 보리수 잎사귀였다. 마하보디에서만 일어날 수 있
는 아름다운 일이었다. 감사를 표하고 잎을 받은 다음 경건하게 받치고
탑을 돌았다. 한 바퀴도 돌기 전에 대답이 나왔다.

마음속에서 누군가 묻고 있었다. 부처가 보리수 아래서 도를 깨달았다

면 그가 부다이기 때문인가, 아니면 보리수 때문인가. 물론 대답은 전자였다. 그럼에도 보리수 잎을 받았다는 건 그만큼 마음의 빚을 진 것이었다. 탑을 한 바퀴 돌 동안의 기쁨으로 잎을 받은 즐거움은 충분히 누린 셈이었다. 그 기쁨을 나눌 누군가를 찾았다. 마침 티벳 여성 한 명이 오체투지를 하며 탑을 돌고 있었다. 몸을 던지고 일어서는 그녀에게 잎사귀를 건넸다. 서로 말은 없었지만 마음은 통했다. 그녀는 잎사귀를 경건하게 받고 합장을 했다. 나도 답례를 했다. 어머니와 큰이모님은 잎사귀 하나에 좌우될 만한 믿음을 가진 것이 아니라는 사실을 알고 있었다.

콜카타의 마더 하우스

테레사 수녀는 콜커타(Kolkata)에서 죽어가는 이들을 위해 '사랑의 선교수녀회'를 창립하고 마더 하우스를 세웠다. 마더 하우스는 이후 선행의 대명사가 됐고 세계 각지에서 수많은 이들이 찾아와 봉사활동을 하는 명소가 됐다.

사실 마더 하우스에 가게 된 것은 우연이었다. 비자를 받기 위해 방글라데시 영사관에 찾아갔는데 그날부터 사흘 동안 쉰다는 공고를 보게 된 것이다. 봉사활동을 할 생각은 있었지만 일정 때문에 망설이던 터였다. 가능하다면 사흘만이라도 봉사를 하기로 마음을 정하고 발길을 돌렸다.

"사흘이라도 상관없어요. 진심으로 환영합니다."

봉사자를 담당하는 카타리나 수녀는 환한 웃음을 지으며 맞아줬다. 마더 하우스는 누구든 가리지 않고 봉사자를 받아들인다는 설명이었다. 단하루라도 좋고, 1년이라도 좋았다. 국적도, 인종도, 종교도 상관없었다. 겨울방학이라 한국인 봉사자들도 심심치 않게 볼 수 있었다.

마더 하우스는 켈커타 여러 곳에 부속기관을 가지고 있었다. 죽음을 기다리는 이들의 쉼터인 깔리가트, 행려병자들이 휴식을 취하는 프렘 담, 버려진 아이들을 돌보는 시슈 브하반 등 서로 다른 대상과 목적을 가진 기

콜커타의 마더 하우스. 테레사 수녀가 선종한 후에도 그녀의 뜻을
이으려는 수녀와 봉사자들이 줄을 선다.

콜커타의 빈민들. 거리에는 '기쁨의 도시' 라는 별명이 무색할 정도로 노숙자들이 많다.

관들이었다. 봉사자들은 그중에서 자신이 원하는 곳을 골라 봉사활동을 할 수 있었다.

고민하다 행려병자들이 치료받는 프렘 담에 가기로 했다. 어차피 사흘인데 가장 힘들고 일손이 필요한 곳에서 일하고 싶어서였다. 아이들이 있는 곳도 있었지만 피하기로 했다. 사흘간의 짧은 교감은 오히려 배신감을 낳게 될지도 몰랐다.

'사랑의 선물' 이라는 뜻을 가진 프렘 담에선 정신없이 사흘을 보냈다. 사람이 많아서였고, 할 일이 많아서였다. 하지만 일이 힘든 건 문제가 아니었다. 더 힘든 건 무력감이었다. 이곳에 있는 이들은 미래의 어떤 변화도 기대할 수 없는 처지에 놓여 있었다. 마더 하우스에서는 이들의 갱생을 목표로 하지는 않았다. 그저 현 상태를 유지하면서 하루하루 생을 연장시켜 주는 것으로 만족할 뿐이었다.

내가 일으킬 수 있는 변화가 아무것도 없다는 것, 고작 부조리한 현 상태의 유지를 위해서 노력할 뿐이라는 사실은 밥맛 떨어지는 사실이었다.

죽음과 삶의 경계에서 무기력하게 누워 있는 이들을 보자 한편으로는 슬펐고 다른 한편으로는 대상 없는 분노가 치밀었다. '삶은 열정이다.' 라고 말한 이가 있었다. 하지만 죽음을 기다리는 깔리가트나 프렘 담에서는 어떤 열정의 한 조각도 오히려 방해가 될 뿐이었다.

심한 이들은 이곳에서 10년을 넘게 보낸 이도 있었다. 그들은 생존을 제외한 어떠한 가능성에서도 차단되어 있었다. 자원봉사자들이 하는 일이라곤 청소, 빨래, 식사준비 같은 것뿐이었다. 그러는 도중 환자들은 이틀에 한 명 꼴로 죽어나갔다.

견디지 못할 무력감에 아무나 붙잡고 물었다.

"이들 중에서 정신적으로나 육체적으로 완치되어, '정상적인 삶' 을 되찾는 이들이 얼마나 되나요?"

그 서양인은 우울한 표정으로 "제로." 라고 답했다.

인도의 이슬람 유적

무굴 제국은 3백여 년 동안 인도아대륙을 지배했다. 대외적으로 이슬람 4대 제국 중 하나로 꼽힐 만큼 강한 세력을 형성했고 힌디문화와의 연관 속에서 독자적인 문화를 꽃피웠다. 그런 만큼 인도 북부지역에서는 많은 무굴 유적들을 만날 수 있다.

초기 이슬람 세력의 본거지였으며 17~18세기 무굴 제국의 수도였던 델리(Deli)는 인도 내 이슬람문화의 본거지다. 델리 남부의 꾸뜹 미나르 유적군은 유네스코 지정 세계문화유산으로 이슬람 세력이 델리를 점령한 후 세운 최초의 건축물이다. 12세기에 세워진 70m짜리 석탑과 최초의 모스크가 아직 남아 관광객을 맞고 있다.

모계로 칭키스칸, 부계로 정복자 티무르로 연결되는 가문에서 태어난 바부르는 델리를 점령하고 무굴 제국을 세웠다. 그의 뒤를 이은 2대 황제 후마윤은 델리 북부에 성 뿌라나낄라를 세웠고 죽은 다음에도 델리에 묻혔는데 그의 묘지 역시 유네스코 세계유산으로 지정돼 관리되고 있다.

붉은 사암으로 둘러싸여 '레드 포트'라고 불리는 델리 성은 타지마할을 건축한 5대 황제 샤 자한의 작품이다. 2km의 길이에 높이가 30m에 달하는 거대한 성벽이다. 야무나강과 인접해 있어 해질녘에 감동적인 풍경을 연출한다. 다만 워낙 넓어서 웬만한 체력이 아니고서는 다 돌아보기도 전에 지치게 된다.

델리에 있는 자마 마스지드(금요모스크)는 샤 자한의 마지막 작품이다. 미나레트 꼭대기까지 걸어서 올라갈 수 있는데 그곳에서 내려다보는 델리의 풍경이 인상적이다. 모스크의 거대한 돔 사이로 타는 듯한 붉은 노을에 젖은 비둘기들이 날아다니는 동안 기도를 준비하는 무슬림들의 경건한 모습은 아직까지도 눈앞에 생생하다.

델리에서 남쪽으로 250km 떨어진 아그라(Agra)는 타지마할의 전설이 영원한 곳이다. 샤 자한이 부인 뭄타즈 마할을 추모하기 위해 건립한 타지마할은 사랑의 위대함과 광기를 동시에 보여 주는 걸작이다. 22년 동안 2만 명이 동원돼서 지었다는 이 건물은 개인적으로 지금까지 본 어떤 건물보다도 아름다웠다. 해질녘 건물 뒤편으로 가면 배를 타고 야무나강 건너편으로 갈 수 있는데, 그곳에서는 강물에 비친 또 하나의 타지마할을 감상하며 노을을 즐길 수 있다.

그러나 샤 자한의 말로는 그리 편안하지 않았다. 아들 아우랑제브는 아버지에 대항해 반란을 일으켰고 승리한 후 샤 자한을 아그라 포트에 가두었다. 그곳에서 그는 자신이 세운 타지마할을 지켜보며 쓸쓸히 여생을 마쳤다. 아그라 포트는 여러 면에서 델리의 레드 포트와 비슷하지만 역사적 가치는 더 높아 유네스코 세계문화유산으로 지정돼 있다. 타지마할에서 오토릭샤를 타면 반 시간도 걸리지 않는다.

근처에는 또 다른 세계유산이 있는데 3대 대왕 악바르가 세운 파테푸르 시크리(Fatehpur-Sikri: 승리의 도시)가 그것이다. 시간문제로 방문하지 못했지만 다녀온 이들의 말에 따르면 아그라 포트나 레드 포트와 비슷한 분위기라고 한다.

3대 황제 악바르가 힌두에 대한 포용정책으로 유명한 반면 아버지를 폐위시킨 6대 황제인 아우랑제브는 독실한 이슬람 신자로 제국 전역의 이슬람화를 달성하려고 시도했다. 힌두들에 대한 세금을 부활시켰고 힌두사원에 대한 보수를 금지했다. 건축광이었던 아버지에 대한 반발로 건물 신축을 최소화했고 검소한 생활을 했지만 대신 힌두사원을 파괴하고 그 자리에 모스크를 건립하는 일에 전력했다. 이는 아직까지도 힌두-무슬림 간에 분쟁의 불씨가 되고 있다.

힌두에게 가장 중요한 성지 바라나시에도 아우랑제브의 흔적이 남아 있다. 아우랑제브는 바라나시의 비슈와나트사원을 부수고 같은 재료로 지안바피모스크를 세웠는데 최근 힌두극우정당 BJP가 이 모스크에 대한 공격 방침을 밝히면서 문제가 되고 있다. 그래서인지 내가 방문했을 때도 모스크의 문은 굳게 닫혀 있었다. 이렇듯 포용성을 상실한 무굴 제국은 아우랑제브 이후 급속하게 퇴조하여 종말을 맞게 된다.

세계에서 가장 아름다운 건물로 손꼽히는 타지마할.

현지어로 '랄낄라' (붉은 성)라고도 불리는 레드포트. 외양은 라호르 포트와 비슷하지만 규모는 더 크다.

인도대륙에서 힌디문화와 이슬람문화는 상호교류하면서 독특한 특징을 만들어 나갔다. 무굴 제국은 이처럼 두 개의 위대한 문명이 만나 서로의 장점을 받아들이는 가운데 만들어진 새로운 문화였다. 하지만 문화의 교류가 계속되었음에도 천 년의 세월 동안 계속된 무슬림과 힌두의 갈등이 아직까지도 여전하다는 사실은 어떻게 설명해야 할까.

마음과 마음이 만나는 건 물질적 교류보다 훨씬 힘들다. 특히 종교까지 개입되면 해결의 여지가 아예 사라지게 된다. 진리가 하나의 길에 있다고 고집하는 한, 이들의 갈등은 영원히 계속될지도 모른다.

내 친구, 요스

요스는 마흔한 살의 네덜란드 여행자였다.

우리가 만난 곳은 에스파한의 한 호텔이었다. 그는 큰 배낭을 베개 삼아 긴 몸을 누인 채 대화를 지켜보다가 가끔 농담을 던졌다. 우리는 몇 번의 문답 끝에 앞으로의 일정이 거의 같다는 사실을 발견했다.

"나도 지금 빨리 가야 하는 처지라서. 파키스탄에 도착할 때까지만 같이 다닐까?"

개인적으로는 동행을 잘 만들지 않는 편이었다. 동행이 없어야 현지인들에게 접근하기도 쉽고, 초대받기도 쉬웠다. 여행자들끼리 몰려다녀서야 여행지의 참모습을 발견하기 어렵다는 생각이었다. 나중에 알게 된 일이지만 요스도 비슷한 생각을 가지고 있었다. 다만 이란을 벗어날 때까지 우리 앞에 놓인 일정은 조금 빠듯했다. 닷새 중 나흘 동안 야간 이동을 하며 버스에서 잠을 자야 했다. 치안이 불안한 곳도 있었고, 혼자서는 찾아가기 힘든 곳도 있었다. 결국 같이 다니기로 결심하고 악수를 나눴다.

요스는 인도 남부의 '오로빌(Aurouille)'에서 태양전지를 개발하는 일을 하고 있었다. 오로빌은 인도의 사상가 스리 오로빈도와 미리 알파사의 영향을 받아 설립된 이상 공동체였다. 세계 각지에서 현실의 대안을 찾아 모인 이들이 모여서 마을을 세웠고 공동의 삶을 일구고 있었다.

"오로빌은 서로에게 기쁨을 주려는 이들이 모인 곳이야."

그의 평가였다. 요스는 원래 항공기 디자이너였다고 했다. 하지만 이십대 후반 2년 반의 세계여행을 통해 세계의 모순을 깨달았고 하고 싶은 일을 하겠다고 결심했다. 이후 아프리카와 영국에서 자원봉사자로 활동했고 서른일곱이 되던 해에 오로빌에 정착했다.

요스는 오로빌 주민답게 지구를 구하는 일에 작은 실천을 아끼지 않았다. 음료수를 마실 땐 빨대를 거절했고 다른 일회용품도 웬만하면 사용하지 않으려고 노력했다. 대부분의 경우 채식을 했고 어쩔 수 없는 경우에만 고기를 입에 댔다. 그러면서도 겸손을 잃지 않았다. '내가 할 수 있는 일을 할 뿐'이라는 생각이었다. 다른 이들에게 자신의 원칙을 강요하지도 않았고 언제나 상대방을 존중하고 배려하는 자세가 몸에 배어 있었다. 덕분에 같이 여행하면서 전혀 불편하지 않았다.

이번에 네덜란드에 돌아간 것은 꼭 10년 만이라는데 그동안 돌아가지 못한 것은 돈 때문이었다. 오로빌에서 일하고 받는 돈은 한 달에 75유로(약 10만원)에 불과했다. 네덜란드에 다녀올 경비로는 어림없는 액수였다. 하지만 오랫동안 고향에 다녀오지 못한 그를 위해 오로빌위원회에서 여비를 지원해 주기로 결정했다. 강산이 한 번 변한 다음의 귀환이었다.

"오랜만에 가족들을 만났어. 부모님은 약간 섭섭해 하기도 했지만 내가 하는 일을 이해해 주셨지."

지원된 금액은 왕복항공권과 약간의 경비를 충당할 정도였다. 하지만 요스는 네덜란드에서 육로로 인도까지 돌아오는 루트를 택했다. 여비를 아끼면서 평소 여행하고 싶었던 이란지역을 돌아보고 싶었기 때문이라고 했다.

월급이 너무 적지 않냐고 물어보자 그는 이렇게 대답했다.

"아니, 난 아직도 내가 너무 많이 가지고 있다고 생각해."

노후를 걱정하지 않냐는 질문에 그는 이렇게 대답했다.

"나는 아직도 약간 이상적인 것 같아. 나중에 현실적이 된다면 그때 걱정하면 되겠지."

그 말에 저절로 고개가 숙여질 수밖에 없었다. 언제나 말로만 세상을 걱정하던 내 모습이 가식적으로 느껴졌다.

"당신처럼 하면 세상을 바꿀 수 있을까?"

그는 대답했다.

"아니, 하지만 좀 더 즐거운 삶을 살 수는 있겠지."

세상을 바꾸는 힘은 언제나 즐거운 실천의 힘이다. 미래를 지나치게 걱정하는 것은 스스로를 옭아맬 뿐이다. 다른 세상은 먼저 내가 마음을 바꿀 때만 가능하다. 요스에게서 배운 소중한 교훈이었다.

글을 마치며

'자신의 고향을 아름답다고 생각하는 사람은 아직도 상냥한 초보자다. 모든 땅을 자신의 고향으로 보는 사람은 이미 강한 사람이다. 그러나 전 세계를 하나의 타향으로 생각하는 사람은 완벽하다. 상냥한 사람은 이 세계의 한 곳에만 애정을 고정시켰고, 강한 사람은 모든 장소들에 애정을 확장했고, 완전한 인간은 자신의 고향을 소멸시켰다.'

12세기에 살았던 성 빅토르 위고의 말이다.

여행을 하다 보면 가끔씩 무중력상태에 떠 있는 듯한 기분이 들 때가 있다. 사막에서 사구 너머로 지는 별을 바라보면서, 바다에서 스쿠버다이빙을 하다가 문득 심연을 내려다 보면서, 잊혀진 유적 위로 뿌리를 내린 나무를 보면서 우주에서 유영을 하는 우주비행사를 상상하곤 했다.

기댈 곳이라곤 하나도 없다는 막막함, 여기서 죽으면 아무도 모른 채 잊혀 가리라는 두려움, 이렇게 죽을 거면서 지금까지 아등바등 살아온 자신에 대한 연민. 그건 주변에 그어진 선을 넘어올 때부터 예정된 것이었다. 익숙한 것을 넘어 낯선 땅으로 뛰어오른 이라면 필연적으로 자신이 살아왔던 삶이 얼마나 얇은 지층 위에 놓인 것인지 새삼 실감하게 되는 것이다.

그런 깨달음은 시도 때도 없이 엄습하곤 했다. 낯선 땅에서 내일 할 일도 없이, 약속도 없이, 휴대폰도 없이, 언제 떠난다는 일정도 없이 떠돌면서 느껴지는 여지없음은 가슴 한구석이 서늘하도록 허허로운 것이었다.

그 허허로움이 극단으로 치닫는 순간에는 아무리 허우적거려도 바닥이 보이지 않았다. 추락. 낯선 것이 낯익어질 때쯤 다시 떠나야 한다는 강박감. 그럴 때면 또 누군가의 말이 떠오르곤 했다.

"한 방울의 이슬에도 머물러선 안 됩니다. 떠나고 또 떠나십시오."

그 순간에는 어디에도 의지해선 안 된다고 생각하면서도 어디엔가 의지하고 있었다. 둘러싼 것들에서 벗어나려고 하다가 결국 익숙한 것들에 기대고 있는 자신을 발견하게 되는 것이다. 그럴 때마다 자신에게 실망했다. 강해져야 한다고 생각하면서도 그 순간에 난 영락없이 상냥한 초보자였다.

그럴 때마다 펜을 들었고 손이 가는 대로 뭔가를 적어댔다. 싸구려 여관방에서, 털털거리는 버스에서, 여덟 시간 동안 연착한 기차 안에서, 공항에서…. 그렇게 하나 둘 적던 글이 어느새 책 한 권 분량이 됐다.

최대한 많은 사람들을 만나려고 노력했지만 처음 생각했던 것에서 많은 부분을 놓쳤다. 그래도 이 졸고에서 읽을 만한 부분이 있다면 그것은 모두 글 속의 인물들 덕분이다. 물론 부족한 부분은 모두 필자의 탓이다.

책으로 나오리라곤 생각조차 하지 못했는데 졸고를 본 선배의 조언으로 책을 내게 됐다. 여행을 하면서, 책을 쓰면서 도와준 사람들을 열거하자면 또 다른 한 권의 책을 쓰는 수밖에 없을 것 같다. 이럴 땐 간단히 부모님을 언급하면서 넘어가기로 하자.